© Pamela Abello, 2025
Édition : BoD · Books on Demand, 31 avenue Saint-Rémy,
57600 Forbach, bod@bod.fr
Impression : Libri Plureos GmbH, Friedensallee 273,
22763 Hamburg (Allemagne)
ISBN : 978-2-3225-6089-9
Dépôt légal : Janvier 2025

LES ABANDONS

Adapté et traduit de « The Heart of an Artichoke »
de Pamela Milano
ISBN : 978-1-914933-29-5

Traduit de l'anglais avec la révision de Françoise
FAVRE

Ce livre est dédié à Georges qui a dompté le dragon
en moi.

Nous sommes davantage les enfants de notre
génération, de notre pays et de notre classe sociale,
que les enfants de nos parents.

Première partie

L'histoire est basée sur des événements réels, vécus par l'héroïne, fille d'un militaire anglais basé au Moyen Orient, en Égypte, en Jordanie et au Yémen, dans les années 60, pendant l'insurrection des peuples pour leur indépendance contre la présence britannique.

L'héroïne, devenue adolescente, se retrouve enceinte en 1967 et est envoyée dans une maison de jeunes filles célibataires dans le Nord de l'Angleterre, où elle est forcée d'abandonner son bébé.

Deuxième partie

Le lecteur suit la protagoniste pendant son expérience de jeune fille au pair dans le Sud de France et traverse les années soixante et soixante-dix avec les contrastes entre les Anglais puritains et les Latins très attachés à la famille. Son enfant qui lui a été enlevé pour être adopté est toujours présent en arrière-plan. Va-t-elle le retrouver ?

Troisième partie

Épilogue
La Souffrance
Lettre de Jean-Marie à Michael
Peux t'on pardonner ?
Un état de droit libéral
Article Le Monde 18 Juin 2022
Article La Croix 03 Novembre 2016
AFP article 15 septembre 2022

LES ABANDONS

PREMIERE PARTIE

Nous sommes davantage les enfants de notre génération, de notre pays et de notre classe sociale, que les enfants de nos parents.

Comptine anglaise

« Il y avait une petite fille
Qui avait une boucle
En plein milieu de son front.

Quand elle était sage,
Elle était très, très sage ;
Mais quand elle désobéissait, elle était horrible. »

PREMIERE PARTIE

Prologue – Première partie

Je suis des yeux le swish, swish, swish, swish des essuie-glaces sur le pare-brise de ma voiture. Chunk, chunk, disent-ils. Pit, pit, pit fait la pluie sur la vitre. Le bruit reflète mon état d'esprit. Il est régulier, rassurant et apaisant. Il pourra continuer toujours, être éternel, tout comme la route sinueuse qui serpente sans cesse. L'éternité s'étire en face de moi. Et là, juste devant, est la lumière qui me guide. Ce n'est pas moi qui conduis : mes actions sont automatiques. Je fixe les lumières aveuglément. Il fait sombre. Je peux à peine voir. Si je ferme à moitié les yeux, il y a un flou. Il y a une ligne invisible entre la voiture de devant et la mienne. Peut-être que c'est lui qui me remorque. Il pourrait m'emmener n'importe où. Je sais que je pourrais le suivre n'importe où. C'est si bon de se sentir en sécurité. Je ne risque rien, je peux m'abandonner. Il m'assure que tout va bien. Il n'y a qu'à suivre, on s'occupe de tout. Quelle sensation paisible de savoir que sa vie est dans les bonnes mains, relax, plus de tensions, on se laisse aller ; je me laisse aller ; je flotte dans la rivière qui m'emmène. Ceci est le véritable bonheur, un sentiment de calme et bien-être : la paix et l'amour. Une chaude vague d'amour m'envahit : « Merci d'avoir cru en moi ! Merci, mon amour ! » Il tourne et je tourne. Il ralentit et je suis. N'importe où tu vas, j'irai. Je me sens tellement heureuse et complète que je pourrais mourir : juste fermer mes yeux et m'écraser. Maintenant serait le bon moment pour en finir. Comme c'est bizarre de penser à la mort maintenant que tout est parfait. Ce n'est pas pour fuir la vie mais pour fondre dans l'univers afin de devenir une particule du projet divin, une parcelle d'un tout, un fragment de la pluie, la route, la nuit, les étoiles et les lumières de la voiture devant. Lui et moi et Le Tout fusionnons ensemble pour n'être qu'un. J'ai songé à la mort tellement de fois dans le passé afin de faire cesser la douleur qui m'envahissait pour mettre fin à cette souffrance qui ne s'en allait qu'en dormant ou dans une stupeur alcoolique ; « Mon Dieu, laisse-moi m'endormir et ne plus jamais me réveiller ! » Maintenant j'ai la cinquantaine et la vie commence à avoir un sens. Je peux écouter les oiseaux, m'installer tranquillement à regarder la mer, être debout sur le haut d'une colline à contempler la vue lointaine, et sentir la paix divine, le plaisir d'exister. Enfin le tourment a cessé.

Bientôt nous arrivons. Nous garons les voitures et entrons dans notre maison. Oui, je suis en sécurité….

Je suis en sécurité avec lui. Quand j'étais très en colère, c'est cet homme qui a remis en place mon corps et mon esprit brisés, mon âme meurtrie, douloureuse et ma conscience éclatée, petit à petit depuis mes vingt ans. Avant j'ai détesté la vie, j'ai maudit Dieu et j'aurais aimé ne jamais être née. Quel était le dessein de tout cela ? Il m'a prise, m'a aimée, s'est occupé de moi. Pourtant je n'ai pas toujours été gentille, et lorsque j'insiste :
« Pourquoi restes-tu ?
- Je t'aime », dit-il simplement.

« D'où venez-vous ? » « Où êtes-vous née ? » sont des questions qui me sont posées tous les jours. « Je suis née à Pégomas, dans le Sud de la France, à l'âge de 21 ans ».

J'ai planté un arbre ici et j'ai dit que je ne bougerai plus jamais de là. C'était ma trente-sixième habitation. S'il-te-plaît Dieu, ne me laisse pas revivre ça.

Je ferme les yeux et mon esprit sombre … très loin dans le passé.

CHAPITRE 1

Déménagement. Paquets. Énervement. Maman n'arrête pas de nous dire de ne pas la déranger : elle a trop à faire. Mes jouets sont partis. « Où sont mes poupées ? » Je harcèle maman. « Je te l'ai déjà dit, elles sont emballées », hurle-t-elle. Il n'y a rien à faire. Mon frère et moi jouons aux billes : il en a une poche pleine. Comment ont-elles échappé à l'emballage ? « Ne salissez pas vos vêtements », dit maman. Bientôt, nous sommes dans un train et je presse mon visage contre la vitre. Avez-vous déjà remarqué à quelle vitesse tout s'envole ? Est-ce là mon existence ? A quel endroit aurai-je la sensation de faire partie du monde des vivants? Quel territoire est à moi ? Peut-être que je n'existe pas vraiment. Mon jeune frère Steve est là. Il me donne un coup de pied et je lui en renvoie un. Je regarde mon frère et je sais que je vis. Maman est nerveuse. « Mangez les sandwichs », « ne vous salissez pas », « donnez-moi la main », « faites ce qu'on vous dit ».

Nous arrivons et papa est à la gare. Je cours vers lui. Il me prend et me serre fort. Je sens la propreté de son corps masculin. Ses bras sont forts et je me sens en sécurité. Il me pose et nous montons dans un taxi. Nous arrivons. Il fait sombre, mais les rues se ressemblent toutes. Les lampadaires sont comme d'habitude. Les rangées de maisons n'ont pas changé. Nous nous arrêtons devant l'une d'elles, qui ressemble à toutes les autres. Nous sortons de la voiture, remontons le chemin et ouvrons la porte. La maison vide et froide nous accueille. En fait, ce n'est pas vide. Le mobilier est là, mais ce n'est pas pareil. Je reconnais le canapé et les deux fauteuils. Seulement, ils ne sont pas de la même couleur. La table et les chaises semblent familières mais le salon n'a pas la même forme. Il était long, maintenant en forme de L. « Il est tard », dit maman « il est temps de se coucher ». Steve et moi sommes montés à l'étage. Nous découvrons ma chambre. Je reconnais un lit, une fenêtre et une armoire, mais les draps ont une odeur différente et les rideaux ne sont pas de la même couleur.

« Enfile ta chemise de nuit », dit maman en me la donnant. Je la regarde. Je suis surprise de reconnaître celle que je portais la semaine dernière. Comment des objets du passé peuvent-ils réapparaître comme par magie dans un espace inconnu et changeant ? Je regarde maman. Je suis soulagée de voir que c'est la même. Je la connais ; elle a voyagé avec moi dans le train. Je reconnais mon lit. Il est de la même taille et de la même forme, mais il n'est pas venu avec moi. Ces draps ont une odeur bizarre et les rideaux ne sont pas de la bonne couleur.

Dans ce rêve, j'ai quatre, six ou huit ans (c'est toujours le même, de toute façon). Les lieux et les meubles changent mais jamais tout à fait ! Et c'est là que j'ai découvert que j'étais probablement folle. Je me rends compte que je suis molle, délicate et fragile et que j'aurais besoin d'une coquille.

Je suis un petit pois, un petit, pois vert, enfoui sous les couches de neige. La neige s'est transformée en glace. Il y a un bloc de glace entre moi et le monde extérieur : des couches énormes de glace et de neige. Je ne trouverai jamais la sortie. Je suis emprisonnée dedans. Petit pois, un petit pois dans sa cosse gelant dans son piège de glace.

Pepper-Pot. Pepper-Pot, (poivrière) voici comment on m'appelait. Tous ces "P". Pepper-Pot, Pepper-Pot ! Je suis au coin de la cour de récréation à l'école et les gamins me narguent, me montrent du doigt et courent autour de moi. Un des garçons vient plus près. Il bombe le torse et roule les mécaniques. Il cherche le regard de ses copains. C'est lui le chef. Il va le leur prouver. Il me coince contre le mur en crachant les mots « Sale garce Pepper-Pot ». Je serre fort mes mains et tiens ma tête très haute. Je refuse de leur laisser voir que j'ai peur. Il se rapproche. Son haleine chaude est sur mon cou. « Sale, sale, salope, Pepper-Pot ». Chaque mot est tiré, allongé et jeté à mon visage. Les copains ont des sourires narquois, ils ricanent. Je le déteste, je les déteste tous. Je veux que cela s'arrête. « Va-t'en », je prie « Va-t'en ! » mais il ne s'arrête pas. D'un seul mouvement je saisis son poignet. Je le tords et le ramène dans son dos. Je le pousse sur le sol. Je m'assois à cheval sur son dos, son bras tordu. La meute nous entoure. Je tire d'un coup sec. Clac! Il se casse. Le garçon hurle de douleur. Quel pouvoir ! Quel merveilleux triomphe ! Je me lève et je m'éloigne, souriante ! Fière d'avoir eu ce courage. Deux jours plus tard le garçon est de retour à l'école avec son bras plâtré. Plus personne ne m'embête. Tout le monde m'évite. Je suis la fille qui a cassé le bras d'un garçon. Je suis tranquille mais seule. Je m'étonne de ce que j'ai fait, étonnée de ma force. Étonnée et fière… fière de ma victoire mais seule !

C'est le premier jour d'une nouvelle école. Encore une. Je vais épeler mon nom : P.P.P. Tous les yeux sont tournés vers moi et l'institutrice me demande: « Comment tu t'appelles ma petite ? » . Je réponds : « Pamela, Pauline, Pénélope, Patricia PEPPERS ». Je tiens la tête haute, fronce les sourcils et mon regard défie quiconque de me contredire. Bien plus tard quand je raconte cette histoire à mon amie Nadia, elle rit beaucoup et me dit « Je peux très bien t'imaginer : ta tête bien haute et tes yeux marron, lançant des éclairs noirs et défiant tout le monde ».
Je fronce
les sourcils, c'est sûr. Je le fais tout le temps. Ma mère me dit que je ressemble à la petite fille, dans la comptine, qui a une boucle de cheveux au milieu du front et qui est soit très sage, soit très méchante. Je suis plus souvent méchante que sage, je suis obligée. Je suis toute molle à l'intérieur et j'ai besoin de construire une coquille bien dure autour de moi. J'ai besoin de me cacher. « Gardez vos distances », dis-je en fusillant

du regard, « sinon je mords ». Ce que je fais... souvent.

Mais retournons dans le passé...plus loin encore...

Ma mère est débordée. Le bébé lui prend trop de temps. Horrible, horrible bébé. Ma sœur aînée doit s'occuper de moi mais, à douze ans, elle ne veut pas garder une petite de quatre ans. Alors, elle me traîne à contre-cœur pour jouer avec ses amies. « Viens » me dit-elle « et gare à toi si tu mords mes amies ». Je suis mise dans un coin et les filles m'ignorent et jouent entre elles. Je suis seule, apeurée, alors je renforce la coquille qui m'entoure. Personne ne veut de moi. Je m'en fous. Je les déteste tous. Je déteste le monde. « Pourquoi suis-je ici de toute façon? ». Ma mère me dit toujours « Tu es une méchante fille » et je réponds « C'est pas ma faute, je n'ai pas demandé de naître. » Ça c'est bien vrai ! Une des amies de ma sœur vient vers moi, me prend dans les bras pour me faire un câlin... je la mords. J'enfonce mes dents dans son cou, je sens sa chair et je serre de plus en plus fort. Elle hurle. Je sens ma force. Je serre encore. En criant elle se dégage de ma prise et me laisse tomber en me repoussant. « Salope ! » crie-t-elle.

Je suis folle de joie. Vivante ! Chris me saisit et me secoue, en pleurant elle me demande « Qu'as-tu fait ? Pourquoi as-tu fait cela ? » Les autres filles sont autour de leur amie blessée et essayent de la réconforter. « Ma pauvre, ne pleure pas, elle est très méchante ! » Je me sens puissante. Chris me tire par la main, « Viens je t'emmène à la maison » Elle court, me tire, me tord la main et me fait mal. Je n'arrive pas à aller aussi vite qu'elle. Les yeux me piquent, mais je retiens mes larmes.

« Pourquoi tu as fait cela ? » me redemande-t-elle. « Je déteste tes amies » je réponds. Je dis cela parce que je n'en ai pas. Personne ne veut être amie avec moi. Mais je m'en fous, aujourd'hui je suis vivante.

Un souvenir plus ancien me vient à l'esprit. Je suis couchée dans mon berceau, en sécurité. J'attends. Il fait chaud et mon lit est doux. Je suis en paix. J'entends le clonk, swish, clonk, swish du ventilateur accroché au plafond. Je le vois à travers la moustiquaire. Le rythme me berce. Ma respiration suit le rythme du ventilateur, inspiration, expiration : clonk, swish. J'attends. La sieste est terminée, quelqu'un va venir. Mon berceau est blanc. La moustiquaire est pendue au plafond et tombe de chaque côté de mon berceau. Je suis sous une tente toute blanche. Je porte une chemise de nuit en coton blanc. Il fait chaud et ça colle. Une fille vient. Je suis déçue. Je voulais Maman, ce n'est pas elle. Elle me soulève et me met par terre. Je cours, pieds nus à la cuisine. Ça sent bon. Maman est encore en train de cuisiner. Je cours vers elle et enlace fortement ses jambes. « Attention ! » dit-elle. Ses mains sont couvertes de farine « Je suis en train d'étaler la pâte ». Elle a chaud et est tout ébouriffée. Des mèches de ses cheveux sont collées sur son cou. «Laisse-moi, Pamela, je veux terminer cette tarte pour le repas de ton papa.»

Je monte sur une chaise et elle me donne un peu de pâte pour faire un petit bonhomme. C'est une substance malléable et j'aime bien y plonger les doigts. Je fais des boulettes que j'aplatis. Je regarde maman travailler, elle est si habile et rapide : elle malaxe, roule, aplatit. Ses bras s'activent. Elle porte une robe bleue sans manches qui lui colle au corps. Sa poitrine se gonfle à chaque respiration, je voudrais y cacher ma tête et rester dans ce nid douillet. « Qu'est-ce que tu fais ? Reste tranquille et continue à travailler la pâte.» Après une hésitation, je retourne à mon bonhomme. Le nid douillet n'est pas pour aujourd'hui…tant pis ! Je suis quand même heureuse. A ce moment là, le bébé pleure. Maman arrête de travailler, se lave les mains et dit «Je dois aller voir ton petit frère, sois sage.»

Je cours dans la rue et je tombe. J'ai écorché mon genou. Ça fait mal. Je cours vers maman en pleurant. « J'ai mal au genou.» « Non, ça ne fait pas mal ; je vais le nettoyer. Arrête de pleurer, c'est rien.» Elle enlève les gravillons, nettoie la saleté, essuie mon genou et met un désinfectant. Ça pique « Aie, tu me fais mal » je crie. « Mais non, ça fait pas mal. Reste tranquille et sois sage. Regarde un peu dans quel état tu as mis ta robe ! » Mais ça fait vraiment mal. Pourquoi me dit-elle le contraire ? Je me rends compte que je dois faire semblant de ne pas avoir mal alors que je souffre. En fait, je dois toujours faire semblant. Je n'ai jamais le droit de dire ce que je ressens. Elle veut que je sois sage, alors je dois faire semblant.

CHAPITRE 2

Nous sommes en Jordanie. Nous sommes en 1956 et j'ai 4 ans. Mon frère, Steve alors âgé de presque trois ans, prend toute l'attention de maman. Christine, âgée de douze ans, doit s'occuper de moi. «OK, tu viens avec moi mais gare à toi si tu marches à côté de moi, reste dix pas derrière, je ne veux pas que quelqu'un te voie avec moi», dit-elle. Je la suis en regardant par terre et en donnant des coups de pied. Je te déteste Christine, j'aimerais avoir une baguette magique et je vous ferais tous disparaître. Je suis tellement heureuse à cette idée que je commence à sautiller «Abracadabra, disparaissez tous». Je sautille dans ma robe blanche en faisant des tours de magie avec ma baguette de fée imaginaire...

Nous arrivons à un grand bassin. Je me hisse sur un rocher à côté pour regarder dedans. Il est rempli d'une substance noire et visqueuse qui m'intrigue. « Qu'est-ce que tu fais? » demande Christine. « Regarde, ça ressemble à de la réglisse, je vais sauter dedans. » Elle me regarde et je saute dans le bassin. Ça colle. Je n'arrive pas à bouger. C'est horrible. Je vais mourir. Je panique et je hurle. Je suis coincée. Deux soldats qui passent viennent à mon secours. Ils me hissent hors du bassin. Mes vêtements sont collés à ma peau. Je suis couverte de goudron. C'est noir, chaud, collant et mes vêtements sont pesants. Les soldats me ramènent à la maison. Maman est très en colère et gronde Christine qui disparaît à toute vitesse. Ensuite elle me met dans le bain et frotte, et frotte, et frotte. Ma peau est rouge. Maman est en colère parce que ma belle robe blanche va directement à la poubelle. Je m'en fous de la robe. Je vous déteste tous. Je voudrais être assez petite pour pouvoir disparaître.

Ma sœur ne veut plus s'occuper de moi. La fille qui aide maman a trop de travail à faire. Papa est un des gardes du corps du Roi Hussein bin Talal. Cela fait quatre ans que ce dernier est roi mais il n'a que vingt ans. Papa m'emmène au palais avec lui. Je peux jouer dans la piscine avec les autres enfants. J'ai une bouée autour de ma taille et je n'ai pas peur. Il y a des adultes qui nous surveillent. Nous rigolons et nous amusons beaucoup en nous éclaboussant. Un grand garçon de couleur arrive. Il doit avoir à peu près neuf ans. Une dame âgée est aux petits soins pour lui. Elle l'énerve et il la pousse de côté puis court vers la piscine où il saute en faisant la bombe, en éclaboussant bien tout le monde. Il saute sur un autre garçon, le pousse et le tient sous l'eau jusqu'à ce que les adultes lui crient d'arrêter. Le pauvre garçon émerge de l'eau, cherchant de l'air, crachotant, et va directement aux escaliers pour sortir. Moi aussi je sors. La brute continue d'embêter tout le monde. Il éclabousse et pousse les uns et les autres. Et puis, en riant, la brute sort de la piscine et pousse un autre garçon dedans. Je viens vite derrière lui et à mon tour je le pousse. Tout le monde rit sauf la vieille dame qui l'enveloppe vite dans une grande serviette, quand il sort en colère, et le fait s'asseoir sur une chaise longue. Mais résultat, moi je n'ai plus le droit d'aller à la piscine du palais. Je ne vois pas pourquoi. C'est lui le méchant pas moi !

Arrive le soir et Papa avec un peu de fierté cachée explique à tous comment j'ai poussé le Prince Hassan bin Talal, le jeune frère du roi, dans la piscine. Maman soupire et dit : « Oh, Pamela, pourquoi tu ne peux pas être sage ? »

La réponse est simple : Je ne *veux* pas être sage. Quand je suis sage, personne ne s'occupe de moi. Quand je fais des bêtises, ils sont tous là. Par exemple un autre jour, ailleurs, quelque part en Angleterre, maman est en train de passer l'aspirateur. J'ai une poussette de poupée. Je lance la poussette dans les jambes de maman : bang, et encore : bang. Rien. Alors encore bang ! Elle me prend par le bras et me jette brutalement dans un coin de la pièce. C'est douloureux. J'ai mal partout. Je pleure. Je la déteste. Elle me fait mal et je ne sais pas quoi faire. Je l'adore et je la déteste. Je ne sais pas comment gérer mes émotions. Je veux qu'elle me câline, m'aime, mais tout ce qu'elle fait c'est le ménage. Elle nettoie, elle cuisine et elle se repose sur le canapé car elle a mal à la tête. Je dois rester tranquille et ne pas faire de bruit. « Sois sage » et je suis sage, car maman a mal à la tête.

Pauvre petite fille ! Maintenant je voudrais réconforter cette petite qui est toujours à l'intérieur de moi. Elle est perdue, déroutée, perplexe et toute seule, à cause de ces éternels déménagements. Parfois c'est étrange. Ailleurs, quelque part, je ne sais plus où, il fait chaud avec de drôles de personnes qui parlent une drôle de langue. Parfois nous sommes en Angleterre, il fait froid. Nous sommes logés dans un camp militaire. Les maisons se ressemblent toutes. Nous habitons dans les bâtiments pour les familles des soldats de l'armée de l'air : la R.A.F. Mais les meubles sont différents, la ville s'appelle autrement et l'école n'est pas la même. Il n'y a que

Maman, Christine et Steve qui ne changent pas.

Parfois Papa est là, mais souvent il est absent pendant de longues périodes. Quand il est à la maison, il faut que nous soyons sages et silencieux. Nous n'avons pas le droit de parler à table et il fait l'inspection de nos lits le matin pour vérifier qu'ils sont bien faits. Je peux nettoyer ses médailles. J'aime polir l'insigne sur son chapeau et le faire briller. Mais il se fâche facilement et est souvent en colère. Il peut nous frapper dans ces moments-là. Quand je me bagarre avec Steve, il me donne des fessées avec le dos de la brosse à cheveux de Maman. Un jour il m'emmène à l'école et il me tient la main. Il est si grand et beau dans son uniforme. Ses chaussures noires brillent si fort que je peux presque me voir dedans pendant que je cours, et marche et cours encore pour essayer de rester à ses côtés. Mon père est grand et fort et il me protège. Je cours si vite que je manque de tomber . Je lui demande : «Tiens-moi fort la main !» Il la serre et puis sa main se relâche. Je le supplie de la serrer plus fort. De nouveau il serre et de nouveau il relâche. La troisième fois il me serre si fort que les larmes me viennent aux yeux. « Tu me fais mal !» «Tu ne sais vraiment pas ce que tu veux ! » dit-il.

Maintenant je sais ce que je voulais. Je voulais me sentir en sécurité. Ce n'était pas le cas... et il m'a fallu des années de thérapie pour rassurer cette petite fille peureuse à l'intérieur de moi. Je n'ai compris cela que longtemps après, quand j'ai rassemblé les morceaux.

Papa est né en 1922 à Portsmouth sur la côte sud de l'Angleterre. Il avait trois sœurs et a vécu à l'époque où seuls les hommes gagnaient de l'argent pour entretenir la famille. A l'âge de quatorze ans il s'engage dans l'armée de l'air. Un jour les trois armées installent leur bureaux à Portsmouth et procèdent au recrutement. Mon père voulait s'engager dans les Marines comme son père, mais la queue était trop longue, alors il a opté pour la R.A.F. A l'âge de dix-sept ans il combattait à la guerre. Il a rencontré maman qui travaillait dans l'usine de Grantham au début de la guerre, l'a mise enceinte, l'a épousée rapidement (dans un bureau de mariage civil). Elle est retournée chez sa mère et lui a continué la guerre. Il a débarqué sur la plage Sword en Normandie le jour J, s'est battu et a poursuivi les combats à travers la France jusqu'en Allemagne et finalement à Berlin. Quand il est retourné en Angleterre, ma sœur avait deux ans. Elle ne le connaissait pas. Il ne nous parlait jamais de la guerre. Mais maintenant je sais qu'il a dû tuer souvent et voir ses camarades mourir. Il a dû avoir très peur. C'est sûrement pour cela qu'il n'en parlait pas. Il a fait ce qu'on lui disait de faire. C'était un soldat. Il menait une vie d'homme avec les hommes et n'avait pas de temps pour les enfants. Les enfants, c'était le monde des femmes. Lui, il était chez lui avec ses hommes. Quand il vivait avec nous, il demandait à un soldat de venir faire du baby-sitting et il amenait Maman au mess pour danser et boire. Les enfants prenaient leur repas à 17h30 et étaient au lit à 19h00 au plus tard. C'était ça la vie d'un homme. Les enfants ne faisaient pas partie de son monde. Il avait des choses bien plus importantes à faire dans sa vie de soldat.

Je rentre de l'école à la maison à pied, avec Barbara. Il nous faut une demi-heure. C'est l'hiver. Il n'est que 16h30 mais il commence à faire nuit. Nous coupons à travers les jardins de l'église et un monsieur nous approche : - « Bonjour. Vous êtes sur le chemin pour rentrer à la maison ?
- Oui ! répondons-nous poliment.
- Quel âge avez-vous ? demande-t-il.
- Huit ans, répond Barbara.
- Moi, j'ai presque neuf ans, j'ajoute avec fierté. Ces quelques mois sont très importants. Ils veulent dire que je suis plus

grande, plus âgée et bien sûr plus importante.

- Vous êtes dans la même classe ? demande le monsieur. On hoche la tête. Il continue,

-Quand vous n'êtes pas sage à l'école comment le maître vous punit-il ?

- Eh bien, si nous sommes très méchantes, il nous donne des coups de bâton.

- Moi, je viens du Canada, dit le monsieur. Et là-bas si les filles ne sont pas sages elles reçoivent des coups de bâton aussi , j'ai des photos ici. Voulez-vous les voir ? Il sort une enveloppe de la poche de son imperméable dont il sort des photos. Les filles sont bien plus âgées que nous et elles sont toutes nues. Elles sont pliées sur une table et il y a des marques très rouges sur les fesses.

- On vous frappe comme cela ? nous demande-t-il.

- Non. dit Barbara. Je fais « non », de la tête et dis : On nous frappe sur les mains !

- Certaines ont été fouettées, regardez ! Et il montre les marques très rouges et profondes, surtout sur les fesses, mais aussi sur les jambes et les dos. Certaines filles se tiennent les seins avec les mains qui montrent aussi des marques.

-Quel genre de choses faites-vous quand vous n'êtes pas sages ?

-Oh ! peut-être parler en classe ou bien oublier d'apporter un mouchoir.

- Vous n'avez pas été sages aujourd'hui ?

- Si, nous avons été sages !

- Bon, je ne vous frappe pas avec un bâton alors, mais je devrais vous donner une fessée au cas où !

- Non, il faut que nous rentrions à la maison » , dit Barbara et elle me prend par la main. Nous courons à travers le jardin, sortons sur la route et descendons la colline si vite que nous ne pouvons plus respirer. Il ne nous a pas suivies et nous rentrons à la maison. Je suis contente car je ne veux pas être frappée par un bâton ou bien recevoir une fessée.

« Maman, Papa, Barbara et moi on a été arrêtées par un monsieur qui nous a montré des photos de filles toutes nues ! ». D'un seul coup j'ai leur attention. Mon père me questionne :

- « Comment était ce monsieur ? Qu'est-ce qu'il a dit exactement ? Qu'y avait-il sur ces photos ? »

Je lui raconte, et il sort de la maison. Une heure plus tard il est de retour avec deux policiers qui me posent les mêmes questions. Je me sens très importante et super contente d'être le centre d'attention, mais je suis aussi un peu effrayée. Pourquoi ils me posent toutes ces questions ? Qu'est-ce qu'il y a de si important ? La police part et mon père me prend par les mains et dit : « Écoute, si un homme t'attrape comme ça tu dois monter ta jambe et avec le genou le frapper très fort entre les jambes. Tu as compris ? Montre-moi ! »

Il se met de côté. «Vas-y, imagine que je suis en face de toi. Montre-moi, et frappe très, très fort entre mes jambes.» Il semble très content des résultats et maman me dit d'aller au lit, car il est très tard.

Le lendemain, devant les élèves rassemblés à l'école, le directeur annonce : « Deux filles ont été arrêtées hier soir après l'école par un fou qui est recherché par la police. Si jamais un étranger vous parle, partez en courant et demandez à vos parents d'appeler la police. Ne restez surtout pas près de lui et ne lui parlez pas. C'est un homme dangereux et les forces de l'ordre le recherchent. »

De retour dans la salle de classe je dis avec fierté ; « C'est moi qui ai été arrêtée par cet homme !

- D'accord !» dit un des garçons, Maintenant tu peux arrêter de frimer ! » Je me tais et plus rien n'est dit à ce sujet. Le soir même je veux rentrer à la maison avec Barbara, mais elle me dit ; « Je ne rentre pas avec toi, car tu parles avec les étrangers.

- Toi aussi ! »

Je déteste Barbara. Je rentre seule à la maison.

« Tu pues !» dis-je très fort. « Tu pues la merde, Barbara !» et je m'entraîne à lever mon genou très haut comme pour frapper un homme entre les jambes. Cela m'amuse et le chemin de retour passe plus vite.

Barbara ne veut plus être mon amie. Elle dit que je suis une « m'as-tu-vu », une frimeuse. Le lendemain à l'école je me trompe en répondant au maître, et elle dit très fort, pour que tout le monde l'entende : « Tu vois, tu n'es pas aussi intelligente que ce que tu penses ! »

Tout le monde rigole et je lui tire la langue. Je m'en fous mais je ne m'en fous pas, je pensais qu'elle était mon amie et ça fait mal !

Il y a à peu près deux kilomètres entre l'école et le camp militaire. J'ai pris un morceau de craie et je m'arrête tous les dix ou vingt pas pour écrire sur le trottoir : « Barbara Peterson pue la merde » ou bien : « Par ici pour aller à la maison puante de Barbara Peterson ! » et « Barbara Peterson est une grosse caca boudin de merde ! » Contente de mon travail, je rentre à la maison.

Le lendemain soir un monsieur frappe à la porte et parle avec mon père. Papa est très en colère après moi, à cause des messages et il m'amène dans ma chambre où il me frappe très fort avec le dos de la brosse à cheveux de maman. Ensuite il me dit d'aller au lit sans dîner.

Maman vient dans ma chambre et, avec un regard désespéré, me dit : « Oh, tu es une très vilaine fille ! Pourquoi tu ne peux pas être sage ? »

Quelques jours plus tard je lis, dans mon livre des comptines, l'histoire de la petite fille qui a une boucle en plein milieu du front. Quand elle est sage, elle est très, très sage, et quand elle est méchante, elle est horrible. Je décide de couper une mèche de mes cheveux et de faire une boucle avec ce qui reste. Une boucle que je porte avec fierté au milieu de mon front. Je décide d'être désormais très sage. Je dis avec douceur « merci » et « s'il te plaît » à tout ce que l'on me dit. Je mets les couverts sur la table avant le repas sans que l'on me le demande, et je fais mon lit comme il le faut. Je chante « Je suis une petite fille avec une boucle sur le front...... » Steve ricane. Maman continue son ménage, et Papa n'est plus à la maison. Et puis un jour, en débarrassant la table, je fais tomber un verre qui se casse. Maman me gifle et me demande de ramasser les morceaux. Je le fais, mais je décide que c'est fini, je n' essaierai plus d'être sage. Je serai horrible !

Je partage un petit lit avec Steve, ma tête à côté de ses pieds. Avec ces derniers il me donne des coups dans la poitrine et ses genoux s'enfoncent dans mon dos. Où sommes-nous ? Entre deux déménagements, quelque part en Angleterre, en attente chez des gens : des amis ou la famille ? Je ne sais pas, mais ce n'est pas pour longtemps ; une semaine ou deux ; mais qu'est ce que j'aimerais avoir un lit pour moi toute seule ! « Ne te plains pas, dit maman, quand nous sommes allés en Égypte, ton frère a dû dormir dans le tiroir d'une commode pendant quelques mois !»

Nous sommes dans notre nouvelle maison en attendant que les cartons arrivent avec nos affaires. Mes poupées sont quelque part en transit. Des cartons arrivent. Mes poupées n'y sont pas. « Tu les trouveras dans le prochain carton » dit ma mère. J'attends en particulier les poupées en papier que j'avais découpées dans un journal et collées sur du carton et sur lesquelles je pouvais mettre toutes les robes et accessoires que j'avais également coupés. Il y avait une petite dizaine de personnages, tous aussi beaux les uns que les autres et des cinquantaines de robes et jupes en papier qui s'attachaient autour des mannequins. Il y avait même les chapeaux et des sacs à main. Je ne savais pas mais ces poupées étaient peut-être le premier concept des « Barbies ». Tout cela tenait dans une petite boîte de vingt-cinq centimètres. La boîte n'était pas dans l'arrivage suivant. Je m' angoisse. « Où sont-elles ?». Je harcèle ma mère pendant des semaines. Elle répond qu'elles doivent être perdues quelque part ... Les grands boîtes nous sont livrées mais pas ma petite boîte de poupées qui n'arrivera jamais !

Nous sommes quelque part en Angleterre. Je ne sais pas où mais je sais que c'est en Angleterre parce que nous avons un jardin et l'herbe est verte. Je suis accroupie dans le jardin et observe les fourmis. Je peux passer des heures comme ça. Elles me fascinent. Steve vient derrière moi et glisse un ver de terre dans mon cou. « Ah, qu'est-ce que c'est !? » Je hurle. « C'est un ver de terre, un magnifique, adorable, délicieux ver de terre ! » dit Steve. Je hurle et me tortille dans tous les sens. Je me déshabille là dans le jardin et enfin le ver tombe sur la pelouse. Je me retourne, très en colère et me déchaîne contre Steve. Il se défend mais je suis folle furieuse et le plaque sur l'herbe. Je veux le tuer ; je le déteste tellement. Maman sort de la maison et m'arrache à ma proie. « Arrête Pamela, tu n'es qu'une sauvage. Rentre dans la maison et sois sage ! » Je vais à la salle de bain, frotte bien mon dos, mets une chemise propre et grimpe sur l'étagère la plus haute dans le placard-séchoir où se trouve le chauffe-eau. L'étagère la plus élevée est loin des yeux. Bien au chaud je m'assois sur une serviette très confortable. Puis avec mon pied je ferme la porte. Je suis bien et sors mon livre et une lampe de poche. Là je peux rester de longs moments à lire. Personne ne vient me chercher.

Je déteste Steve. Il est méchant et vicieux. Je m'assois au plus haut des escaliers et descends sur mes fesses. Boum, badaboum ! Je descends en criant « Steve est un Salaud, un gros con, con, con, con ! » A chaque marche : boum « Salaud, Con » boum « Salaud, Con » jusqu'au plus bas des escaliers où ma mère m'annonce que papa va venir me punir. Il m'emmène dans la salle de bain et me lave la bouche avec du savon : « Voilà, pour les gros mots ! » Le savon a un goût horrible dans ma bouche, mais je pense toujours que Steve est un salaud et un con ; même encore plus maintenant. « Les petites filles doivent être vues mais pas entendues » me dit papa. - Alors pourquoi Dieu m'a donné une langue ? - Va dans ta chambre, et ne me réponds pas, ou je te couperai la langue !» me menace papa. Je pense qu'il peut le faire, alors je ne vais pas dans ma chambre mais je me cache dans le placard du chauffe-eau, au plus haut, dans le noir, loin de tout. Je tire ma langue et imagine quelqu'un en train de la couper. Elle est visqueuse et difficile à tenir entre les doigts. Elle glisse. Je me demande comment on peut la couper. Peut-être il faut mettre une pince à linge pour la garder en place. On ne peut pas tout couper de toute façon parce que ça va très loin dans la gorge. Je me demande si je pourrais parler uniquement avec la moitié d'une langue. Je roule le bout de ma langue et imagine qu'il ne m'en reste que la moitié et j'essaie de parler. Des bruits bizarres sortent de ma bouche. Ça me fait rire. Je m'entraîne pendant un moment mais j'ai mal à la gorge et, finalement je m'endors.

Mon père est absent et ma mère s'intéresse beaucoup plus à Steve, qui est un gentil petit garçon, ou à cuisiner ou nettoyer la maison, qu'à moi. Et ma sœur en a marre de s'occuper de moi. Je n'ai pas ma place. Qu'y faire ? Ah, je sais. J'ai une petite valise. Où est-elle ? De quoi j'ai besoin ? Belinda, ma jolie petite poupée, bien sûr. Je n'irai nulle part sans elle. Je prends un biscuit et une pomme dans la cuisine. Peut-être je devrais prendre une deuxième culotte. Je connais la route pour aller à la gare.

Le banc est dur et mouillé et je prends froid. Pourquoi il n'y a pas de train ? Je sais très bien y monter. Je me demande où il m'amènera. Je m'en fiche. Je trouverai un endroit quelque part chaud et douillet, avec une dame dodue et douce qui me prendra dans ses bras et me chantera des chansons tout en me disant que je suis une gentille fille sage. Et puis Belinda et moi nous nous endormirons.

Voici Steve, autoritaire et imposant. Il me dit d'un air suffisant : « On m'envoie pour te ramener à la maison ! » Il me prend la main et me pousse hors de la gare. Tant pis, je reviendrai une autre fois me dis-je. De toute façon j'ai faim et c'est probablement l'heure du goûter. Oui, c'est ça je reviendrai un autre jour.

Quand mon père rentre le soir, maman lui raconte mes exploits : elle lui dit que j'ai fugué. Il a l'air en colère et perplexe, « Pourquoi tu contraries ta maman comme ça ? Tu as de la chance d'avoir une mère qui te coud de jolies robes et te fait de bons repas. Tu es une vilaine petite fille ingrate. Ne me lance pas ton regard noir, ne fais pas cette tête furieuse ou je te donnerai une bonne fessée. Maintenant file dans ta chambre. Je ne veux plus te voir. » Dans les escaliers, à chaque marche je donne un bon coup de pied et je claque fort la porte de ma chambre en la refermant. Je me suce le pouce pour me consoler. Il est doux et glisse dans ma bouche ; je le serre fort avec mes lèvres. Le va et vient me procure une sensation voluptueuse et me calme. C'est comme quand je caresse ce morceau de velours que maman m'a donné. Il est si doux. Papa m'a dit qu'à huit ans je suis trop âgée pour sucer mon pouce et que mes dents vont finir par sortir devant comme celles d'un lapin. Alors il le badigeonne avec un produit au goût acide et dégoûtant. Je le frotte et frotte, mais cela ne disparaît jamais complètement ; et de toute façon il m'en remet. En attendant, pour le moment, le goût désagréable est presque parti.

Papa est parti, il est quelque part dans le Golfe Persique. Il ne rentre pas ni ce soir, ni demain, ni le lendemain. Je ne pense pas qu'il rentrera un jour ; et c'est de ma faute. Maman attend un bébé et elle est très fatiguée.

« Je suis désolée, papa. Je ne voulais pas être vilaine. Je te promets que je serai très sage si tu rentres à la maison. » Je prends sa photo et je m'assois au plus haut des escaliers. « Je t'aime, vraiment, papa. Rentre s'il-te-plaît »

Bébé Martin arrive. Il est si mignon mais il y a beaucoup à faire ; il faut aider maman. Je n'ai personne à qui parler. J'ai huit ans et je veux mon papa mais la Royal Air Force, (l'armée de l'air) l'a enlevé.

Une année est passée. Je suis au lit, je dors. Je me réveille et je sais qu'il est là ! Je descends en courant et je fais un bond dans les bras de papa. Je suis tellement heureuse ! Papa est revenu. Il a une valise pleine de jouets et de cadeaux pour nous tous, et maintenant il est de retour.

On déménage encore ! Nous partons de Ruislip, dans le comté de Middlesex dans la banlieue du Grand Londres pour aller à Oldiham, un village historique dans le comté du Hampshire.

Je veux être grande rapidement. Je veux gagner de l'argent, être indépendante, faire ce que je veux, quand je veux. J'ai presque dix ans et le marchand de journaux me donne un travail : je dois livrer des journaux avant d'aller à l'école. Ma tournée me prend une demi-heure. Christine travaille dans un salon de coiffure et n'habite plus avec nous. J'ai hérité de son vélo. Cela me plaît d'avoir mon propre argent. Je dis toujours que je vais économiser mais tout disparaît rapidement, surtout avec les bonbons achetés au même magasin de journaux. J'ai quand même une tirelire et de temps en temps j'y mets une pièce. Quand mon père m'a demandé ce que j'allais faire avec mes économies, je lui ai répondu sérieusement que j'économisais pour mes vieux jours !

Je n'ai pas de problèmes à me lever tôt en septembre et octobre mais novembre et décembre arrivent et les journées sont plus courtes et plus froides. Le réveil sonne. Il fait toujours nuit. J'allume la lampe de chevet et regarde mon souffle sortir de ma bouche comme de la fumée. Les vitres de ma fenêtre sont recouvertes de givre et de jolis cristaux sont formés. Je me cramponne à ma couverture. Comme c'est bien au chaud dans mon lit ! Mais il faut que je me lève. Je suis un être responsable maintenant avec un travail à assumer. Mon pied touche le lino glacé et la journée commence. Tous les matins papa allume le feu dans le salon et nous le nourrissons de charbon tout le jour. Parfois c'est moi qui dois aller remplir le seau de réserve de charbon. La grande réserve se trouve dans le jardin sous un abri de bois. Le charbon nous est livré une fois par semaine et l'air devient noir de particules quand les charbonniers le versent dans la réserve.

Nous avons une télévision maintenant. Les programmes commencent à cinq heures de l'après-midi avec des programmes pour les enfants, et à six heures il y a des infos et ensuite un programme pour les adultes. Elle s'éteint à dix heures. Moi, je suis au lit à huit heures avec une bouillotte d'eau chaude.

C'est dimanche et quelqu'un d'autre assure ma tournée de journaux. Je peux rester au lit où je suis bien au chaud. Il est neuf heures, la porte s'ouvre et papa entre bruyamment. « Allez debout là-dedans, mademoiselle paresseuse ! » Il ouvre en grand ma fenêtre et l'air froid se précipite dans ma chambre. Ensuite il tire mes couvertures. « Mais, je veux rester au lit ! - Hors de question, répond-il. Je ne veux pas d'enfants feignants chez moi. Debout maintenant ! » Il quitte ma chambre et je lui obéis. Je déteste les dimanches. Quel ennui ! Il n'y a rien à faire ! Il fait froid et humide et il y a du vent. Il n'y a nulle part où aller. Le repas de dimanche est toujours pareil : rôti de bœuf, pudding du Yorkshire, patates rôties, choux de Bruxelles, carottes, et gravy (la sauce). Puis tarte aux pommes et crème anglaise chaude. Nous disons le «Benedicite» avant : « For what we are about to receive may the Lord make us truly thankful.» «Pour ce que nous allons recevoir que le Seigneur nous rende reconnaissants .» Ensuite nous mangeons en silence, en faisant attention à bien nous tenir à table.

Parfois je n'arrive pas à terminer tout ce qu'il y a dans mon assiette, mais je n'ai pas le droit de quitter la table avant. « Finis ton repas, me dit papa, il y a des enfants en Chine qui meurent de faim ! - Alors, pourquoi on ne met pas mes restes dans un paquet et on les leur envoie ? - Ne sois pas bête, tais-toi et tiens-toi comme il faut ! » est sa réponse. Alors j'obéis, mais je ne vois pas ce que cela change pour les enfants en Chine.

Mon travail le dimanche est de mettre la table. Il faut qu'elle soit parfaite avec une nappe propre et bien repassée. Après le repas Steve et moi devons faire la vaisselle. Cela ne finit jamais : il y a tellement de casseroles. Nous travaillons à tour de rôle, un lave et l'autre essuie et la journée s'éternise. J'irais bien me promener un peu mais il pleut. Maman veut m'apprendre à tricoter mais je refuse. Je ne veux pas devenir comme elle. Elle nettoie, cuisine, tricote, coud, sert à table et pousse des soupirs. C'est une vraie martyre dévouée à ses devoirs de femme. Ensuite elle s'allonge sur le canapé avec mal à la tête. Non, vraiment je ne veux pas devenir comme elle. Elle me dit pourtant combien c'est important d'être propre, bien habillée et de bien parler. Elle prend son rôle très à cœur pour nous inculquer ses règles. La maison est impeccable et la table toujours bien mise. Elle nous répète sans cesse de fermer la bouche en mangeant, de ne pas mettre les coudes sur la table, d'utiliser les bons couverts au bon moment, de nous asseoir comme il faut et d'être polis. Nous vivons dans le quartier des familles de Caporaux et de Sergents. Papa est Sergent. Je joue avec les enfants dans la rue. Je sais que ma grammaire est meilleure que la leur ; et, quand je vais chez eux, je constate qu'ils n'ont pas de nappe sur la table, tout est moins propre et le désordre règne partout.

« Je viens d'une famille qui a une certaine classe » dit maman. Mais elle n'a pas d'amies et sa vie est morne. Elle lit les livres de Barbara Cartland et elle rêve d'une autre vie. Elle n'est heureuse que quand nous sommes Outre-mer. Là, elle a des domestiques, et elle et mon père sortent beaucoup. Ils vont manger et danser au mess. Mais ce n'est pas la vie que je veux. Je veux être un garçon et avoir une vie pleine d'aventures. Je veux partir loin sur un bateau. Pourquoi je ne suis pas née garçon ? Pourquoi la vie est-elle si injuste ?

Nos cousins entrent et sortent dans notre vie ou plutôt nous faisons irruption dans la leur quand nous sommes à proximité. Eux, ils ne bougent pas ! Ils habitent à Grimbsy en Angleterre. Maman soupire souvent en disant : « Pourquoi vous ne ressemblez pas à Diane et Christopher ? » Ils ont tous les deux le même âge que moi et Steve. Nous les voyons, nous jouons ensemble, mais nous ne pensons pas qu'ils sont si parfaits. Maman oui, alors nous les détestons. Ce sont des chiants, de vraies « Sainte Nitouche », d'un ennui mortel. Pourquoi maman pense-t-elle qu'ils sont mieux que nous ?

J'ai presque douze ans et je trouve un travail de baby-sitting. Les parents sortent souvent ensemble, au moins une fois par semaine, et les enfants se couchent toujours avant sept heures. J'ai une bonne réputation en tant que baby-sitter et je gagne pas mal d'argent. Parfois je dépanne pendant quelques heures dans la journée. Jenny a trois ans et nous jouons à la poupée ensemble. Carole, sa mère, rentre et me demande : « Elle a été sage ? - Oui ! Pas de problèmes !» Carole la prend aux bras, l'embrasse et lui dit doucement :« Que tu es sage ma jolie, c'est bien d'écouter et obéir a Pamela, maman est fière ! » Je suis très étonnée et un peu choquée. « Vous ne pensez pas qu'elle aura plus tard la grosse tête si vous lui parlez comme ça ?
- Mais je lui dis aussi quand elle n'est pas sage, alors je lui dis également quand elle l'est ! »

Personne n'a jamais dit que j'étais une bonne fille. Mes parents disent qu'il ne faut pas complimenter les enfants, car si vous le faites, ils prendront la grosse tête. Que dois-je en penser ? Ces parents sont-ils de mauvais parents ? Enfant, personne ne m'a jamais dit que j'étais sage.

Je fais du baby-sitting pour cette famille tous les samedis soirs et cela me fait un peu d'argent de poche. Les plupart des filles entre douze et quinze ans le font. Les filles plus âgées sortent aussi le samedi soir.

Christine est fiancée maintenant à un homme qui s'appelle Charles. Ils viennent nous rendre visite. Charles a un accent très distingué et une voiture de sport à deux places. Il m'emmène faire une promenade. Les gens nous regardent en passant. J'ai l'impression d'être une princesse dans un carrosse d'or. Que cela me plairait !

Chris habite chez une tante à Bournemouth et je pense que Charles habite à Londres. La date du mariage est fixée et ensuite annulée. Maman dit que Charles « a les pieds froids ». (c'est-à-dire qu'il fait marche arrière). Quelle drôle d'expression ! Pourquoi ne met-il pas tout simplement une deuxième paire de chaussettes ?
Une autre date pour le mariage est fixée et on m'achète une robe orange, un nouveau manteau, de nouvelles chaussures et un sac

à main. J'adore mes vêtements. Je suis un mannequin ! Le mariage se passe près de Londres et nous avons tous la moitié d'un poulet à manger. Quel luxe !

Dans le train pendant le voyage de retour papa critique le coût et l'extravagance d'un demi poulet par personne ! Je me fais la promesse de ne rien lui coûter à mon mariage.

CHAPITRE 3

Ma vie commence, ou plutôt je commence à vivre à l'âge de onze ans. Il y a un examen à l'école, dont personne ne m'a parlé. La classe est disposée différemment : les bureaux sont séparés les uns des autres et nos noms sont écrits dessus. Je me demande la raison de tout ce chamboulement. On nous donne un dossier et nous demande de remplir la première page et d'attendre pour la tourner. Ce sont des calculs et des phrases de grammaire à compléter. Je termine la première page et regarde autour de moi. Ma voisine (et rivale) me regarde avec un petit sourire satisfait : elle a terminé avant moi.

« Tournez la page et continuez » dit le surveillant que nous voyons pour la première et dernière fois. Je fais vite et j'ai la satisfaction de finir avant ma rivale. A mon tour de la regarder avec un petit sourire satisfait.

Nous sommes en train de passer le « Eleven Plus », un examen national qui sélectionne les quinze à vingt pour cent des meilleurs élèves. Moi, qui ai déjà vécu dans trois pays et dix villes différents, n'ai vraiment aucune idée de l'importance de cette épreuve. Je la prends comme une course de vitesse. Je bâcle les réponses pour finir la page et celles qui suivent avant « elle ». Quelques semaines plus tard mon instituteur nous annonce les noms de ceux qui ont réussi (trois sur les trente de ma classe) et ceux qui sont « border-line » (sur la liste d'attente). Là, nous sommes deux. Oh, comme je suis bête ! Cet examen était très important et je ne le savais pas. Pourquoi ne l'ai-je pas pris au sérieux ? Je pleure de ne pas avoir réussi et n'être que sur la liste d'attente. Deux jours plus tard mon instituteur m'annonce que je suis admise dans une « Grammar School » avec les autres et que je vais faire partie de l'élite ! Merci ! Je me rends compte qu'une nouvelle vie s'ouvre devant moi.

Nous déménageons encore. Cette fois pour Henlow dans le comté de Bedfordshire à soixante-quinze kilomètres au nord de Londres. Je vais aller à Stratton Grammar School à Biggleswade mais d'abord il faut que l'on m'équipe. Subitement je suis devenue importante. Ma mère m'emmène dans un magasin spécialisé et m'achète de nombreux vêtements. Je n'en ai jamais eu autant dans ma vie. Il y a l'uniforme du jour, avec un blazer et un chapeau, une paire de shorts avec un T-shirt pour jouer au hockey et même une batte de hockey dont je n'ai aucune idée de comment l'utiliser. Je ne connais pas ce jeu. Il y a aussi une culotte grise et un autre T-shirt pour la gymnastique, et puis également une robe d'été, une raquette de tennis, des shorts blancs et des tennis, et même un maillot de bain. On ne m'avait jamais acheté autant de vêtements d'un seul coup de toute ma vie. Pour Noël j'avais eu un livre, une boîte de chocolats, un pull-over fait maison et peut-être une poupée. Est-ce Noël ? Cela doit l'être car, en plus on m'achète un cartable. C'est difficile d'expliquer l'importance de ce cartable. Il est en cuir marron, grand et solide. Je sais que je vais passer mon temps à le cirer. Il sent si bon. Je n'ai jamais possédé quelque chose de si beau. Il y a beaucoup de place pour ranger mes affaires : trois compartiments dont deux grands pour les livres et un petit devant. Il est pratique, solide, majestueux et merveilleux. Je l'adore.

La rentrée est dans une semaine mais j'ai hâte que cela commence. Je mets mon uniforme, mon blazer et mon chapeau et je vais me promener dans le camp militaire. Je suis tellement fière. Judy me voit. Elle a deux ans de plus et est pleine de confiance en elle.

« Ah, tu vas à l'école « Grammar » aussi ! » me dit-elle en souriant.

Le jour « J » arrive enfin. Je marche pendant ce qui me semble une éternité avec maman.

Nous traversons le camp côté sous-officiers et entrons dans le côté des officiers. Que faisons-nous ici ? Cette partie du camp est hors limites. Maman me fait monter dans un car. Elle me quitte en me disant de m'asseoir et d'être sage.

Tous les jours pendant un peu plus d'une année je prends ce bus qui nous attend côté officiers et je sais que je ne devrais pas y être. Judy et moi sommes les seules à passer de « l'autre côté », les intruses ; mais ce n'est pas grave. Ce n'est qu'un voyage après tout. Judy est mon amie. Le fait que nous sommes différentes des autres nous rapproche et nous devenons complices. Nous faisons le trajet à pied ensemble tous les matins et nous nous voyons les week-ends. Cela lui est égal que les autres enfants chez nous pensent qu'elle fréquente un « bébé ». Maman dit qu'elle est vulgaire et que ses cheveux sont gras. Ma mère est horrible. Judy est mon amie.

L'école est énorme et impressionnante. Les enfants ont entre onze et dix-huit ans. Il y a quatre classes dans chaque année. Nous avons des cartes pour pouvoir nous localiser mais nous nous perdons souvent.
A chaque heure il y a une matière différente dans une classe différente et avec un professeur différent. Les enfants sont perdus

dans les couloirs. Je les regarde et je les rassure. « Ne vous en faites pas ; je vous aiderai à trouver les salles, » dis-je. Les années où j'ai déjà été perdue dans le temps et dans l'espace m'ont rendue plus forte que les autres. J'ai des amies. J'ai vraiment des amies pour la première fois dans ma vie. Il y a Judith et Tess dans ma classe. Elles sont belles. Elles m'aiment et m'admirent et je les adore. Je suis acceptée pour la première fois de ma vie. J'étais nouvelle mais en même temps que les autres. J'adore chaque minute, chaque leçon, et chaque professeur. Pour la première fois je découvre une bibliothèque. La pièce est immense et pleine de livres. Comment cela peut-il exister ? C'est la deuxième meilleure surprise après mon cartable. Je peux non seulement regarder les livres mais, les caresser, passer mes doigts tendrement et doucement le long des étagères pendant que je lis les titres. Mais le plus important c'est que je peux les prendre et les apporter à la maison pour les lire. Chaque semaine j'en prends deux, les mets dans mon joli cartable et les emporte. La semaine suivante je les change pour deux autres. Cette bibliothèque est un monde magique avec tous ces ouvrages qui me font voyager aux quatre coins du monde, dans le passé et dans le futur, dans les maisons des autres et dans les pensées secrètes de gens que j'ignorais. Je découvre

Enid Blyton, Walter Scott, J.B. Priestly, Jane Austen, Rudyard Kipling, Frances Hodgson Burnett, James Matthew Barry, Lewis Carroll, Beatrix Potter, R.L. Stevenson, Graham Greene, Emily Brontë, Charlotte Brontë, Mary Percy Shelley, William Golding, Daniel Defoe et plein d'autres auteurs.

En arrivant chacun de nous se voit attribuer une maison.

Le « système des maisons » est une organisation traditionnelle de certaines écoles dans les pays anglophones. Les élèves ainsi que les membres de l'équipe pédagogique sont divisés en sous-unités appelées « maisons » et chacun d'eux est affecté à une maison lors de son arrivée en sixième et y reste jusqu'au terminale.

Historiquement, le système de maison était associé aux écoles prives en Angleterre en particulier aux internats complets, où une « maison » faisait référence à une pension à l'école. À l'époque moderne, dans les externats et les internats, des écoles de l'élite (privé ou grammar) le mot « maison » désigne uniquement un groupe d'élèves, plutôt qu'un bâtiment particulier.

Les maisons peuvent se rivaliser dans les compétitions sportive, intellectuelle et artistique avec les autres, en mettant l'accent sur la fidélité au groupe. Les élèves de la même maison, qu'ils soient en sixième ou en terminale s'entraident. Les grands aident toujours les plus petits

Il y en a quatre. Je suis dans la maison Nightingale, nommée ainsi d'après Florence Nightingale, l'infirmière héroïne de la première guerre mondiale. Notre couleur est le vert, et chacune des quatre maisons porte une couleur différente pendant les matches ou organisations sportive.

Avant les cours d'E.P.S. nous nous changeons de vêtements pour jouer au Hockey, ou au tennis ou pour faire de l'athlétisme, ou des activités à l'intérieur du gymnase, ou bien à la piscine. Au Hockey je me défends bien. Je suis sportive et je gagne des compétitions pour ma maison. Je me défends aussi à la piscine, à l'athlétisme et au gymnase. Par contre je n'arrive pas bien au tennis, mais il faut dire que nous ne jouons pas souvent à cause du climat. J'ai aussi des bons résultats en classe. J'écoute bien et j'absorbe les leçons. Nous avons les laboratoires de chimie et des classes de biologie avec un squelette qui nous surveille. On le surnomme Oscar. Tout est intéressant et les professeurs sont excellents. Je suis dans mon élément. Nous avons le choix des activités artistiques et j'opte pour des cours de théâtre. Je suis très douée. Je deviens une meneuse, un chef. Je fais rire et je suis pleine de vie. J'adore, je ris, je suis éveillée, j'existe. Pour la première fois j'ai commencé l'école en même temps que les autres. Je ne suis pas l'extra-terrestre qui vient d'ailleurs. Je suis comme tout le monde et je suis gaie, drôle et populaire. En plus il y a tant d'écrivains nouveaux à connaître : les sœurs Brontë, H.G.Wells, Charles Dickens, Shakespeare. Les poetes aussi : Yeats, Wordsworth, Thomas Hardy, Walter de la Mare et d'autres peuplent mon univers. Je ne suis plus toute seule. C'est tellement merveilleux d'être vivante que j'ai du mal à me contrôler. Mes poumons se remplissent. Ils éclatent. Je crie fort. Je suis vivante. Les autres me suivent. Je suis un leader. Je suis bonne à faire des farces. On m'admire car je n'ai pas peur. Ni personne ni rien ne me fait peur. Je coupe un passage dans le grillage qui sépare la cour de recréation d'un verger pour voler des pommes. Il faut dire que la cour de recréation avec tous ses terrains de sport est très grande et l'on ne me voit pas. Je reviens les poches pleines de fruits que je distribue. Je mords la pomme à pleines dents et le jus coule sur mon menton. « Viens vite ! » mes amies me répondent « Non, On s'en va, c'est interdit ! » Je ris. Un pion me traite d'« indisciplinée » et de « turbulente ». Cela m'est égal. J'adore mon école et j'adore ma vie.

Il y a une tache de sang dans ma culotte et je sais que maintenant je fais partie de « l'élite ». Après les activités sportives je peux donner un mot de ma mère qui annonce que j'ai mes règles et, pendant que les autres filles prennent la douche, je peux m'habiller et les regarder de haut parce qu' « elles » ne font pas encore partie du clan des « nous ». Il y a peu de « nous » et beaucoup d' « elles » et nous prenons plaisir à nous vanter de notre supériorité mensuelle.

Quand j'annonce à ma mère l'apparition des premiers saignements elle me donne des serviettes hygiéniques et me dit avec un air très gêné : « Tu sais ce que cela signifie, n'est-ce pas ? » Je suis tellement gênée par son embarras que je réponds « oui » très rapidement. « Bien, dit-elle, maintenant il va falloir être très sage avec les garçons ». J'avoue que je ne suis pas très sûre de ce qu'elle veut dire. Est-ce que cela signifie que je dois arrêter de me bagarrer avec les garçons, que je ne peux plus me disputer avec Steve ? J'épargne maman de sa vaine tentative d'explication et réponds « Bien sûr ». Ensuite je pars fièrement à l'école pour faire partie de l'élite qui ne prend pas toujours une douche en regardant les subalternes. En tant que supérieure je prends une cigarette que nous fumons dans les toilettes. Je la respire fortement. La vie est géniale. Nous faisons preuve de notre supériorité. Je ne suis plus une petite fille : j'ai bientôt douze ans et je suis une femme ! Mais la fois suivante je suis la dernière dans les toilettes avec une cigarette et une pionne m'attrape ! Je veux mourir. Je suis de nouveau une petite fille. « S'il-te-plaît, je la supplie, je promets que je ne le ferai plus jamais, laisse-moi partir, » mais elle a un devoir à accomplir. Elle m'emmène de force chez le directeur. Je tremble et ferme mes yeux en priant doucement Dieu qu'il fasse remonter le temps et que je ne sois plus dans les toilettes avec une cigarette. « Je te promets, Dieu, que je ne le ferai plus, fais que ceci ne soit pas vrai. Je m'assois dans le couloir devant le bureau du directeur, tremblante, pendant que la pionne lui parle derrière la porte close. « Oh, c'est la fin de ma vie. Que je suis bête ! Quel gâchis ! S'il-te-plaît mon Dieu, aide-moi !» Peut-être qu'il le fait, je ne sais pas. Je ne vois pas le directeur. Je ne suis pas renvoyée mais j'ai un rapport et il est mauvais : « élève qui a besoin de l'autorité de l'institution et de ses parents car elle est agitée, indisciplinée et turbulente. » Ce sera écrit dans mon dossier. Les tests auront lieu à la fin de l'année. Cette fois j'ai compris que c'est important. Je passe tout mon temps libre à réviser. La semaine des tests arrive. Je maîtrise les maths car j'ai adoré l'algèbre. En Anglais j''écris « l'histoire d''une petite fille qui est perdue dans une ville. » La question en biologie porte sur le cœur. Je l'avais bien révisée et je suis capable de dessiner le cœur en deux couleurs qui montrent le sang sale qui entre et le sang propre qui ressort ; je nomme toutes les différentes parties. Je me souviens de certains symboles chimiques mais malheureusement pas de tous. L'Histoire est sur l'époque Norman et je ne me débrouille pas mal. La Géographie est plus compliquée car des questions nous sont posées sur les plaines, les déserts et les montagnes. Les Sciences Naturelles portent sur le cycle de la pluie et c'est ce que j'ai bien révisé. Par contre je n'ai rien compris en Français, la grammaire est vraiment trop difficile. Nous avons les résultats avant la fin de l'année scolaire. J'ai de très bonnes notes et l'année prochaine je serai dans la classe de cinquième B. Je suis destinée à aller dans les meilleures universités. Je suis fière, mes parents aussi, mais ils ne voient pas trop l'intérêt pour une fille d'aller à l'université. Papa me dit que le seul avantage est que je pourrai y rencontrer un garçon avec un bel avenir et donc bien me marier. Ils ne savent pas que les filles commencent à être indépendantes, peuvent faire de bonnes carrières et ne doivent pas seulement épauler leurs maris.

La deuxième année commence. Nous sommes tous un peu plus âgés et mes nouveaux collègues de classe sont très sérieux. Les professeurs sont excellents ; je les écoute et bois leurs paroles comme du petit lait. Le seul problème est le Latin. Les autres dans la classe en ont déjà fait une année, mais moi non. Je ne comprends rien. Le professeur me donne un livre et me dit d'étudier toute seule au fond de la classe : amo, amas, amat, amamus, amatis, amant. Je récite et apprends par cœur cette conjugaison du verbe aimer, mais je n'en vois pas l'intérêt et je m'ennuie au fond de la classe, toute seule avec mon livre. Heureusement mes cours de latin n'ont pas duré longtemps, malheureusement les autres cours se terminent aussi.

CHAPITRE 4

Judy est partie. Son père a été affecté à Chypre et la famille l'a suivi. Mon père doit partir aussi, mais pour Aden, au Sud Yémen. Nous sommes en 1963. Il y a la guerre là-bas. Nous allons le suivre plus tard, Maman, Steve, moi et Martin qui a maintenant cinq ans. Christine reste en Angleterre avec son mari. Dans trois mois j'aurai treize ans. Comment puis-je partir et quitter mon école que j'adore et mes amies ? Je pleure, je fais des histoires ; et dis que je refuse de m'en aller. Je vais m'enfuir. Les parents de Judith qui habitent à côté de l'école disent qu'ils sont d'accord pour que j'aille habiter avec eux. J'ai trouvé un logement et je supplie mes parents de me laisser ici. Finalement ces derniers décident d'aller voir le directeur de l'école pour avoir son opinion. Je ne suis pas admise dans son bureau, je dois attendre dehors. Il sort mon dossier et explique à mes parents que je suis indisciplinée et que j'ai besoin d'autorité parentale. Voilà, la décision est prise. Je pleure, je les supplie mais ils ne veulent pas changer d'avis. Alors je prends mes affaires et m'enfuis dans un parc. J'essaie de réfléchir à comment faire. Il commence à faire nuit, il fait froid et j'ai faim. En plus, je me rends compte que ce n'est pas très confortable de dormir sur un banc. Alors je rentre à la maison, pour recevoir une fessée avec le dos de la brosse à cheveux de ma mère. « Voilà ! ça c'est parce que tu donnes des soucis à ta mère qui ne fait que s'inquiéter pour toi » dit mon père. Vraiment le monde est injuste !

Jusqu'à l'âge de cinquante ans j'ai détesté et en ai voulu à ce directeur qui a complètement changé ma vie et m'a envoyée dans une autre direction. C'est vrai qu'il ne pouvait pas savoir comment était la vie au Sud Yémen. Il ne pouvait pas savoir qu'il allait me priver d'une éducation. Il pensait probablement qu'il fallait vraiment m'encadrer. Que seuls mes parents pouvaient le faire ; que je deviendrais un problème pour l'école qui n'avait pas d'internat. C'était un grand risque de me laisser chez des inconnus avec mes parents à l'autre bout du monde ! Mais je n'ai pas pensé à cela. Tous les jours jusqu'à mes cinquante ans je l'ai maudit.

Et puis, bien des années après, un jour j'ai été invitée par la Reine à une « garden-party » à Buckingham Palace. Elle fêtait ses cinquante ans de règne et pour l'occasion avait invité, entre autres, les Anglais nés le six février 1952, le jour du décès de George VI, son père. Donc, le jour où la population avait crié : « Le Roi est mort, vive la Reine ». Or je suis née ce jour-là et j'ai donc pris l'avion avec mon mari pour prendre le thé avec la Reine ! Nous avons dormi chez un cousin à Londres.

Le lendemain alors que nous faisions la queue à Kings Cross Station pour attendre un taxi, nous avons rencontré un couple, habillé apparemment élégamment pour aller au Palais, et nous avons partagé leur taxi. J'ai découvert qu'ils habitaient à Bedford et que la dame était allée à Stratton Grammar School, mais dix années après moi. J'ai donc craché sur les années passées avec toute ma rancœur et ma haine refoulées : « Si je revoyais le directeur encore une fois, je le tuerais ! Il a ruiné ma vie ! » La femme, très étonnée, a répondu doucement : « Il est déjà mort. Il est mort d'une crise cardiaque. C'était mon père ! » Sidérée, j'ai regardé son visage, sous le choc ; et soudain toute cette rancune refoulée a fondu et disparu d'un coup. J'étais assommée, et j'ai marmonné quelque chose comme « désolée ». Le taxi est arrivé, elle est descendue et a emporté le lourd fardeau que j'avais traîné avec moi jusque là.

Mon père s'en va laissant ma mère toute seule faire les valises. Il y a encore les cartons partout. Steve et moi jouons et nous bagarrons. Maman perd patience avec nous.

Elle a trop à faire. Heureusement pour elle, Martin est un enfant facile. Et puis, c'est mon dernier jour d'école. Je dis mille au revoir, et fais la promesse d'écrire à Janet et à Tess.

Nous passons une semaine dans la famille. Tonton Henry me fait peur. Il y a quelques jours il m'a embrassé sur la bouche. C'est normal car nous sommes en famille. Le lendemain il m'a embrassé mais il m'a mis sa langue. C'était dégoûtant. Il m'a tenu comme ça pendant un long moment. Argh ! Je détestais cette chose gluante qui s'enfonçait dans ma gorge. Je suis allée au toilettes et je me suis fait vomir. Maman me dit toujours que je dois être gentille avec la famille. Je suppose que c'est normal, mais vraiment je ne veux plus être seule avec lui. Hier il m'a coincée dans le couloir et m'a dit que j'étais très gentille et très jolie et il m'a mis ses mains sur mes seins. « Ah tu as grandie maintenant tu portes un soutien-gorge. C'est bien tu vas devenir une belle femme. Je vais voir si tes seins sont bien proportionnés » Il a enlevé mon soutien-gorge et a malaxé mes seins pendant un moment et a de nouveau mit sa langue dans ma bouche. Il m'a fait promettre de rien dire car seules les filles méchantes racontent les histoires et sont des rapporteuses. Quand je suis allée me coucher il m'a embrassée pour me dire bonne nuit et m'a chuchoté dans l'oreille qu'il allait venir me faire un dernier bisous dans ma chambre toute à l'heure. Je me suis couchée et j'ai poussé mon lit contre la porte. Comme ça personne ne pouvait entrer. Le lendemain nous prenons le train pour Londres. Je suis contente de quitter cette famille. J'en parle jamais à personne de Tonton Henry.

Dans le train je boude et refuse de parler à ma mère. Dans l'avion je pleure, fais la tête et fusille ma mère de mes regards noirs.
« Tu n'a pas compris ? Ma vie est finie. Pourquoi tu m'enlèves de mon école pour m'emmener encore dans un endroit inconnu ? »

L'avion arrive et la porte s'ouvre. Je chancelle, saute en arrière, comme repoussée par la chaleur. Y a-t-il un feu ? Une bombe a explosé ? Je sors de l'avion, j'étouffe et suffoque. J'ai besoin d'air. On dirait que je rentre dans un mur. L'air brûlant s'engouffre en moi. Je pense que je vais mourir pendant que je descends en vitesse les escaliers en fer forgé brûlants. Mes yeux s'ajustent à la lumière éclatante. Le tarmac est voilé, scintillant de chaleur poussiéreuse et de fumées. Nous traversons la piste d'atterrissage avec difficulté, heureux d'entrer dans le salon frais de l'aéroport. Papa est là pour nous accueillir. Nous montons dans un taxi très coloré, conduit par un Arabe. Qu'est-ce qu'il fait chaud ! Le taxi klaxonne tout le long du chemin pendant qu'il zigzague entre les enfants et les chameaux. La plupart des voitures sont de toutes les couleurs, joyeusement décorées avec de la peinture ou des tissus. Mes oreilles absorbent des bruits que mon cerveau ne reconnaît pas : les klaxons, les hululements et les bruits de ferraille des vieilles voitures et des miteuses petites camionnettes qui sautent sur les routes ; les voix qui crient et appellent les uns et les autres dans une langue inconnue, les accords de musique arabe. Les fenêtres du taxi sont ouvertes et la chaleur étouffante entre avec des odeurs bizarres. C'est quoi, ces odeurs ?

Nous allons dans un appartement dans Maalla Strait, ce qui doit être notre foyer jusqu'à ce que la maison de Khormaksar soit prête. Mon père nous emmène au lido. La fraîcheur de la mer nous accueille. Papa nous dit que nous ne pouvons rester que vingt minutes sinon on risque de brûler. Je ne sais pas combien de temps nous restons. Cela me semble très court, mais nous avons tout de même brûlé. Steve et moi devons rester au lit pendant trois jours avec une crème rose, qui s'appelle Calamine lotion, posée partout sur la peau. Je souffre de ces douleurs dermatologiques et de la chaleur. Le ventilateur au milieu du plafond fait des bruits sourds et nous envoie un peu d'air, mais la climatisation ne fonctionne pas.

Le troisième soir Papa, Maman et Martin sortent, nous laissant seuls avec nos cloques, nos douleurs et la crème. Soudain il y a un énorme boum, suivi d'un puissant grondement et d'un fracas intense. C'est peut-être un tremblement de terre, peut-être un orage ? Cela se peut qu'ils soient différents ici ...Tout est si bizarre ici. Ou bien c'est le Croquemitaine qui vient pour de vrai nous manger ? « Arrête, tu ne sais pas que ce n'est qu'une histoire. - Mais j'ai peur. » Je me cache avec difficulté sous le drap, faisant attention de ne pas laisser le tissu en contact avec ma peau douloureuse. Quand les parents rentrent, l'immeuble d'à côté a disparu. A la place il y a un énorme trou ! Un bazooka l'a démoli. Sommes-nous des héros de guerre maintenant ? Souffrant de nos blessures (les brûlures du soleil) nous sommes transportés dans une grande nouvelle maison de quatre chambres, blanchies à la chaux dans le quartier pour les familles des soldats à Khormakser. Chacun a sa chambre, mais il fait tellement chaud la nuit que je n'arrive pas à dormir. La clim n'a pas encore été installée dans toutes les chambres, mais elle y est dans la chambre des parents. Alors, je frappe à leur porte et rentre pour découvrir maman, papa, et Martin au lit avec Steve allongé au bas du lit. Je le pousse et essaie de me trouver une place. « Il y en avait cinq dans le lit et le petit a dit... » est une chanson que je fredonne dans ma tête, mais l'air frais de la clim' est sublime, et, fatiguée je m'endors vite.

Nous récupérons de nos cloques et retournons au lido qui deviendra notre aire de jeu quotidienne. Pendant les deux années où nous resterons à Aden notre peau deviendra marron foncé. D'ailleurs là-bas, dans la tradition, les nouveaux arrivés, ainsi que ceux qui viennent juste pendant les grandes vacances scolaires, sont appelés : « les faces de lune » à cause de la pâleur de leur peau.

Les tongs et l'art d'assouplir ses pieds ! Je ne peux pas porter les chaussures que j'avais en arrivant. Je ne peux pas enfermer mes pieds dans quoi que soit : il fait trop chaud. Il faut qu'ils soient à l'air mais je ne peux pas marcher pieds nus. Il y a des insectes, des araignées, des scorpions et des serpents. Même le sable brûle les pieds. Tout le monde porte des tongs. Au bout de deux heures la peau entre le grand orteil et le suivant est rouge, à vif, et douloureuse. Je mets de la vaseline entre les orteils et essaye de marcher encore. Quand le soir arrive, mes pieds me font tellement mal qu'un pas de plus est impossible. Mes pauvres pieds sont habitués à être dans des chaussettes et des chaussures solides. Je me demande si j'arriverai à marcher sur les mains. Il me faut une semaine pour que mes pieds s'habituent au caoutchouc qui les frotte, et encore une semaine pour que je les oublie.

Nous habitons dans le camp militaire entouré par une clôture de barbelés et des gardes armés à l'entrée. Je me suis fait des copains et avec Steve nous passons notre temps dans une cave transformée en bar où nous buvons des coca-cola glacés et d'autres boissons bien fraîches. Ali nous sert à volonté. Le soir nous allons à la piscine où un groupe de musiciens joue une ou deux soirées par semaine. De temps en temps un soldat dans le groupe est remplacé car il est à l'hôpital, blessé, ou bien il a fini son temps et est rentré en Angleterre. Les soldats avec leur femmes s'assoient autour des tables au premier rang. Les soldats non accompagnés sont au deuxième rang et les enfants au fond. Le groupe joue « Summertime Blues » et « The Green fields of Home ». Il y a des couples qui dansent et de temps en temps un soldat est poussé dans la piscine, ce qui nous fait tous rigoler. Parfois sur un grand écran nous est projeté un film, souvent très vieux. Le couvre-feu est à 22h00.

Les après-midi nous sortons du camp et allons à la mer. Pas n'importe où. Juste au Lido qui est fermé et protégé. La plage est en sable blanc. Un bar y vend des boissons bien fraîches et il y a un filet dans la mer qui empêche les requins d'avancer. A côté se trouve un bowling avec une très bonne climatisation dont nous cherchons tous la fraîcheur.

Les Arabes qui viennent travailler pour nous sont fouillés à l'entrée du camp. Fatma fait le ménage chez nous et tous les soirs le Dhobi Whallah vient chercher nos vêtements sales et les ramène propres et repassés. Les villes nous sont toutes interdites. Seule Maala Strait est accessible. C'est une route toute droite qui va de Steamer Point, le port où les grands bateaux arrivent, au camp militaire bien gardé de Khormaksar. Tout le long de Maala Strait il y a des magasins, qui ressemblent à des garages avec une porte en tôle ondulée qui est remontée pour dévoiler un mélange de vêtements, d'épices, de nourriture, de babioles. C'est un bric-à-brac. Tout est à vendre. Mais d'abord il faut marchander. Mais jamais quand il y a un bateau dans le port car les prix triplent.

J'adore les discussions de marchands de tapis, les bruits, les cris, les couleurs et même les odeurs.

Si l'on marchande un article et quitte le magasin sans l'avoir acheté, un garçon court pour avertir les autres sur le dernier prix donné. Ici la rue est le domaine des hommes et des garçons. Jamais on ne voit les femmes ou les filles arabes. Les mendiants sont chassés avec des claquements et des gesticulations car ils sont mauvais pour le commerce. Tout est tellement différent de l'Angleterre avec ses villages, ses prés, ses parcs, la pluie, le brouillard, où tout est gris, calme et civilisé.

Nous marchons dans la rue de Maala, un garçon assis sur une planche en bois nous observe du plus haut de la rue. Ses mains sont entourées d'un épais bandage et, tout en utilisant ses mains, il retourne une planche fixée sur des roues pour nous suivre des yeux. Steve est en train de regarder les narguilés. Un jeune Arabe l'accapare et l'emmène au fond de son repaire avec les promesses de trésors tout en le persuadant que la caverne d' Ali Baba n'est rien à côté de ce qu'il peut lui offrir. Les avions de chasse font un bruit assourdissant en traversant le ciel.

Je regarde à nouveau le garçon sur sa planche. Il me voit et il utilise ses mains pour la conduire vite dans ma direction. Je pense que cela doit être très amusant de s'asseoir sur une planche et de la faire rouler. Peut-être va-t-il me laisser l'essayer. Peut-être pouvons-nous même devenir amis. Il me regarde avec un large sourire et s'arrête rapidement devant moi. Dans son jeune visage ses yeux noirs me transpercent et il se met à gémir « Baaksheesh ». Une de ses mains s'accroche à ma jambe et l'autre est tendue devant moi. C'est un mendiant. J'ai peur. Pourquoi il ne me laisse pas tranquille? Pourquoi ne se met-il pas debout et ne descend-il pas de sa planche ? J'essaie de me dégager de son emprise pour m'en aller. Je baisse mon regard et vois que là où ses jambes doivent être il n'y a rien. C'est un corps sans jambes, collé sur une planche. L'horreur et la peur m'engloutissent. Je suis submergée d'émotions. Ma respiration est bloquée pendant que je fixe cette moitié d'être, cette moitié de monstre, dont les gémissements fendent l'air. Je lui donne mon sac à main et me libère. Je cours vers la caverne d'Ali Baba en larmes. Steve me prend dans les bras en rigolant et dit : « Tu n'aurais pas dû lui donner quelque chose. Tu auras tous les mendiants à tes basques maintenant. Tu es vraiment un bébé. » Il ricane.

Jamais je ne m'habitue à la vue des mendiants. Ils sont là quand on ne les attend pas, mutilés, demandant de l'aide ou plutôt de l'argent. Les mères attachent les membres ; une jambe ou un bras d'un enfant, afin que ce membre devienne inutile. Comme ça elle est sûre qu'il peut gagner sa vie. Dans leur religion l'on ne doit pas passer près d'un mendiant sans rien lui donner. La pauvreté, la saleté, les odeurs, la misère sont partout dans les rues derrière les édifices. Les femmes et enfants arabes s'entassent dans des taudis, faits en carton ou en tôle, qui dégagent une odeur épouvantable. Tout le monde dort ou cherche un refuge dans l'ombre des immeubles. Les hommes ne semblent pas travailler mais restent assis en train de fumer, et jettent des regards de haine en direction des blancs.

Chez moi j'entre dans la cuisine chercher du pain pour me faire un sandwich. Au moment où je prends une tranche, des « bébêtes » sortent et envahissent ma main. Je crie, laisse tomber le pain et secoue la main pour me débarrasser des charançons. Ces insectes, d'où viennent-ils ? La tranche de pain par terre semble être vivante. Elle bouge, toute seule. Je verse de l'eau bouillante dessus et écrase avec mon pied ceux qui essayent de s'échapper. Je vide le container de pain dans la poubelle et quitte la cuisine dégoûtée et affamée.

La maison est pleine de bestioles. Elles continuent d'apparaître et nous frottons toutes les surfaces pour nous en débarrasser. Nous nettoyons le plan de travail dans la cuisine et je retourne une demi-heure plus tard pour avoir l'image d'une surface qui bouge. Les insectes le couvrent de nouveau. D'où viennent-ils ? Je me déshabille pour prendre une douche, laissant mes sous-vêtements au sol pour les retrouver couverts d'insectes : abominables bébêtes ! Mes vêtements sont tous les soirs emportés par le Dhobi Wallah. J'espère qu'il noie les bestioles dans la lessive !

Il y a une tempête de sable. Les grains fouettent mon visage, rentrent dans mes oreilles et mes yeux et lacèrent mes bras et jambes. Je ferme les yeux pour retourner rapidement à la maison. C'est impossible de rester dehors.Toutes les fenêtres et les portes sont fermées, mais le sable rentre quand même. Je prends une douche, mes cheveux sont pleins de sable. D'ailleurs il y en a une couche fine partout dans l'appartement. C'est l'heure du goûter et nous prenons le thé mais même les sandwichs ont le goût de sable. C'est peut-être pour cela que nous les appelons

« sandwichs » !! (sable en anglais se traduit par « Sand »). La tempête dure deux jours et nous restons enfermés, calfeutrés à l'intérieur. Quand cela cesse enfin, il y a encore du sable partout : rien que du sable dehors et dedans ! Dans tous les coins de la maison : que du sable !

La première fois que j'ai entendu siffler je me demandais ce qui se passait. La jeep pleine de soldats a fait demi-tour, puis est revenue encore une fois, les soldats à l'intérieur toujours en train de siffler. Ce n'est sûrement pas pour moi. Je n'ai que douze ans bientôt treize, ok ! Mais cela recommence. Ces jeunes militaires sont en train de me siffler. Je porte un short avec un tee-shirt et je commence à me développer ... ces hommes s'intéressent à moi ! Il faut dire qu'il n'y a pas beaucoup de femmes blanches à Aden. Seulement des femmes mariées ou des jeunes filles qui ne sont pas restées en Angleterre. Les femmes et filles de la population indigène sont cachées la plupart du temps. Mais, quand on les voit, elles se précipitent sur la route avec leurs paniers de courses, habillées en noir de la tête aux pieds, une main couvrant le bas du visage avec leur foulard. On dirait des corbeaux filant à toute vitesse en volées de trois ou quatre. On ne voit pas qu'elles sont des femmes, car leurs corps sont complètement cachés. Par contre les filles qui viennent travailler pour nous portent un foulard mais ne s'habillent pas en noir et nous laissent voir leurs visages. Les Arabes dans la rue nous déshabillent du regard quand nous passons en short. En plus, et cela est très désagréable, ils nous touchent quand ils peuvent : leurs mains sur nos fesses, nos bras, nos seins. Beurk ! Je les déteste ! Je me sens sale. J'ai besoin de mon frère ou d'un soldat à mon côté pour être libre. Une jeep pleine de militaires passe, ralentit, et les hommes me regardent en sifflant. Comme c'est drôle : je suis devenue désirable. Je me tiens bien droite et pointe mes petits seins fièrement. Je marche en sachant que l'on me regarde, et m'admire. J'apprends le pouvoir d'être une femme. J'acquiers une confiance en ce pouvoir qui ne me quitte plus.

Les plupart des soldats sont jeunes, célibataires, et s'ennuient ou ont peur. Ils doivent garder la population sous contrôle. Les hostilités et les attaques guerrières sont fréquentes dans certains quartiers. La population veut que les Britanniques partent. De temps en temps il y a une grenade ou un snipper pas loin, mais nous sommes en sécurité dans le camp grâce aux patrouilles. En vérité je déteste les Arabes. Tout le monde les déteste. Je les trouve bêtes. La plupart d'entre eux ne parlent même pas un anglais correct, à peine quelques mots. Nous nous sentons bien sûr supérieurs à eux. Tout le monde sait que les Britanniques sont supérieurs au reste du monde. Ou plutôt les Anglais sont supérieurs, car les Ecossais, les Gallois et les Irlandais sont inférieurs à nous. Je sais que l'Empire Britannique couvre un quart de la population mondiale et nous sommes ici pour les civiliser ; et ils ne sont même pas capables de nous remercier. Ils veulent que l'on parte ! Vraiment cela montre bien leur stupidité. Nous avons pourtant construit leurs routes, leurs hôpitaux et leurs écoles. Nous leur avons donné du travail et les meilleurs peuvent travailler pour nous, mais ils ne nous sont pas ou peu reconnaissants.

Des années plus tard, dans un autre pays, je ferai la connaissance et deviendrai amie avec une famille merveilleuse venant de Tunisie et j'apprendrai alors que les autres cultures, les autres civilisations ne sont pas inférieures mais sont différentes et aussi intéressantes. Ici, en revanche, aucun Anglais n'essaie de connaître ou comprendre la population indigène. Nous sommes en guerre.

Mon école me manque mais je m'habitue peu à peu à ma nouvelle vie. Soi-disant nous allons à l'école ici, mais ce n'est que le matin, les après-midi sont trop chauds, et souvent c'est fermé pour une raison ou une autre. Soit il y a une alerte à la bombe ou il y n'a pas assez de gardes. En plus, tout le monde se trouve dans la même classe, quel que soit l'âge. Je n'apprends rien ! Les profs sont souvent remplacés et parfois il n'y en a pas. Quand un nouveau arrive, il nous annonce qu'il n'est ici que pour six mois afin d'avoir une promotion.

« A quoi rêves-tu ?, me crie un prof, - Marcher sous la pluie avec un bonnet en laine, une écharpe et des gants. Ne serait-ce pas merveilleux ? » Assise, avec un tee-shirt qui me colle à la peau, dans un bâtiment en tôle ondulée, j'écoute le boum, boum, boum du ventilateur. Que je m'ennuie ! Mais que je m'ennuie ! La chaleur me fatigue, j'ai envie de rien. Il n'y a même pas de bibliothèque, pas de livres intéressants. A part quelques uns d'un ennui mortel, à l'eau de rose. De toute façon il fait trop chaud pour lire. On n'est bien qu'à la mer ou dans la fraîcheur du club de bowling bien climatisé.

L'école est dans le camp, de l'autre côté de la rue. Il faut traverser deux postes de contrôle. Il est 7h40 du matin. Le ciel est bleu et la grosse chaleur n'est pas encore arrivée. Les soldats nous font signe de passer le premier poste de contrôle. Subitement il y a une agitation dans la rue.

Quatre ou cinq Arabes ont fait leur apparition, on dirait qu'ils sont venus de nulle part. Ils crient et menacent avec leurs mains et leurs poignets tendus. Les soldats avancent, les armes en position de tirer. J'ai peur mais je me sens en sécurité derrière les militaires. Il y a une dispute animée. Et puis le groupe s'en va. Je prends la main de Steve, nous n'avons pas dit un mot, nous sommes sûrement en sécurité. Les Anglais sont plus forts qu'eux. Un troufion se retourne vers nous et nous demande si tout va bien. Steve répond : « Oui, c'était super ! On s'amuse bien ! » Je regarde le soldat et vois avec horreur l'affolement dans ses yeux. Il semble trembler un peu en essayant de sourire. Comment se fait-il qu'il ait peur ? Il doit sûrement savoir qu'il est le plus fort et qu'il va gagner. Du coup j'ai très peur aussi ! Je déteste ces hommes qui menacent mon monde. Je déteste cet endroit et aimerais être de retour en sécurité en Angleterre. Il nous accompagne de l'autre côté de la route pour traverser le poste de contrôle et nous mettre à l'abri derrière les barbelés. Je pense que je suis en sécurité maintenant, oui. En tout cas je l'espère !

Steve et ses amis ont inventé un nouveau jeu. Ils collectent les rouleaux de papier toilette et les attachent avec un fil de fer. Au milieu ils mettent une pile usée et placent la

« bombe » près des barbelés autour de l'école. Ensuite l'un d'entre eux raconte à un soldat qu'il a vu une « bombe ». L'alerte est donnée et l'école est fermée pour la journée. Ils trouvent d'autres moyens pour déclencher une alerte et comme ça nous passons encore plus de temps à la plage et moins à nous ennuyer enfermés dans un préfabriqué en crevant de chaud. L'école ouvre de sept heures trente à treize heures dans le camp de l'autre côté de la route et le poste de contrôle est gardé de sept heures à huit heures. Si nous arrivons après huit heures la barrière est fermée et nous ne pouvons pas passer. Donc c'est une autre manière de faire l'école buissonnière. « Maman, la barrière était fermée, pas d'école aujourd'hui . »

Il y a un salon de coiffure à Maala où les Anglaises se font coiffer. Le coiffeur s'appelle Abdal et il tient ce salon avec l'aide occasionnelle de sa fille. Je crois qu'il s'appelle comme ça... En fait nous appelons tous les Arabes Ali, ou Allah, ou Abdal parce que leurs vrais noms sont trop compliqués à prononcer. Il me coiffe en faisant un chignon très élaboré et me demande s'il peut prendre des photos. Je suis d'accord, et quelque temps après je vois ma photo sur son mur. J'admire son talent et lui demande s'il peut me donner un travail.

J'ai treize ans. Il m'engage tous les samedis. Mon travail consiste à laver les cheveux et balayer le sol. Le premier jour j'arrive avec une demi-heure de retard mais Abdal ne dit rien. Il est content d'avoir une Anglaise qui travaille pour lui. Ça lui donne un meilleur statut commercial. J'apprends à laver les cheveux, mais au début je mets souvent les doigts pleins de savon dans les yeux des pauvres dames. J'apprends aussi à passer les épingles pour qu'Abdal pique les rouleaux, et à placer les clientes sous les sèche-cheveux. Mais surtout j'apprends à avoir l'air important et à donner des ordres à Jasmine. Elle doit m'apporter des coca-cola bien frais pendant que je m'assois dans un coin en fumant et en attendant les clients. Je vais et viens comme je veux et Abdal me paie tous les samedis et surtout je reçois les pourboires.

Oui, je fume. Tout le monde fume. Un paquet de cigarettes ne coûte rien du tout et en plus les soldats en reçoivent gratuitement. Cela nous donne un air adulte. Tous les adultes fument. Au bout de quelque temps mon père me donne un cendrier en me disant qu'il en a marre de ramasser les filtres par terre sous la fenêtre de ma chambre. Nous fumons et les Arabes mâchent du Qat, une herbe qui rend les dents toutes marron.

Maman et Papa sortent presque tous les soirs. Ils vont au mess ou bien ils sont invités, ou bien ils reçoivent pour le dîner. Nous ne mangeons jamais avec les invités. J'aime bien « La spécialité » de ma mère : le curry, elle le sert avec des fruits frais et des lamelles de noix de coco. Quand mes parents reçoivent il y a à boire et surtout de l'alcool en abondance. Steve et moi remplissons nos verres de gin tonic et on dit que c'est seulement de la limonade ou juste un tonic. Nous mettons aussi de larges mesures de rhum dans nos cocas. Personne ne le remarque. Pimms No 5 est la boisson à la mode mais nous préférons ce qui est plus fort. Aïcha, la fille arabe qui aide maman, reste la nuit quand ils reçoivent et elle dort par terre dans ma chambre. Je la regarde du plus haut de mon lit pendant qu'elle dort et, à moitie saoule, j'imagine comment je peux la sauver de sa vie misérable. Elle a peut-être trois ou quatre ans de plus que moi et je rêve de l'enlever et de la faire entrer clandestinement en Angleterre pour lui apprendre à parler anglais comme il faut, et lui donner une bonne éducation et sa liberté. Plus tard je me rends compte que peut-être, de son côté, elle pensait que le jour de la liberté arriverait quand les Anglais auraient quitté son pays.

J'adore mon nounours. C'est un Koala et il est venu avec moi d'Angleterre. Il dort avec moi et me rappelle qu'il y a un endroit ou l'on est en sécurité dans ce monde. Je lui fais des câlins et lui raconte tout. Un jour Steve m'appelle, il est au plus haut des escaliers.

« Viens, j'ai une surprise. Viens voir ! » Il jette mon koala pendu à une corde du haut de la cage des escaliers. La corde se balance juste en dehors de ma portée. Je n'arrive pas à l'attraper. Je monte les escaliers en courant et hurle à Steve : « Salaud !». Nous nous battons pendant que j'essaie d'attraper la corde et de défaire mon koala qui est, maintenant j'en suis sûr, mort. Steve rigole, prenant un immense plaisir cruel à voir mes larmes.

Les jours suivants il raconte avec fierté, à tous ceux qui veulent l'écouter, comment il m'a fait pleurer en pendant ma peluche. Pourquoi les garçons sont si cruels ? A-t-il besoin de cette cruauté pour cacher sa peur ? Est-il vraiment si insensible et sans cœur ? Mais, de toute façon, je le déteste. Il aime me faire une réputation de vrai bébé. Ça le rend plus fort !

Nous sommes au bowling et tout autour de moi il y a un groupe de jeunes soldats qui essayent tous de m'offrir à boire. L'alcool est bon marché. Nous buvons des gin-tonic, du rhum-coca, du whisky-limonade. Je bois parce que c'est nouveau et je m'amuse, je suis grande maintenant. Ils boivent parce qu'ils ont peur. Cela calme et ils oublient où ils sont et ce qu'ils font. Nous buvons ensemble, les soldats et les quelques jeunes, surtout les filles. Nous appartenons au même monde. Nous sommes les Britanniques et nous sommes du « bon » côté. Il y a « nous » et « eux ». Nous savons quel est notre camp et nous restons ensemble car si l'on n'appartient pas à un groupe, l'on n'est personne. Seul on n'est personne. Ensemble on est fort et nous gagnons.

Un des jeunes soldats a des beaux cheveux blonds et des yeux craquants. Je le choisis. Il s'appelle James Wood mais ses amis l'appelle Chippy. Il a dix-neuf ans et moi treize. Il met son bras autour de moi et cela me plaît. Il m'embrasse sur la bouche et je le trouve doux. Nous nous voyons tous les jours. Il a une moto et je m'assois derrière. Le pot d'échappement me brûle la jambe. Nous allons au lido et nageons, ou prenons le soleil. Il veut me toucher partout. J'ai peur et je ne veux pas. Chaque jour il insiste un peu plus et petit à petit je cède un peu plus. Je pense que je dois le laisser faire mais en même temps je ne veux pas. Ce que j'aime c'est quand il m'embrasse. Ça c'est bon et j'aimerais qu'il se contente de ça. Mon anniversaire arrive. J'ai quatorze ans.

Un jour Chippy m'embrasse et je lui dis :
« Que c'est bon. C'est bon de faire l'amour !
- Tu sais, tu aimeras le faire vraiment . Tu
veux que l'on essaie ?
- Oui, je réponds sans réfléchir.
- Je travaille cet après-midi, mais je serai
chez toi à 18h30. »
Il part travailler en me laissant troublée. Que
faire ?
Maman et papa sortent ce soir. En fait ils
sortent presque tous les soirs jusqu'au
couvre-feu qui est à 22 heures. Steve et moi
à tour de rôle nous nous occupons de Martin
qui a cinq ans. Quand c'est mon tour Chippy
reste avec moi. Ce soir c'est mon tour. Tout
l'après-midi je m'inquiète. Qu'est-ce que j'ai
fait ? J'ai accepté de faire l'amour avec lui,
mais je ne veux vraiment pas. Comment je
vais pouvoir me désister ? Mais on m'a
toujours dit qu'il faut tenir ses promesses.

Chippy arrive vers 19h30. Martin est au lit.
« J'ai ce qu'il faut » me dit-il et il me montre
un préservatif. « Va chercher une serviette ».

Je me demande pourquoi j'ai besoin d'une
serviette. Je vais, mais je traîne. Je traîne
beaucoup. J'ai peur. J'appréhende. Ça
m'excite quand même un peu de penser que
je vais changer d'état : devenir une vraie
femme. Mais j'ai surtout très peur. Comment

je vais pouvoir lui dire que j'ai changé d'avis ? Que je ne veux pas le faire. Mon corps se rétrécit. Je veux devenir toute petite. Je veux m'en aller et me cacher mais je n'ai pas le droit. J'ai promis. Je ne peux pas revenir sur ma parole. Donc je ne peux qu'y aller. Maman me dirait « Ferme les yeux, sois courageuse et pense à la Reine. Tu es Britannique et nous sommes un peuple noble qui tient parole. Une promesse est une promesse. »

J'entre dans l'inconnu. Je vais me métamorphoser et devenir une femme, bien que je n'aie que quatorze ans, un grand changement va avoir lieu.
Il me pénètre. Ça fait un peu mal. Ce n'est pas extraordinaire. Je ne vois pas pourquoi l'on en fait tellement d'histoires. J'en ai assez. J'essaie de le pousser pour qu'il s'en aille. Ce n'est pas drôle, mais il ne fait pas attention à moi. Tout ce que je peux faire c'est d'attendre. Qu'est-ce qui se passe ? Maintenant j'ai très peur car je me rends compte que je n'ai aucun contrôle de la situation. Il est parti, il est dans son propre monde et il m'écrase. Je pensais que ce serait quelque chose que nous ferions ensemble, comme quand nous nous embrassons, mais, non, c'est son affaire. Cela fait un peu mal et j'aimerais qu'il arrête maintenant ! Enfin c'est terminé ! Il me fait

des câlins, m'embrasse et me dit qu'il m'aime. Je suis contente de l'avoir rendu très tendre et heureux. Il est probable que maintenant je n'ai plus de choix. J'ai franchi la frontière. Parfois il utilise un préservatif et parfois non. Il me dit que c'est beaucoup mieux sans, et que de toute façon je suis bien trop jeune pour être enceinte.

Un soir nous faisons l'amour par terre dans le séjour. Maman entre. Ils sont entrés plus tôt que d'habitude. « Pamela ! » crie-t-elle d'un manière accusatrice, et elle referme la porte en nous laissant. Nous nous levons et nous nous habillons rapidement. J'ai une peur bleue. Elle va revenir sûrement avec mon père. Je ne sais pas ce qu'il va me faire. Mais elle ne revient pas. Chippy s'en va et papa ne dit rien. Elle ne l'a pas encore dit. Pendant quelques jours je vis dans l'angoisse. Que va-t-il me faire ? Il va me tuer c'est sûr. Mais les jours passent et il ne dit rien. Ma mère non plus. Est ce que cela veut dire qu'ils pensent que je dois continuer ? J'apprendrai bien des années plus tard qu'elle n'a pas osé le dire à mon père et qu'elle a préféré oublier.

Noël arrive. Maman installe un sapin artificiel dans le salon et le décore. Elle met des cartes avec des scènes de Noël et la neige autour, des rennes et des lutins. Tout cela a l'air idiot.

« Pourquoi tu mets des boules de coton sur l'arbre ?

On dirait de la neige ! Mais il n'y a pas de neige ici et les sapins ne poussent pas dans le désert !

- Nous irons au mess la veille de Noël pour voir le père Noël », dit ma mère.

Bien sûr nous ne croyons plus au père Noël, je veux dire Steve et moi. Peut-être Martin y croit encore mais je n'en suis pas sûre. Il vient d'avoir six ans. L'année dernière le père Noël est arrivé à dos de chameau avec des bonbons pour tous les enfants. Cette année nous attendons dehors, devant le mess des Sergents, et il arrive en grande pompe, tel le Messie, en hélicoptère.

« Wow ! As-tu déjà vu un père Noël si génial ? » me dit Steve.

L'hélicoptère atterrit dans la cour, soulevant le sable et faisant une mini tornade. Le père Noël a très chaud, il est beaucoup trop habillé, mais il descend, et traverse le sable. Tout le monde entre à l'intérieur où il fait bien frais et il se laisse aller dans un fauteuil. Nous l'attaquons, bien sûr avec nos questions :

« Qu'est-ce que tu nous as apporté, père Noël? »

Heureusement pour lui les adultes calment les enfants, et rétablissent l'ordre pendant qu'il récupère de son voyage et de la chaleur. Il transpire beaucoup, mais il est content de distribuer les bonbons et les bises. Je me demande comment la naissance de Jésus dans un pays aussi chaud peut être associée à ce gros monsieur en sueur, habillé en rouge, avec les rennes, les sapins et la neige !

La vie continue doucement, avec paresse : la plage, le bowling, la boutique d'Ali avec ses cocas gelés et ses glaces et les excursions sur la moto. Nous n'allons jamais très loin. Il faut rester prudents. Ma promenade favorite est le long de la route qui surplombe la mer jusqu'à « Eléphant bay » qui a été ainsi nommé à cause de sa forme. On dirait un éléphant avec une longue trompe qui tombe dans la mer. Plusieurs fois Chippy dérape et je me trouve par terre mais rien de grave sinon quelques bleus et égratignures. Sur le camp il y a un cinéma à ciel ouvert et un nouveau, très vieux film arrive chaque semaine. Nous voyons « Cléopâtre », « Bons baisers de Russie », « Dr Jerry et Mr Love », « La grande Evasion », et bien sûr avec Sophia Loren et les sous-titres « Mariage à l'Italienne », et « Hier, Aujourd'hui et Demain ». Tous les films ne conviennent pas aux enfants mais tous les enfants vont les voir. Steve s'entraîne à l'art d'embrasser et moi et Chippy perfectionnons notre art d'aimer.

Nous écoutons la radio quand c'est possible. La « British Forces Broadcasting Service débite les chansons qui sont les tubes en Angleterre. Je chante « Wild thing » (Sauvage) de The Troggs au plus haut de ma voix et complètement faux, ce qui rend ma mère folle. Un autre tube est « I can't control myself » (Je ne peux pas me contrôler). J'adore ces chansons à cause des paroles, bien sûr. Les autres que j'aime bien sont « I think it's gonna work out fine » chanté par Ike et Tina Turner.
Nous faisons passer des messages à la radio et j'en envoie un à Chippy. « J'écoute une de nos chansons préférées et je pense à toi.»

Nous allons au N.A.A.F.I.(The Navy, Army and Air Force Institutes) acheter de la nourriture. C'est comme si l'on ouvrait une porte magique qui nous transporte en Angleterre. Ici nous trouvons toutes les boîtes de conserve et paquets venant tout droit de notre île. La clim fonctionne bien et je passe et repasse dans les rayons avalant avec mes yeux tous les noms et marques de produits familiers qui n'existent pas dehors.

Ma sœur envoie un paquet où il y a une robe pour moi. C'est une Mary Quant. C'est toute la mode à Londres et ici, bien sûr, il n'y a rien à la mode. Ma nouvelle robe est blanche en coton avec un grand cercle noir au milieu. Je l'adore et je fais l'envie de toutes mes copines. Chippy et moi nous nous faisons prendre en photo avec ma nouvelle robe et Chippy l'envoie à ses parents. J'écris un mot aussi pour leur donner le bonjour. Nous sommes amoureux et je ne peux pas imaginer une vie sans lui. Il m'achète une bague et nous nous disons fiancés. Je suis vraiment une adulte maintenant. Je teins mes cheveux et je me maquille. Toutes les filles le font et toutes mes copines sortent avec les soldats. On s'amuse beaucoup ensemble. C'est fini de sucer le pouce. Je fume à la place. Comme tout le monde. Cela ne me coûte presque rien. La première cigarette est le matin sur le chemin de l'école. L'alcool est également bon marché. En fait, on nous a donné la permission de fumer, de boire et de sortir avec les hommes. Je n'ai que quatorze ans mais on m'en donnerait facilement dix-huit. Mon corps est bien développé. Je suis peut-être une gamine mais je me prends pour une femme. Une jeep freine et s'arrête à côté de moi pendant que les soldats sifflent d'admiration et je continue mon chemin tout en tortillant mon corps. Nous entendons soudain une grenade exploser pas loin. Peut-être un ou plusieurs soldats viennent de mourir ou sont blessés. Nous savons qu'il y a une guerre mais on l'oublie souvent.

La sable chaud me brûle les pieds pendant que je cours pour atteindre la mer. Dans l'eau, c'est le paradis de ne plus être sur le sable, mais la mer est trop chaude et ne me rafraîchit pas vraiment. Je nage et j'entre en collision avec Barbara. Elle a quelques années de plus que moi mais nous sommes de bonnes amies. Nous nous retrouvons souvent les après-midi au Lido pour boire des bouteilles de coca-cola froides, à la recherche de la fraîcheur. Elle me dit qu'elle va partir pendant deux semaines. Elle va en Suisse pour se faire avorter. C'est le seul endroit où c'est possible. Ses parents sont furieux car cela coûte très cher. Elle me fait promettre de garder son secret. C'est ce que je fais, mais je fais aussi le serment de ne jamais me trouver enceinte en dehors du mariage. C'est tellement honteux !

Quelqu'un a peint N.L.F. Sur les murs. Le lendemain les lettres sont barrées et à leur place il y a FLOSY ; je demande à Chippy de m'expliquer ce que tout cela veut dire. Ce sont deux groupes arabes qui se battent pour avoir le pouvoir une fois que les Britanniques seront partis. Il rigole et dit

« J'espère qu'ils s'entre-tuent ! » Moi aussi !

Steve souffre. Sa gorge lui fait mal. Il faut qu'il aille à l'hôpital militaire pour se faire enlever les amygdales. Il y reste deux semaines car il y a un risque d'infection. Chippy a le droit d' aller lui rendre visite mais les mineurs n'ont pas le droit. La salle dans laquelle il se trouve est au rez-de-chaussée. Chippy lui rend visite et il ouvre une fenêtre pour que je puisse entrer. C'est la salle des hommes, avec les rideaux pour faire une séparation entre les lits. Il n'y a pas de salle spéciale pour les enfants. Il faut dire qu'il y a très peu de jeunes à Aden. Dans un coin il y a quatre hommes drôlement couverts de pansements ; et qui jouent aux cartes. Un autre a les rideaux bien tirés autour du lit et nous pouvons entendre ses gémissements de douleur. Steve me montre un homme en me disant qu'il s'est explosé la jambe. J'essaie de voir mais il y une cage couverte d'un drap sur son lit et la tête de l'homme est tournée. Peut-être pleure-t-il ! Je pleurerais aussi si j'avais perdu une jambe ! J'essaye d'imaginer une vie avec une seule jambe mais cela me fait trop mal alors j'arrête et regarde ailleurs. Les mecs qui jouent aux cartes me sourient et me font signe de la main. L'un d'entre eux me siffle mais Chippy lui fait signe de se taire. On ne veut pas que l'infirmière me voie. Steve dit : « Elles ne viennent pas souvent. Hier soir je suis sorti avec deux autres gars et nous sommes allés au cinéma voir « Psycho » . Sur le chemin du retour il a fallu passer devant le service des malades mentaux. J'avais une peur bleue qu'un fou m'attaque au couteau ». Je rigole :« Quel bébé ! - Ta gueule, tu aurais eu peur aussi ! » me réplique t-il. Chippy ajoute : « Beaucoup de gars font semblant d'être fous ou de perdre l'esprit afin d'aller à l'hôpital et peut-être même de rentrer chez eux. Putain d'armée ! Je la déteste ! » Chippy s'est engagé parce que son grand-père lui a raconté des histoires et lui a dit que c'était la belle vie. Maintenant il déteste son grand-père !

Je fais la vaisselle avec Steve et nous nous bagarrons. Je suis de nouveau une petite fille. Je lave et il essuie, mais il n'arrête pas de me rendre les plats en disant qu'ils sont toujours sales et je dois les laver encore ! Merde ! Je l'éclabousse ! Il me frappe avec son torchon humide. Je l'éclabousse encore et cours vite dans le salon avec lui derrière. Je pousse la porte-fenêtres mais elle est fermée à clé et je la traverse ! Je me suis coupée et il y a du sang partout. C'est surtout mon poignet qui saigne beaucoup ! J 'ai peur et je crie « Putain de salaud ! Je vais mourir et c'est de ta faute. Tu es vraiment un enfoiré ! ». Les parents ne sont pas à la maison. Steve prend la petite moto de papa et je m'assois derrière lui, je saigne ! Il m'amène vite à l'hôpital. J'ai quelques points de suture et un gros pansement. Ce n'est pas grave ! Steve n'a que treize ans mais il prend souvent la moto de papa. Nous sommes tous les deux des enfants qui jouons à être adultes ! Steve fréquente les soldats à la piscine et il se promène avec eux en jeep. Il m'a raconté qu'un soir ils ont pris des putes et qu'il a tout regardé. Maintenant il sait tout sur le sexe ! Moi, je me vante de l'avoir fait, alors je sais mieux que lui. On se chamaille, se bagarre, et se donne des coups de pieds. Je tire ses cheveux fort et il me frappe encore plus fort. Je crie de toute ma voix et il part en courant !

Un autre jour mon père m'amène à son travail. Il est économe dans l'armée. Il commande la nourriture pour le mess et il la stocke dans des énormes chambres froides. Il ouvre une porte et me montre trois cadavres sur des brancards. « Ils ont été tués dans une embuscade. Ils ont essayé de nous avoir mais c'est nous qui les avons eus ! » me dit-il fièrement. « Ils sont si stupides ces bougnoules. Maintenant je n'ai plus de place pour la viande. » Je regarde les cadavres. Ils sont morts mais je suis vivante et je regarde la Mort en face. Je suis plus forte qu'elle. Tu ne m'auras pas. Je suis vivante !

Un autre jour Chippy me raconte l'histoire d'un Arabe qui a enlevé la goupille d'une grenade pour la jeter sur une jeep de soldats, mais la goupille s'est coincée et a explosé en mille morceaux devant les yeux des soldats. Cette image, tout comme l'image des cadavres dans la chambre froide, me hante encore. Mais aujourd'hui je suis triste à la pensée que cette jeune fille de quatorze ans que j'étais se soit trouvée face à la mort, la violence et le sexe à un si jeune âge !

Je suis au lido. Je nage, ou plutôt je barbote dans la mer tiède. Je fais attention de rester derrière les filets contre les requins et je crie : « Je n'ai pas peur des requins ! » Tout le monde fait semblant de ne pas avoir peur, mais nous avons tous l'appréhension!

Jenny vient vers moi et me chuchote à l'oreille « Je sais ou nous pouvons trouver des T-shirts qui viennent de Carnaby Street. Ça t'intéresse ? » Bien sûr, cela m'intéresse, des vrais vêtements, à la mode, en direct de Londres. Qui ne serait pas intéressé ? Rien dans ce trou n'est à la mode !
Jenny et moi prenons un taxi, direction Crater. La ville de Crater est hors limites

pour les civils mais le chauffeur de taxi ne sourcille pas et nous amène à l'adresse donnée par Jenny. Nous entrons dans le magasin et un Arabe avec un grand sourire nous montre son arrivage de Londres. J'achète trois T-shirts. Jenny en prend deux. Nous sommes sur le point de quitter le magasin et nous entendons de l'agitation, ensuite des cris et des coups de feu. On échange des regards avec Jenny et puis le propriétaire du magasin nous fait signe de partir. Je me demande que faire ? Nous cacher derrière le comptoir ou courir. « Allez-vous en ! » dit le monsieur. Je prends le bras de Jenny « Viens vite ! » Le taxi est resté devant le magasin, nous rentrons vite à l'intérieur et nous plaquons au sol. Je tremble. J'ai peur ! Plus tard j'apprends qu' un Arabe a laissé tomber un sac en papier (vide!) d'un toit et les soldats en patrouille ont ouvert le feu et tiré sur lui. Il est tombé du toit, mort.

Nous marchons dans Maala Strait. Une Land Rover en patrouille avec six soldats et une mitrailleuse stoppe rapidement devant nous. Quatre soldats descendent et arrêtent un Arabe. Ils le bloquent contre un mur. Nous reculons et regardons la scène. Les cris en arabe, les discussions en anglais, des harcèlements et insultes continuent pendant une demi-heure. Les soldats ordonnent à l'Arabe de se déshabiller. Ils le bousculent jusqu'à ce qu'il n'ait qu' un chiffon autour de la taille et ses tongs aux pieds. Encore du harcèlement et on lui donne le choix entre enlever son chiffon ou les tongs. Il enlève ses tongs et part en sautant sur la route. Le goudron est bouillant. Si l'on y casse un œuf, il devient un œuf au plat !

Chippy me parle des soldats du S.A.S. (Special Air Services). Ils se promènent dans les Land Rovers peintes en rose pour montrer qu'ils sont différents, ou bien parce que le rose se cache facilement dans le désert. Bref, ils ont la réputation d'amener les Arabes seuls en hélicoptère pour les questionner afin d'obtenir de l'information et ensuite ils les bottent dehors, sans parachute, et ils s'écrasent dans le désert. Leurs corps sont vite méconnaissables, dévorés par les rapaces. Ni lui, ni moi, ni personne n'a de la compassion pour les Arabes. Ce sont des terroristes qui nous attaquent avec des moyens lâches.
Bien des années plus tard je comprendrai mieux ce qui se passait alors et, mes certitudes envolées, mes opinions seront différentes.

« Venez je vous emmène au mess. Nous allons prendre un apéritif pendant que maman prépare à déjeuner » dit papa. Steve et moi rentrons dans sa petite voiture et traversons le camp pour arriver au mess. Les enfants n'ont pas le droit de venir sans leur père. C'est probablement la plus jolie salle sur le camp. Il fait frais avec l'air conditionné et il y a un comptoir en chêne avec un serveur. La salle est meublée de petites tables et de fauteuils très confortables. Papa prend une bière et commande deux panachés pour nous. Je me sens très adulte assise au mess avec ma bière. De toutes façons je suis une adulte maintenant. Je porte une robe courte, serrée, qui met en valeur mon corps qui a pris des formes. Je suis très bien coiffée, à la mode, et mon maquillage fait ressortir mes yeux marron. Quelques soldats viennent dire bonjour à papa qui présente fièrement ses enfants. Ils me jettent un coup d'œil et aiment ce qu'ils voient. Leurs regards sont flatteurs. Je suis une femme désirée et je prends du plaisir à le sentir. Un autre soldat présente sa femme. Papa rentre dans le jeu de séduction et dit « Vous ne pouvez pas être sa femme, vous devez être sa fille. On dirait que vous n'avez pas plus de vingt et un ans ! » Tout le monde rit. Le soldat est fier et sa femme glousse. A quatorze ans je trouvais cela drôle, mais à vingt ans quand mon père faisait toujours les mêmes remarques, je le trouvais pathétique ! N'y a-t-il chez une femme que son apparence qui compte ? Au mess j'étais un trophée que mon père exhibait avec fierté.

Un jour au lido je me relaxe sur un transat à côté de Chippy quand un monsieur avec une énorme caméra vient parler avec Chippy.

« Je suis un reporter et fais un documentaire pour la télévision sur les côtés les plus agréables d'Aden. Puis je prendre des photos de votre petite amie ?

- Oui, bien sûr, » répond Chippy.

Je me lève et avance vers la mer « tchack, tchack, tchack » fait l'appareil. Je barbote dans l'eau, « tchack, tchack, tchack ». Je me retourne vers les hommes : « tchack, tchack, tchack ». Peut-être un jour je serai une star, connue de tous. On ne sait jamais. Je rêve !

Des années plus tard quand je mémorise cet incident, je me demande comment j'ai pu accepter que deux hommes parlent de moi sans que je sois incluse dans leur conversation. On demande la permission à l'autre de me prendre en photo mais personne ne me demande mon avis. Le pire c'est qu'à cette époque je trouve cela normal !

A l'école les filles sont censées apprendre la cuisine et la couture pendant que les garçons apprennent le dessin technique. Je dis que je veux aussi apprendre le dessin technique, non pas parce que j'en ai envie mais parce que je ne vois pas pourquoi nous devons être séparés selon notre sexe. Et je ne vois pas pourquoi on nous apprend que les filles doivent seulement être bonnes pour la cuisine et la couture. Je ne leur donne pas cette explication, bien sûr. Je dis que le dessin me plaît. Effectivement j'y prends beaucoup de plaisir, peut-être parce que je suis la seule fille, mais aussi parce que le professeur est très patient avec moi et aussi parce que j'aime les calculs que cela implique. Assez rapidement je maîtrise le sujet. Après deux ans, par peur que je ne puisse plus apprendre le dessin technique dans une autre école en Angleterre, mon professeur m'inscrit pour passer un examen « O » level (niveau Brevet) en avance. Je le réussis à la limite mais je le réussis quand même.

Deux années passent et c'est le moment de retourner en Angleterre. Je ne veux pas quitter Chippy qui a encore trois mois à faire. Je pleure et nous nous promettons de nous écrire souvent jusqu'à son retour. Je ne veux pas partir. Je me suis habituée à la vie de paresse d'ici. Je fais ce que je veux. Nous nageons, prenons le soleil, nous promenons en moto et en général nous ne faisons pas grand-chose. Je suis amoureuse et aimée. En tout cas je le pense… mais j'ai confondu l'amour avec un flirt pour faire passer le temps !

CHAPITRE 5

Nous quittons Aden et partons pour le Kenya, d'abord Nairobi où nous prenons un petit avion pour Mombasa. Nous entrons dans les turbulences et l'avion secoue et remue, nous balançons dans tous les sens. Steve arbore un large sourire. Mais je ne suis pas sûre si je dois sourire en retour et prendre tout cela comme un manège à la foire, ou bien avoir peur. Maman a l'air anxieuse et tient Martin très fort serré contre elle. Allons-nous tous mourir ici, maintenant ? Après un chaotique atterrissage nous arrivons sains et saufs.

Le sable est si blanc et la mer si bleue qu'on dirait une carte postale. Il n'y a personne sur la plage. Nous sommes en 1967 et les vacances Outre-Mer sont uniquement pour les privilégiés car très onéreuses. Nous séjournons dans un bungalow au bord de la mer d'un côté et au bord de la jungle de l'autre. Les singes font tellement de bruit avec leurs bavardages que nous avons du mal à nous endormir. Parfois ils s'approchent de nous pour voler tout ce qu'ils peuvent ramener au plus haut des arbres. Nous visitons les endroits où les Kényans sont assis sur une montagne de copeaux de bois en train de tailler les morceaux pour fabriquer des objets et des animaux en bois. Nous achetons quelques animaux sauvages et papa achète une statue qui lui plaît. Elle représente la Déesse de la Fertilité. C'est une femme, la bouche de travers et le ventre qui pend. Maman pense qu'elle est très laide mais mon père l'achète quand même. Cette statue devient la cause de nombreuses disputes. Peut-être n'aurait-il pas dû l'acheter ! C'est sûr que maman n'aura plus d'enfants. Peut-être il veut que je lui fasse beaucoup de petits-enfants ? Peut-être que cette statue a un pouvoir de magie noire, et qu'en fait maman a raison, il ne faut pas l'acheter.

Au bout de quelques semaines de paresse sur la plage nous embarquons pour un safari. Nous sommes assis dans une jeep conduite par un guide qui nous fait visiter le Parc National. Papa a acheté une caméra très moderne et il prend des photos de tout : éléphants, girafes, oiseaux, de tout ce qui bouge ! Nous nous arrêtons dans une réserve pour manger et passer la nuit. Je porte des shorts et une chemise blanche. Un bébé éléphant vient nous voir. Nous sommes contents d'être si près. Il soulève sa trompe, balance sa tête et sa trompe atterrit sur mon sein gauche. Il aspire comme pour m'avaler tout entière. Et puis, dégoûté de son échec, il me laisse tranquille et s'en va.

Ma chemise bien blanche a maintenant un cercle bien noir autour de mon sein. Tout le monde rit, mais je me sens affreuse. J'aimerais que la terre m'avale tout entière sur place, maintenant. J'essaye de cacher la marque mais cela ne fait qu'augmenter les rires. J'aimerais être un petit insecte et m'enfuir. Je me change et m'approche pour retrouver tout le monde. L'histoire est répétée encore et encore et la foule s'amuse ! Je ferme mes yeux de honte, me mords la lèvre, et puis je relève ma tête et ouvre les yeux. Je les déteste mais je ris aussi ; je m'en fous. Regardez, je ris aussi. Regardez tous, moi aussi je peux rire. J'ai ma fierté et je ne veux pas qu'ils voient combien je suis honteuse.

CHAPITRE 6

C'est la dernière affectation de mon père avant la retraite, alors il a la possibilité de choisir l'endroit où il veut être muté en Grande Bretagne. Granny (mamie) est toujours en vie et maman aimerait être près d'elle. Elle habite à Grimsby, une ville de pêche dans le Nord-Est de l'Angleterre. Papa est affecté à Lincoln, une ville à cinquante-sept kilomètres de Grimsby. Il prend son travail et nous allons habiter avec ma grand-mère en attendant qu'une maison sur le camp à Lincoln se libère. Granny loge dans une maison mitoyenne avec quatre petites chambres, une sur le palier et trois en haut des escaliers, et deux pièces et une petite cuisine en bas. Il n'y a pas de salle de bain et les toilettes se trouvent dehors dans le jardin. Il n'y a pas de chauffage non plus et je suis dans le lit que je partage avec Granny. Sur la fenêtre il y a de beaux cristaux formés par le gel et ma respiration sort de ma bouche comme de la fumée. Qu'est-ce qu'il fait froid ! Je ne veux pas me lever. Je sais que mes pieds auront trop froid quand je les poserai par terre sur le lino. Il fait bien chaud au lit mais je dois me lever, maman m'appelle et en plus je veux aller aux toilettes. Il y a un pot de chambre sous mon lit que je vais pouvoir utiliser avant de m'habiller. C'est ce que je fais rapidement. Il fait vraiment trop froid pour traîner. Je descends les escaliers très raides en tenant avec précaution le pot de chambre. En bas je mets mes chaussures et sors pour vider le pot dans les toilettes. Il y a quelqu'un. Je frappe à la porte et Steve me crie « Va-t'en ! ». Je vide le pot dans le jardin. On m'a dit de ne pas le faire mais vraiment il fait trop froid pour attendre que Steve en sorte. Il me semble que je suis toujours en train d'attendre pour aller aux toilettes. C'est toujours occupé ; mais une fois dedans je ne veux vraiment pas rester longtemps. Il fait froid et ça sent mauvais, bien que ce soit bien ventilé. En plus pour papier toilettes nous utilisons de vieux journaux coupés en morceaux. Je les prends et les frotte bien entre mes mains afin de les rendre moins raides. Quand nous sortons des W.C. nous allons à la cuisine pour bien laver nos mains. L'encre noire et peut-être les microbes aussi se dispersent dans l'évier. Granny remplit d'eau la grande bouilloire en métal qu'elle pose sur la plaque chauffante du gaz car c'est le seul moyen d'avoir de l'eau chaude. Une fois par semaine je me mets debout dans une grande bassine dans la cuisine et maman verse sur moi de l'eau chaude et froide. Ensuite je me lave rapidement avec un gant et du savon : vite fait. Mon travail quotidien est de couper le journal en carrés pour les mettre dans les W.C.

Une fois par semaine Granny et maman passent la journée dans la cuisine. Elles font chauffer de l'eau, la versent dans la bassine, frottent les draps et le linge sale avec du savon, le récurent avec les brosses dures, le font tremper un peu, le frottent et le tordent et le rincent dans l'évier avec de l'eau froide ; encore et encore. Ensuite tout est pendu pour sécher dans le jardin. Rien ne sèche vite à cause de l'humidité, et, s'il commence à pleuvoir, nous devons tous courir dans le jardin pour le ramasser.
Le petit linge est pendu sur le sèche-linge devant le feu de charbon pour sécher. Le seul endroit à peu près chaud dans la maison est devant ce feu dans le salon ; le séchoir est le membre le plus privilégié de la famille. Nous nous asseyons dans les chaises sur la deuxième rangée derrière l'étendoir.

Granny a une vieille radio qu'elle écoute assise dans son fauteuil. Je m'assois à côté d'elle et l'écoute aussi tout en regardant de vieilles photos de famille. Elle a eu treize enfants. Trois sont morts jeunes, dont deux de maladie et un qui s'est fait renverser par une charrette.

« Comment as-tu pu élever tous ces enfants dans cette petite maison ?

- Les plus grands avaient déjà quitté le foyer quand les plus petits sont nés, et ils étaient toujours plusieurs par chambre. »

Elle me raconte l'histoire de son enfance. Une nurse l'a élevée seule. Elle a très peu vu sa mère, qui venait parfois en visite, et elle n'a jamais vu son père, mais elle savait qu'il payait pour son hébergement et son éducation. Sa mère s'était mariée, après sa naissance, dans une bonne famille qui a ignoré ou bien a fait semblant d'ignorer son « aventure » précédente. Elle habitait dans une grande maison avec des domestiques et a eu d'autres enfants. Granny par la suite a épousé un homme avec un bon travail sur les docks. Elle est allée parfois voir sa mère avec ses propres enfants, mais ils entraient par la porte de service derrière la maison et on lui donnait de vieux vêtements et du linge de maison. Ma mère a des souvenirs de ces visites. Elle est arrivée en dixième place dans la fratrie et tous ses frères aînés ont des bons métiers. Plusieurs habitent aux États-Unis ou au Canada et tous ont un air d'autorité. Maman avait dix ans quand son père est décédé. Il avait deux ou trois enfants plus jeunes qu'elle. Elle me raconte qu'elle avait très peur de son père et se cachait sous la table quand il rentrait du travail. Quand il est décédé, elle n'a rien ressenti. Elle a toujours eu un peu peur des hommes mais elle a compris qu'ils représentaient l'autorité et que les femmes devraient rester à leur place. Au moment de la mort de son père elle travaillait comme apprentie, sans paie, dans un salon de coiffure. Mais il a fallu quitter cet emploi pour aller travailler dans une boulangerie. Elle donnait entièrement son salaire à sa mère. Les aînés devaient continuer leurs études. Alors les filles et les garçons qui travaillaient contribuaient aux frais de la maison. Tout l'argent était donné à Granny qui tenait la comptabilité. Les jeunes devaient finir leur scolarité et il fallait que les filles se marient.

Nous restons chez ma Grand-mère pendant trois mois. Steve va à l'école à côté. Il la déteste et passe son temps à se plaindre, mais je suis contente qu'il ne soit pas à la maison. Je ne vais pas à l'école car l'uniforme de l'école Grammar de la ville est trop cher pour une si courte période.
De toute façon cela fait trop longtemps que je ne suis pas allée dans une vraie école.

Nous voyons de nouveau nos cousins. Encore une fois maman nous rappelle combien ils sont merveilleux et prétend que vraiment nous devrions essayer de leur ressembler.

Nous déménageons à Lincoln. Tout d'abord dans une maison mitoyenne en ville et ensuite dans les logements familiaux sur le camp militaire. Papa retourne à sa vie militaire avec ses gars et maman retourne à sa vie de domestique sans salaire. Elle nettoie, lave, fait les courses, prépare à manger et essaie de nous empêcher de faire des bêtises. Tout en poussant des soupirs. Dans ce pays froid elle n'a plus d'aide à la maison, et beaucoup moins d'argent. Nous sommes de retour à la réalité d'une famille de soldat habitant dans un camp militaire en Angleterre. C'est fini le glamour, l'aventure, les sorties et l'excitation. Mais la vie continue....

CHAPITRE 7

Ayant réussi l'examen des onze ans, une « Grammar » école est obligée de me reprendre. Nous sommes en janvier, donc au milieu de l'année scolaire. Cela fait presque deux ans et demi que je n'ai plus eu d'instruction, à part apprendre le dessin technique. Que faire de moi ? Je suis assise dans l'entrée d'une nouvelle école en train de faire des tests dans toutes les matières pour que puisse être décidé dans quelle classe me mettre. La sonnette retentit. C'est la pause. Subitement la grande salle est remplie d'écoliers. Les enfants me fixent du regard. Ils ont tous la peau très blanche. Personne ne part en vacances au soleil en 1967, que les très, très riches. Ma peau est brune et dorée. Un garçon vient me demander de quelle nationalité je suis.

« Anglaise bien sûr. » Je grogne. « Je suis bronzée par le soleil, c'est tout.

- Quel âge as-tu ? me demande un autre.

- Presque quinze ans ! »

Il a l'air très étonné. Bien sûr. Je suis une belle jeune fille à l'aise dans mon corps et entourée de jeunes dégingandés et empotés. On a du mal à imaginer que je n'ai que quatorze ans. On me met enfin dans une classe avec les écoliers de mon âge. Je ne fais plus de latin mais du français, un domaine auquel je ne comprends rien. Ce que je fais en anglais est très facile, mais j'ai du mal en mathématiques et dans les autres matières. Je me sens tellement différente de tous les autres. J'ai l'impression d'être plus âgée et surtout bien plus maline. Moi, j'ai vécu. Un garçon, Brian, qui est en terminale, me demande si je veux aller au cinéma. Je lui réponds non car je suis fiancée et j'attends le retour de mon ami en Angleterre. Je me sens très seule. Les autres dans la classe ont tous des amis et moi je suis une étrangère.

« Va enlever ton maquillage » me dit un professeur. Je fais ce qu'elle demande mais je suis toujours très différente des autres. Comment faire pour s'intégrer ? Je ne peux pas. Les autres ne connaissent rien de la vie. Ils ne fument ni ne boivent. Personne ici n'a eu peur de mourir. Personne ici n'a vu la violence, la mutilation et la mort. Ils n'ont jamais vu un garçon attaché à une planche car il n'a plus de jambes. Aucune des filles de ma classe n'a vu le loup. Personne n'a crié en voyant un scorpion. Ils ne connaissent pas le soleil si fort qu'il brûle la peau, ils n'ont jamais nagé dans la mer où sévissent des requins. Les filles dans ma classe ont quatorze ou quinze ans. Elles n'ont jamais donné la main à un soldat qui porte une mitrailleuse. Elles ne se sont jamais cachées, apeurées dans un taxi avec les bruits de la guerre tout autour. Elles ne sont pas au courant de l'histoire du garçon qui a mis trop de temps à dégoupiller sa grenade et qui s'est fait exploser lui-même. Les autres dans la classe connaissent leurs leçons mais ne connaissent rien du tout !

Je n'ai pas d'amis et je me sens seule. Un dimanche matin je traverse le quartier des logements des soldats et rentre dans le quartier des logements des officiers. J'ai mis ma plus jolie robe et un manteau et je vais à l'église. J'adore le calme et paix qui y règne, et j'aime bien le rituel des prières et les chants sacrés. En quittant l'église certaines familles me scrutent du regard. Je suis toute seule et ils ne savent pas qui je suis. Je suis grande et fière. Le dimanche suivant j'y retourne et deux épouses d'officiers me demandent mon nom et le grade de mon père. Oui, Le grade ! J'ai oublié que nous sommes tous divisés en grades ou en rangs. Dans l'armée nous sommes les femmes de « gradé » et les enfants de « gradé ». Elles sont déçues en réalisant que je viens du « mauvais » côté. Cette grande, jolie jeune femme n'est assurément PAS une possibilité pour leur fils. Je rentre vite à la maison. Je traverse les logements des officiers et arrive chez moi. Je déteste mon père de m'avoir humiliée. Je le déteste de n'avoir que le grade de « Sergent ». Je ne retourne plus jamais à cette église. Les Anglais sont supérieurs au reste du monde. Mais les officiers sont, sans aucun doute, supérieurs à nous.

Chippy m'écrit souvent et me dit que je lui manque. Enfin le temps de son affectation à Aden est terminé et il rentre en Angleterre. Il passe son congé chez ses parents et je suis invitée pour le week-end. Il m'attend à la gare et nous nous embrassons. Tout ira bien maintenant. Je ne suis plus seule. Ses parents, son frère et sa sœur me souhaitent la bienvenue chaleureusement en m'enlaçant. Je n'ai que quinze ans mais ils pensent que j'en ai dix-huit. Chippy a vingt ans. Nous dormons ensemble. Je suis de nouveau vivante. Le week-end suivant nous le passons ensemble à Londres. Mes parents veulent me l'interdire mais ils ne savent pas comment. Ils ne peuvent pas remonter le temps. Mon père aimerait que je me comporte comme une fille normale de quinze ans mais c'est trop tard. Il m'ordonne de prendre le train de retour de vingt-deux heures. Je le manque et arrive à minuit. Il me dit que je dois rester à la maison le week-end prochain et que je n'ai pas le droit d'aller voir Chippy. Je crie que je vais y aller quand même, qu'il ne peut pas m'empêcher et je cours à ma chambre avant qu'il ne me frappe. Vendredi soir arrive et papa m'enferme dans ma chambre. Je frappe fort à la porte et crie, mais il ne veut pas me laisser sortir. J'ouvre la fenêtre et saute dans la rue. Je prends le train. Chippy m'attend et nous dormons ensemble. Le lendemain mes parents arrivent en voiture et révèlent mon âge à ses parents. Ils m'emmènent et je ne les vois plus.

Je vomis. Je vomis le matin. Je vomis dans la voiture. Je prends un bain et j'ai peur. Mon corps a changé. Il y a des petites marques rouges vif sur mon ventre et mes cuisses. Qu'est-ce que c'est ? On dirait les traces d'un fouet.

« Maman » je crie « Viens voir. Qu'est-ce que j'ai ? »

Elle me regarde, entend la peur dans ma voix et répond, « Je ne sais pas, je vais réfléchir. » Elle me laisse seule.

Maman et papa viennent me voir plus tard dans ma chambre pour me dire que je dois être enceinte.

« Ce n'est pas possible ! Qu'est-ce que je vais faire ? Il faut m'aider. »

- Il y a une pilule que l'on peut prendre pour empêcher les grossesses mais ce n'est que pour les femmes mariées. Je crois que l'on peut la prendre le lendemain aussi. Tu aurais dû m'en parler ! » dit ma mère.

« L'avortement est illégal. » dit mon père.

Je ne dors pas de la nuit. Que vais-je devenir ?

Ma mère entre dans ma chambre. « Tu ne vas pas à l'école aujourd'hui. Je vais faire des courses. Je n'en ai pas pour longtemps. Elle revient. « Fais couler un bain chaud, le plus chaud possible. » C'est brûlant et j'ai du mal à y entrer mais petit à petit je m'immerge. Elle me donne une bouteille de gin et un verre. « Bois autant que possible. » Je bois petit à petit mais cela brûle dans ma gorge. Ce n'est pas bon. Elle revient et regarde la bouteille. « Tu n'as pas assez bu » dit-elle. L'eau devient froide et le gin me donne envie de vomir. Elle revient et j'ai froid et je suis dans les vapes. « Bon, sors avant de te noyer » me dit-elle en me tendant une serviette. Je passe le reste de la journée au lit. Maman entre et sort. Il faut que je vomisse. Je me lève et vais aux toilettes. Elle m'attend derrière la porte quand je sors. « Qu'est-ce qu'il s' est passé ?

- J'ai vomi, c'est tout ».

Le lendemain elle m'informe que de nouveau je n'irai pas à l'école. « Descends les escaliers vite sur tes fesses ». Je descends vite, et recommence encore et encore, jusqu'à ce que mon derrière me fasse très mal. « Peut-être je devrais te pousser dans les escaliers » , me dit-elle. Elle se tient derrière moi mais je suis sur mes gardes et résiste. Le lendemain je passe la journée à sauter à pieds joints. Rien.

Quelques jours après une assistante sociale vient à la maison. Elle veut tout savoir sur ma grossesse. Je lui parle de Chippy et lui demande ce qui va m'arriver. Elle me répond de ne pas m'inquiéter car il y a des solutions pour les filles comme moi.

La police arrive. Ils veulent savoir si j'ai été violée. La majorité est vingt et un ans. Je suis donc mineure. Je leur explique que nous nous aimons et sommes fiancés. J'écris à Chippy. Il me répond en disant qu'il ne peut rien faire. Il ne veut pas d'enfant et il va être transféré en Irlande où il y a des émeutes. Une décision est prise. Je vais aller dans un Foyer de mères célibataires et le bébé sera adopté. Mais d'abord je vais aller chez ma sœur et son mari, près de Londres, avant que quelqu'un ne remarque ma grossesse.

Nous sommes en 1967 et les filles ne tombent pas enceintes en dehors du mariage ! C'est tout simplement inacceptable. Le divorce n'est pas accepté non plus. Les dames divorcées sont évitées dans les rues. Mon père va voir notre médecin généraliste qui, très en colère, l'envoie balader. L'avortement est considéré comme un meurtre. En 1967 la musique est sauvage. Nous crions en écoutant les chansons de Beatles. Les garçons font pousser leurs cheveux. Nous portons des mini-jupes. Notre slogan est « Faites l'amour pas la guerre ! » Les temps changent, mais les filles ne peuvent PAS être enceintes en dehors du mariage ! Maman dit « Si les gens savaient, ils penseraient que nous ne sommes pas de bons parents. » Mon père dit « Tu es complètement folle de te mettre dans cette situation. Aucun homme ne te prendra plus comme épouse maintenant ! »

Ça c'est ce que je me dis : je suis folle ! Je suis une idiote ! Je suis une débile, une demeurée, une faible d'esprit. J'aurais dû savoir. Pourquoi ma mère ne m'a rien dit ? Comment j'ai pu être si con ? Pourquoi personne ne m'a rien dit ? Je suis con, con, con ! Chippy m'a abandonnée. Il ne veut plus de moi. Je déteste cette chose qui se trouve à l'intérieur de moi ! Je le déteste et j'ai tellement honte ! Maintenant on va m'envoyer, loin... Loin des yeux, loin des pensées. Va-t-en que nous ne te voyions plus !

Je suis envoyée chez ma sœur et son mari à Luton, près de Londres. Il y a de la tension dans le foyer. On dirait que Charles est indifférent envers Christine, qui fait tout ce qu'elle peut pour garder son attention. Elle non plus n'a pas de temps pour moi. Elle est comme maman : elle nettoie, repasse et fait à manger ; mais en plus travaille à plein temps comme coiffeuse. Charles, comme tous les hommes de son temps, ne lève pas le petit doigt pour aider.

Je trouve un travail dans un grand magasin. Je suis au rayon de pull-overs pour les hommes. Noël n'est pas très loin alors mon rayon a du succès. La caisse est vieille et il faut appuyer sur la touche d'une livre sterling plusieurs fois. C'est facile d'entrer le prix d'un pull-over moins cher en appuyant moins souvent sur la touche et de garder la différence. C'est ce que je fais. Cet argent va ensuite sur mon compte en banque. Je suis devenue une voleuse. Ainsi je les défie tous. La société est de la merde ! Les lois sont méprisables. Je m'en fous ! Je ne veux pas en faire partie ! J'y travaille pendant six semaines et je réussis à économiser ou voler vingt cinq livres sterling. Ma grossesse commence à se voir alors je m'achète une bague bon marché et fais semblant d'être mariée.

« Mademoiselle, mademoiselle » crie la responsable de section. Mettant derrière ce mot tout le mépris qu'elle a pour ma bague bon marché et mon ventre gonflé. « Mademoiselle, allez voir ce que veut votre client ! »

C'est très fatiguant d'être sur mes pieds toute la journée et j'ai mal au cœur tout le temps. C'est l'automne et il fait nuit tôt. Je prends le bus pour rentrer chez ma sœur. Elle est en train de repasser et a l'air très malheureuse. Elle et son mari se sont disputés encore. Nous mangeons sur la table froide en formica dans la cuisine et personne ne parle. Ils veulent continuer leur dispute mais je les gêne. Je finis vite et vais au lit et pleure. La vie n'est pas juste. Pourquoi ceci m'arrive. Tout le monde est misérable et moi aussi. La porte s'ouvre et Charles rentre.

« Ne pleure pas » me dit-il en mettant ses bras autour de moi. «Je ne peux pas t'aider, je ne suis pas Dieu. » Il s'allonge à côté de moi sur le lit et m'enlace. Je me sens mieux dans ses bras et je me calme. Il me fait un câlin et me caresse le bras. Et puis sa main couvre mon sein et le serre. Je commence à avoir peur. Ceci n'est pas uniquement de la consolation. Je ne sais pas quoi faire. Ma sœur est dans la pièce à côté et je ne veux vraiment pas de ce genre de réconfort. Mon corps se raidit. Je le pousse et il me serre davantage. Je ne peux pas faire du bruit, je ne veux pas réveiller ma sœur.

« Qu'est-ce que tu fais ? Va-t'en ! » je chuchote. Il me regarde et sa prise se relâche. Il se lève et quitte la pièce. Quel soulagement !

Il était entendu que je devais rester chez eux jusqu'après Noël, mais le programme a changé.

CHAPITRE 9

C'est début décembre et Maman et papa m'amènent au foyer de St Agatha's à Sheffield ; connu sous le nom de « Aggies » par ses occupants. Ils m'ont expliqué que je ne pouvais plus rester chez ma sœur car ils vont partir en vacances. Nous rentrons dans un bureau petit et miteux au rez-de-chaussée. Une dame nous explique comment les journées se déroulent. Elle n'est pas vieille, mais elle n'est pas jeune non plus. Elle ne montre pas de gentillesse mais pas d'agressivité non plus. Elle est là et explique tout sans équivoque, comme si elle me donnait la direction pour aller prendre un bus. Calme et froide. Elle parle à mes parents et à moi. Je hoche la tête pour montrer que j'ai compris. Mon ventre tangue et mes tripes se déchaînent, mais je reste assise calmement et ne dis rien. Je ressens mille choses mais je n'ai pas les mots pour les décrire : la peur, le dégoût, la résignation, la fatalité, la colère... ? non, rien ! Un grand vide.

On se lève à sept heures sauf si l'on est en service pour faire le thé du matin à six heures trente. Après un thé nous travaillons jusqu'à huit heures, l'heure du petit déjeuner.

De neuf heures à midi nous avons des tâches différentes à accomplir. Le déjeuner est à midi trente. Ensuite nous sommes libres (sauf celles qui sont occupées dans la cuisine). Nous avons le droit de sortir entre quatorze et seize heures. Les visites chez le docteur sont prises pendant ce temps. Le goûter est à seize heures. Nous suivons des activités différentes telles que le tricot, le crochet et la couture jusqu'à dix-neuf heures, l'heure du souper. Nous pouvons regarder la télévision ensemble entre huit heures et vingt-deux heures : l'heure pour aller se coucher.

Il y a une croix sur le mur derrière la dame. Je la fixe et ferme mes yeux : « S'il te plaît Dieu, sors-moi d'ici » Mais il ne le fait pas. Comment peut-on penser qu'il a un quelconque pouvoir.

Ma mère me regarde. « Tu vois, tu n'auras pas trop de travail à faire ». Mon père ne me regarde pas. La dame me donne l'emploi de temps d'une vie à laquelle je ne connais et ne comprends rien. J'ai du mal à l'absorber. Est-ce que tout va être chronométré ? Je ne serai jamais libre. L'école est finie? Y a-t-il des livres ? Je ne veux pas tricoter ou coudre ! Mais je suis passive et ne dis rien. Je suis insensibilisée. Je suis coupable et je sais que je dois payer. Je ne sais pas pourquoi je suis coupable, il va falloir que je réfléchisse, mais coupable, je sais que je le suis, et je dois maintenant me tenir à carreau. J'écoute, j'opine de la tête, et je ne bouge pas. Mes parents me quittent. Ils m'embrassent et me laissent seule dans ce « foyer » qui ne m'accueille pas.

On m'amène d'abord par un grand escalier, qui à chaque étage devient de plus en plus petit, au quatrième étage qui est en fait le grenier. J'apprends par la suite que les filles le plus loin d'accoucher ont leurs chambres au plus haut de la maison, et au fur et à mesure que la grossesse avance, elles descendent de niveau. Il y a cinq lits dans ma chambre mais je suis seule et j'y reste jusqu'après Noël quand d'autres filles arrivent. Je dois me lever à six heures pour faire le thé. Il fait très froid dans la maison. Il y a une dizaine de filles enceintes et quelques-unes qui ont déjà accouché. Je fais le thé et pose les théières, tasses, sous tasses, lait et sucre dans la salle à manger. La cuisinière arrive vers huit heures. Elle est très gentille, mais parle avec un drôle d'accent. Tout le monde l'aime. Je réveille les autres pensionnaires. Nous ne sommes pas nombreuses car c'est bientôt Noël et les filles restent en famille. Quand je dis que je réveille les autres ce n'est que celles qui n'ont pas encore accouché. Les mamans sont dans d'autres chambres et ont un autre emploi du temps. Je mets la table pour le petit déjeuner. Noël arrive. Je me sens seule et abandonnée. J'ai une bouteille miniature de porto que je bois au lit le matin du vingt-cinq. « Merry Christmas ! » Et la journée continue comme d'habitude, sauf je crois que nous mangeons de la dinde à midi. Ce n'est pas vraiment Noël de toute façon, personne ne se soucie de moi et moi je me fous de tout.

Dès le vingt-sept Décembre la maison se remplit peu à peu. Les jumelles sont drôles, elles ont seize ans, juste un peu plus âgées que moi, et je les aime beaucoup. Carole est étudiante à l'université, et je l'admire. Jenny et Linda, par contre, sont vraiment bêtes, mais très tristes. Jenny ne comprend pas pourquoi son ami l'a quittée et Linda n'est pas sûre de qui est le père de son enfant. Jane pleure tout le temps, elle n'a que douze ans. Je ne connais pas son histoire. Susan, par contre a été violée. Pauvre Susan, mais j'ai du mal à penser aux autres. Je ne pense qu'à moi. J'ai mal. J'en ai marre de ma vie. Je ne suis que douleur, comme si des couteaux me perçaient le corps et la tête. Je suis seule et je veux mourir. S'il te plaît, Dieu, prends-moi dans mon sommeil. Pourquoi je suis là ? Je voudrais tant que quelqu'un me prenne dans ses bras, me berce. Mais personne ne le fait et le réveil sonne.

C'est à mon tour de faire le repassage le matin de 7h00 à 8h00, mais je m'y prends mal et brûle quelques draps. Je suis vraiment maladroite ! J'aime bien la cuisinière et préférerais me lever plus tôt et passer du temps avec elle.

De 9h00 à midi je suis dans l'équipe qui s'occupe du linge parce que je ne suis pas très avancée dans ma grossesse. Nous travaillons dans l'annexe où le linge de lit bout dans les grands bassines d'eau, et est ensuite pressé et rincé. Nous sommes en 1967 et les machines à laver le linge n'existent pas encore, du moins pas encore à Aggies. Les draps sont très chauds et lourds et tout est fait à la main. Il y a une dame qui vient de l'extérieur pour nous expliquer comment faire. Elle donne les ordres et nous obéissons. Elle ne nous crie pas dessus, ni ne nous gronde. Elle travaille avec nous. C'est bien d'être occupée. Mettre les draps dans les bassines, les battre avec de longs bâtons en bois, les faire tourner, tourbillonner, encore et encore, les retirer à l'aide des bâtons et les mains. Aie ! Ça brûle, c'est chaud ! Ouille ! Je les ai fait retomber dans l'eau. Ça, c'est la partie la plus difficile : tirer le poids des draps mouillés sans se brûler et ensuite les passer dans une essoreuse à rouleau. Ensuite il faut les rincer dans l'eau froide, les repasser dans l'essoreuse, les rincer à nouveau et les repasser encore dans l'essoreuse. Le poids me fait tituber mais je répète les mêmes actions encore et encore. C'est bon d'être occupée, en mouvement perpétuel. Cela empêche de penser. Je suis un robot et le temps passe.

La maison est bien remplie maintenant. Les filles ont entre douze et vingt et un ans, et parmi elles des jumelles. La seconde jumelle attrape toujours la même maladie que la première. Quand la première est tombée enceinte à l'âge de quinze ans, la deuxième a suivi deux mois plus tard sans le faire exprès bien sûr ! Je trouve cela vraiment très étrange. Je leur ai demandé si c'était le même père mais non ! Au début elles sont ensemble dans la même chambre, mais ensuite on les sépare. La deuxième partage maintenant ma chambre. Il y a un orage et elle a très peur. Elle fait des cauchemars et rentre dans le lit avec moi. Je ne savais pas que les filles pouvaient partager le même lit. Elle a très peur et sa sœur lui manque. Elle se blottit contre moi et je la protège. Pour la première fois de ma vie je protège quelqu'un. Ça c'est nouveau ; je ne savais pas que je pouvais aider ou être utile à quelqu'un. Cette sensation me plaît beaucoup. Je la prends dans mes bras. « N'aie pas peur, je suis là! ».

Dans notre petit monde à nous, nous sommes assises, occupées à des tâches différentes : l'une tricote, une autre lit et quelques-unes jouent aux cartes. Dehors le monde continue comme il a toujours fait et fera toujours, mais nous sommes ignorantes de ce qui s'y passe. Nous sommes coupées de tout, en dehors de tout, comme si l'on nous avait coupé un morceau de notre vie, et qu'on l'avait suspendu en l'air. C'est un autre monde, un autre espace, un autre temps loin de tout et de la vraie vie. Nous avons toutes nos problèmes, qui se ressemblent, mais il y a une couche de la vie qui les couvre en surface. Un spectateur dirait que nous sommes calmes, même heureuses, mais à l'intérieur de chacune de nous notre âme est consumée. Regarde bien dans nos yeux et tu verras la douleur, la tristesse et la solitude.

Je suis amère et cynique. Pourquoi cela m'est-il arrivé ? Tout est irréel comme dans un rêve ou plutôt une confusion, une brume confuse. Chaque jour je fais des mouvements de manière mécanique. Je m'occupe. Mais la nuit je pense, je pleure et je me dis « si seulement... » Je pense à ce qui aurait pu être et combien j'aurais aimé que tout soit différent. Mais non, je suis ici dans cette maison horrible et impersonnelle, où nous ne sommes pas des individus mais juste quelques-unes parmi des milliers qui viennent et s'en vont à la chaîne. Je suis sur un tapis roulant, dans une usine. J'avance vers l'acte final. Il y a d'autres filles avec moi. Elles sont toutes différentes, avec des histoires variées, mais ressemblantes. Elles se racontent avec résignation, amertume, colère ou incompréhension. Nous sommes à part.

Et puis mon bébé bouge. Le mien. Mon bébé à moi. Oh mon Dieu ! Pourquoi c'est comme ça. ? Pourquoi je ne peux pas être fière, enceinte ouvertement, devant tout le monde ? Fière de ce qui se passe en moi. Je suis en train de créer la vie !

C'est à mon tour de nettoyer la chapelle. Je regarde Jésus sur la croix et je lui demande ce qu'il pense de la vie et de notre condition ici. Il ne me répond pas. « Alors, dis-moi pourquoi nous sommes ici ? » Le silence complet. Cela ne m'étonne pas ! Chaque dimanche un prêtre vient faire un office dans le chapelle. Il nous dit que nous devons prier pour demander pardon à Dieu pour nos péchés. Je prie, j'essaie de croire et je laisse tomber. Je regarde la croix et je mets Jésus au défi. « Alors as-tu un pouvoir ? » Pas de réponse. Alors je prends le vin de messe et je le bois. Toujours rien. Il s'en fout. Je perds l'espoir. Une personne pleine d'amour ne nous laisserait pas dans cet endroit. « S'il-te-plaît Dieu, sois concerné. Occupe-toi un peu de nous. » Toujours rien. « Alors que je meure, que je disparaisse de la vie, que je devienne l'absence, plus rien, le néant. » Mon bébé bouge. Je ne suis plus seule au monde. Il y a quelqu'un d'autre. Nous sommes deux. Il bouge et je caresse mon ventre.

Je me couche avec mon koala en peluche dans les bras et avec mon bébé dans le ventre qui bouge, qui est vivant. Je ne suis plus toute seule. J'aime cet être qui vit à l'intérieur de moi. J'existe parce qu'il vit avec moi. J'existe parce qu'il existe à travers moi. J'ai une raison d'être. Il est là, avec moi. Nous sommes un. Je le sens et je dois prendre bien soin de lui. Nous sommes deux. L'un est là pour l'autre, et chacun vit pour l'autre. Chacun existe pour et grâce à l'autre.

Je prends le bus pour aller voir le docteur. Un garçon me regarde.
« Pam, c'est toi ? » Il me regarde d'abord avec surprise et ensuite avec dégoût. C'est Brian, un élève de mon école. La dernière fois que je l'ai vu c'était lors d'une danse pendant laquelle il a essayé de flirter avec moi, mais je ne l'ai pas laissé faire. Je savais que j'étais enceinte. Ce soir-là il m'a annoncé qu'il allait à l'université à Sheffield.

C'est terrible : nous nous installons tous les deux dans la même ville. Et, le voilà dans le même bus que moi !

« J'ai entendu des bruits, mais je ne les ai pas crus...Je ne crois toujours pas que c'est toi dans cet état ! »

Il voulait flirter avec moi. Les hommes veulent tous la même chose, mais si une fille tombe enceinte, elle est sale. Elle devient mauvaise. Moi, qui étais désirable, je suis maintenant réprouvée, rejetée, exclue. Cet homme de l'autre monde croise le mien pour mépriser ce que je suis devenue. Quand le bus s'arrête, je pars vite, en larmes. Autrefois j'étais désirable, mais maintenant je suis pire que rien. Pourquoi cela m'est arrivé ? Pourquoi moi ? Je déteste Brian. Je déteste tout le monde. Je déteste la vie et je déteste Dieu !

Chippy me rend visite un après-midi. Je peux sortir avec lui entre 14h00 et 16h00. Nous marchons dans la ville. Je prends sa main et il me dit : « Ne fais pas ça. Je me sens bizarre de te donner la main avec ce gros ventre. » Je la lâche. Je me rends compte que les hommes sont des salauds et que la vie n'est pas juste si tu es une femme. Pourquoi je ne suis pas née garçon ?

Je ne vois plus jamais Chippy. Je crois qu'il est allé se battre en Irlande. C'est ça la justice ?

Je n'ai jamais demandé d'être née et je n'ai jamais demandé d'être une fille et bien sûr je n'ai jamais demandé d'être enceinte. Pourquoi c'est moi qui dois payer ? Je sais maintenant que la vie des femmes est bien plus difficile que celle des hommes. J'ai quinze ans et je suis une farouche féministe.

C'est le déjeuner. Nous mangeons un ragoût avec les pommes de terre en purée. Ce n'est pas très goûteux mais ça remplit l'estomac. Je viens de terminer le pudding et la crème anglaise. Matrone et Bunny sont à leur table près de la fenêtre. J'observe Matrone pendant qu'elle épluche une pomme et coupe les tranches. Il y a toujours un bol de fruits sur leur table. Nous n'avons jamais de fruit, et je m'imagine mordre dans une pomme très juteuse. Je me rappelle les pommes que j'ai volées dans le verger à côté de l'école. Oh, comme je regrette de n'avoir pas respecté les règles. Je ne serais pas ici maintenant si ce n'avait pas été dans mon dossier. « Elle est turbulente et a besoin de l'autorité de ses parents. » Mais il faut dire que le directeur de l'école était vraiment vache de m'envoyer dans une guerre avec mes parents et sans instruction. Je le déteste cet homme. Je le déteste, je le déteste.

Nous passons les soirées à fumer, jouer aux cartes, fabriquer des peluches et faire tourner les tables. Nous appelons les esprits. Il y a un verre au milieu de la table avec des lettres en cercle tout autour. L'esprit s'appelle Justin et nous le convoquons souvent. Parfois il vient mais pas toujours. Nous lui demandons le sexe de nos bébés. Vous savez, il ne s'est jamais trompé ! Nous avons toutes un peu peur, mais cela nous excite et nous amuse aussi. A moi, il m'annonce un garçon. Un soir Bunny arrive et nous attrape. « Que faites-vous ? Vous ne devriez pas invoquer les esprits ! C'est dangereux ! Il ne faut plus jamais le faire ! » Ce n'est pas une activité pour les jeunes filles ! Nous devons coudre ou tricoter. J'apprends à faire du crochet et je fais une robe pour moi. Cela me prend tout le temps que je suis à Aggies. Je l'ai toujours et je ne l'ai jamais portée, mais c'est la récolte d'une année gaspillée. La plupart des filles tricotent. Ma mère a voulu m'apprendre mais je ne voulais pas et je ne veux toujours pas ! Les filles tricotent la layette pour leur bébé. Nous avons une liste de ce qu'il faut acheter ou faire avant la naissance. J'ai économisé (et volé) plus de vingt livres. Mon bébé va avoir un beau trousseau, mais pas de vestes, bonnets et chaussons mal tricotés. Jenny vient avec moi et nous allons en ville avec nos bagues de pacotille au doigt. La vendeuse est très gentille. Elle nous dit « Vous avez l'air si jeunes toutes les deux, mais c'est bien de commencer une famille tôt. ». Elle m'aide à choisir ce dont j'ai besoin avec l'argent que j'ai.

« Qu'est-ce qu'elle est gentille ! dis-je à Jenny en quittant le magasin.

- Oui, je ne pense pas qu'elle sache que nous venons du foyer. Chaque fois que je viens en ville les gens me fixent des yeux.

- Moi, quand je prends le bus pour aller chez le docteur les gens me regardent bizarrement. La réceptionniste chez le docteur est horrible. Elle fait exprès de m'appeler « mademoiselle » devant tout le monde. »

De retour à Aggies je fais un châle en crochet. Il y a quelques trous mais, tant pis, il faut que cela aille. Je n'ai plus d'argent.

Steve me rend visite un jour. Nous allons au cinéma. Je suis contente de me distraire un peu. Mon frère est horrible, mais il peut être gentil. Je le remercie.

Les jours passent lentement et je descends les étages au fur et à mesure que la date approche. Ma chambre maintenant est au même étage que Matrone. Je suis au lit avec mon koala et les douleurs commencent. Je vais dans la chambre de Matrone et je la réveille.

« Bien, si les douleurs ne font que commencer, va-t-en et laisse-moi dormir. Tu as encore beaucoup de temps ! »

Je retourne dans ma chambre et réveille Susan. Elle est endormie mais elle m'aide à prendre mon sac, qui est tout prêt. Les douleurs empirent et je retourne réveiller Matrone qui se lève en rouspétant. « C'est trop tôt ! » C'est vrai que c'est le milieu de la nuit. Elle appelle quand même l'ambulance et me dit que je ne peux pas amener mon koala avec moi. Nous nous bagarrons mais elle gagne. Elle m'enlève mon koala. Je veux le garder avec moi mais je n'ai vraiment pas la force de résister. Les douleurs sont fortes. Pourquoi je ne peux jamais avoir des objets familiers autour de moi ? Mon koala m'a accompagnée jusqu'à maintenant. J'ai très, très mal. Je ne m'attendais pas à cela. Qu'est-ce qui va se passer maintenant ?

J'arrive à l'hôpital. On m'examine et me met dans une pièce. Je suis toute seule et les douleurs sont très fortes. Je perds les eaux et je pense que je suis en train de faire pipi. Je ne comprends rien. J'appelle l'infirmière et crie de douleur. Elle me dit de me taire. « Il y a encore beaucoup de temps avant que le bébé arrive ! » Après ça elle me laisse toute seule. Je ne comprends rien et j'ai peur. J'appuie sur la sonnette mais personne ne vient. J'appuie encore et encore. Je ne sais pas ce qui se passe dans mon corps et j'ai peur ! Je ne vais pas les laisser tranquilles ! Enfin l'infirmière revient. Elle est en colère. « Il ne faut pas appeler comme ça tout le temps ! ». Qu'est-ce que je la déteste, tout comme je déteste ce monde. Putain que j'ai mal !! Enfin on m'amène dans la salle de travail. Le docteur est là. Il est très tôt. Est-ce que je veux voir le bébé ou bien on me l'enlève tout de suite ? Est-ce que je veux connaître le sexe ? Bien sûr que je veux voir mon bébé. C'est le seul être que j'aime dans ce monde ! C'est le six mars 1968. J'ai 16 ans et un mois.

C'est un garçon ! On me le montre et on l'enlève pour le nettoyer. Le docteur me recoud. J'ai été déchirée. Enfin je peux voir le petit. Il est très beau. Il pèse trois kilos et demi. Je suis envahie d'amour pour ce petit être si fragile. Je l'examine bien en espérant que je trouverai un petit défaut, un handicap pas trop grave. Quelque chose comme un doigt qui manque, ou bien un nez trop long. Quelque chose qui ferait de lui un être « inadoptable ». Pour que personne ne le veuille, il faut qu'il soit noir ou qu'il ait un handicap. Dans ce cas-là je pourrais le garder. Mes parents seraient obligés de m'aider. Mais non, il est parfait ! Comme je l'aime !! Je n'aurais jamais pensé pouvoir aimer quelqu'un autant !! On me donne des pilules pour arrêter la montée de lait. A l'avenir je découvrirai que je n'ai pas de lait non plus pour mes autres enfants juste un peu pour mon quatrième. On m'a arrêté le lait pas seulement pour maintenant, mais pour toujours.

Je suis dans une chambre avec quatre lits. Les autres mamans ont des visiteurs qui amènent des cadeaux, et font des gentils bruits autour du berceau. Parfois ils me regardent et chuchotent, mais personne ne me parle. Mon père me rend visite un jour. « Pourquoi maman n'est-elle pas venue ? - Parce que elle adore les bébés, et elle aurait trop de peine ». Et, moi alors ? je me dis. Ce jour-là le mari de la dame à côté est en train de prendre des photos de sa femme et de son bébé. Ils se parlent et il vient me demander : « Voulez-vous que je prenne des photos de vous et votre bébé ? - Ah oui, s'il vous plaît. » Quelques semaines plus tard, de retour à Aggies un paquet arrive pour moi avec les photos dedans. Ces photos ont toujours été d'un grand réconfort pour moi. Je l'appelle Mark. Il ressemble à mon petit frère Martin. Je l'adore. Il est à moi et je ne suis plus toute seule.

De retour au foyer la vie est très différente. Je vis pour lui, à son rythme. Je ne travaille plus. Je n'ai rien d'autre à faire que de m'occuper de lui. Je le nourris, le change, lui fais les câlins, l'endors et l'habille avec le trousseau que j'ai acheté. Pendant la journée nous sommes dans la nursery avec une infirmière qui nous montre comment s'y prendre avec nos bébés. Quand il dort je vais à l'annexe pour laver ses vêtements, surtout ses couches. Il en a besoin de beaucoup. Je les lave d'abord dans de l'eau froide pour enlever le plus gros et puis, quand j'en ai plusieurs, je les mets dans un bac qui chauffe l'eau. Cela prend du temps pour les faire sécher. Je n'ai vraiment pas assez de couches. Heureusement Jenny en a à me donner. Après le biberon de 22h00 j'en prépare un autre pour la nuit. Mark dort dans son berceau à côté de mon lit. Quand il se réveille je fais chauffer le biberon dans la cuisine et le lui donne dans mon lit. C'est le moment que je préfère. Nous ne sommes que tous les deux dans le silence sombre de la nuit. Il a tellement besoin de moi. Nous nous aimons et je veux profiter au maximum de ces moments magiques.

Les parents de Jenny lui disent qu'elle peut rentrer avec son bébé et ils vont l'aider. On n'a plus vu Susan après son admission à l'hôpital. Son bébé est rentré sans elle et c'est l'infirmière qui s'en occupe. Carole dit qu'elle va s'en sortir toute seule et qu'il n'est pas question d'adoption. Jane pleure tout le temps et son bébé est vite adopté.

La veille du jour où Lesley quitte le foyer, Matrone lui dit : « Ici c'est pour les filles bien, si cela t'arrive encore une fois, ne t'attends pas à revenir ! » Mais qui voudrait revenir ici et faire encore tout ça ?
Anne me raconte qu'ils ont trouvé une très bonne famille pour sa fille. « J'ai menti sur son père. J'ai dit qu'il était journaliste pour un grand journal quotidien, qu'il avait fait de longues études à l'université et venait d'une famille très riche ! En fait je parlais de quelqu'un que je connaissais. Il jouait dans le même groupe musical que mon petit ami.
- Mais pourquoi as-tu dit cela ?
- Cela a donné de meilleures chances à ma fille d'être adoptée par une bonne famille. Mon copain n'est qu' ouvrier dans une usine ! »

Je demande à Bunny qui seconde Matrone : « Quand Mark sera adopté, est-ce que je vais pouvoir le voir des fois ? - Non, tu dois signer les papiers et le donner définitivement à sa nouvelle famille. C'est mieux pour tout le monde. Il aura une bonne vie et toi tu pourras continuer la tienne. Il faut l'oublier. » dit-elle gentiment mais fermement.

En 1975 une loi est votée (en Angleterre) donnant, aux personnes majeures qui ont été adoptées, l'accès à leur certificat de naissance ; mais en 1968 cette loi n'a pas été encore votée et, suite à une adoption, aucun contact ou information d'une partie ou l'autre n' est possible.

Mark a un peu plus d'un mois et je le laisse pour la journée avec l'infirmière. Je prends le train et rentre à la maison. Je supplie mes parents de m'aider et de me permettre de le garder, mais ils refusent. Maman se justifie en disant :

- Si l'on s'en occupe comme notre fils, quand tu quitteras le foyer, tu nous l'enlèveras !
- Mais nous pouvons nous en occuper ensemble !
- Je suis déjà âgée, fatiguée et ton frère Martin n'a que sept ans.
- Alors je m'en occuperai toute seule.
- Tu en serais incapable. Tu es immature et égoïste.
- Tu ne penses pas à ton fils qui a besoin d' une gentille famille, d'un père et d'une mère qui vont s'en occuper et lui donneront un vrai foyer et une bonne éducation.
- Pourquoi ne voulez-vous pas m'aider ? Comment pouvez-vous me refuser ça ? »

Mon père ajoute : « Si Mark est adopté, c'est ta seule chance de trouver un mari. Aucun homme ne voudra de toi sinon. »

Je me sens abandonnée. Je suis abandonnée par mes parents, par cette foutue société d'hypocrites et par Dieu. Pourquoi personne ne veut m'aider ? Je ne voulais pas ce bébé, mais il a grandi dans mes entrailles, j'ai accouché de lui et il est devenu la personne la plus importante pour moi dans ma vie. Nous sommes liés l'un à l'autre et ce n'est que la méchanceté et la cruauté qui viennent nous séparer. Je m'en fous d'avoir un mari. Je veux tout simplement garder mon bébé. Comment faire ? Je vais trouver un moyen.

Je retourne au Foyer et raconte à l'infirmière le refus de mes parents. Bunny se trouve dans la nursery et dit : « Si tu as été assez stupide pour te faire mettre en cloque, c'est bien la preuve que tu n'es pas assez mature et adulte pour t'occuper d'un bébé. De toute façon tu n'es pas majeure, et ce sont donc tes parents qui décident pour toi. Jusqu'à tes vingt-et-un ans tu devras faire ce qu'ils te disent. Alors accepte l'idée que c'est ainsi pour le mieux. ».

J'écris aussi aux parents de Chippy. Je leur dis que le bébé est un magnifique garçon qui s'appelle Mark et je leur demande de m'aider à le garder. Je ne reçois jamais de réponse.

Nous faisons une cérémonie, une bénédiction religieuse, une sorte de baptême sans en être vraiment un. Nous faisons la cuisine pour nos invités, que des gâteaux et des sandwichs, c'est l'heure du thé.
Je fais un trifle (un dessert anglais, fait avec de la crème pâtissière, des fruits, de la génoise, du jus de fruits ou de la gélatine, et de la crème fouettée). Celui de ma mère a toujours été très bon. Elle y mettait du porto. Je descends à la chapelle et prends du vin en secret. Le prêtre conduira la cérémonie et ensuite il y aura la collation. Quelques parents et amis viennent accompagner les autres filles et Steve vient pour moi. Tout le monde, y compris Matrone, me fait des compliments pour mon trifle. Matrone me demande mon secret. Je souris mais je ne le lui dis pas ! J'entends le chapelain dire que l'adoption ne devrait pas exister car c'est encourager les filles à avoir des relations sexuelles sans être responsables de leurs actes ! Il me tourne le dos, il ne me voit donc pas quand je lui tire la langue ! Je suis contente d'avoir volé son vin. Maintenant je regrette seulement de ne pas avoir fini la bouteille !!

Maintenant je suis heureuse avec mon bébé. Nous étions un mais maintenant nous sommes deux, mais nous continuons d'être un. Je comprends tout ce qu'il veut, tout ce dont il a besoin, tout ce qu'il ressent. Nous sommes un ensemble de deux. Un n'existe pas sans l'autre. Les jours passent, les semaines passent et je refuse de penser qu'il y aura une fin. Mais le jour que j'appréhende arrive. Matrone m'appelle dans son bureau.

« Nous avons une famille pour Mark ».

Je veux hurler, je veux crier de tout mon corps, mais je ne peux pas, alors je dis « Je ne donnerai pas mon bébé à des gens que je n'ai jamais vus. » La phrase est sortie comme ça, je ne l'ai pas préméditée.

« N'importe quoi ! Ne sois pas ridicule !» me répond-elle.

J'insiste. J'ai trouvé un moyen de retarder l'adoption.

« Je ne vous laisserai pas donner mon bébé à des inconnus !

- Mais c'est une très gentille famille, parfaite pour Mark. Ils ont déjà une petite fille de huit ans mais ils ne peuvent pas avoir d'autres enfants.

- Non, je refuse ! »

Quelques jours plus tard on me dit que la « sœur » de Mark va venir le voir, et une petite fille entre dans la nursery. J'ai le droit de rester silencieuse dans un coin pendant qu'elle se penche sur le berceau. Elle est très mignonne et semble très heureuse devant mon bébé. Mais je ne lâche rien.

Je veux voir les parents. On me dit que je ne suis pas raisonnable car la famille qu'ils ont trouvée est parfaite. La mère est brune et le père blond tout comme moi et Chippy, donc, quand il deviendra plus grand, personne ne saura qu'il a été adopté.

« Mais je m'en fous de ça !» je crie.

Ils me disent que les deux parents ont, eux aussi passé quelques années dans l'armée.

Si j'avais su j'aurais menti sur le père de Mark, j'aurais pu lui inventer une meilleure situation que celle de simple soldat et donc lui donner une meilleure chance dans la vie, un meilleur début, mais je ne savais pas et je n'ai pas compris l'importance de la naissance et du contexte social de la famille à l'époque.

On me dit qu'ils l'aiment déjà et veulent vraiment un fils. Je réponds que je l'aime plus et que Je veux le garder.

- Tu es égoïste et irresponsable. Tu ne peux pas vivre dans la rue avec un bébé.

- Je trouverai un moyen de m'en occuper.

- Quelles sont tes options ? Tu n'en as pas d'autre. Ne sois pas stupide.

- Je ne donnerai pas mon bébé à un couple que je n'ai jamais rencontré. »

Je viens d'avoir seize ans et je cherche désespérément un moyen pour rester avec la seule personne que j'aime dans ce monde, la seule qui soit importante pour moi, mais personne ne veut m'aider. Je refuse de coopérer et je gagne du temps.

Une semaine plus tard je suis convoquée dans le bureau de Matrone.

« Nous avons fixé un rendez-vous entre toi et les parents dans le bureau d'adoption en ville en présence d'un officier, mais il faut promettre de ne rien dire aux autres filles. J'accepte.

Quelques jours plus tard je prends un bain, me lave la tête et passe du temps avec ma coiffure et mon maquillage très léger. Je choisis bien mes vêtements. Je sais que j'ai l'air élégante. Je veux qu'ils voient que je suis une fille respectable qui vient d'une bonne famille. Il faut que je fasse une bonne impression. Je rentre dans une pièce. Un monsieur est assis derrière un bureau et il me montre une chaise. En face de moi le couple est déjà installé. Ils attendent en silence. Ils ont l'air gentils mais soumis. Je pose mes questions :

« Aimerez-vous mon bébé ? » « Comment puis-je en être sûre ? » « Comment allez-vous l'élever ? » « Garderez-vous son nom, Mark ? »

Mes questions les surprennent mais ils donnent les bonnes réponses. Ils disent que

Mark ne sera pas son premier prénom mais peut-être le deuxième.

« Vous étiez dans l'armée, étiez-vous officier ? » L'homme a l'air étonné et gêné. Il ne sait pas comment répondre. Le fonctionnaire du bureau d'adoption m'interrompt et lui dit : « Vous n'êtes pas obligé de répondre. »

Je sais maintenant que mon fils va être aussi du « mauvais » côté. Du côté des ouvriers, de ceux qui ont du mal à s'en sortir, et pas du côté des classes bourgeoises, de ceux pour qui la vie est facile. Du mauvais côté de la barrière des classes. Du côté de ceux qui n'ont pas le « bon » accent, de ceux qui n'ont pas les codes, ni les comportements ni les attitudes qui ouvrent toutes les portes. De ceux qui ne vont pas dans les écoles privées, ni, sauf exception, à l'université. J'ai compris depuis longtemps qu'en Angleterre il y a deux mondes et le monde dans lequel tu vis dépend du monde dans lequel tu es né. Tout comme sur un camp militaire : les officiers et leurs familles d'un côté et les soldats, sous officiers et leurs familles de l'autre. Non je ne peux pas élever mon fils dans la rue. Je dois le donner à une famille d'adoption, mais cette famille lui donnera les fondations pour son avenir. Le choix de cette famille d'accueil déterminera sa position dans la société en Angleterre. Mais ces gens-là semblent sincères quand ils disent qu'ils l'aiment et qu'ils aimeront toujours ce fils qu'ils désirent. Alors que faire ?

Je veux le mieux pour Mark ; mais peut-être que je n'ai pas les bonnes valeurs. Ce qui compte est une famille aimante et je ne devrais pas me soucier de leur situation sociale. Je suis embrouillée, confuse. Puisque je dois donner mon enfant, je veux qu'il ait une vie de prince. Je veux qu'il grandisse dans une famille respectée et admirée par les autres. Je veux qu'il appartienne à la classe sociale qui existe dans certains livres que j'ai lus : le Comtes et les Ducs, ceux qui sont riches et puissants ; ceux qui habitent dans des palais avec des précepteurs pour leur éducation, ou bien qui fréquentent les meilleures écoles privées ; les gens qui vont aux bals, ou dans des les soirées où se trouve le grand monde. Ceux qui passent les saisons à Londres ou Bath ; ceux qui voyagent en première classe et séjournent dans les grands palais en Europe. Ceux qui commandent et pas ceux qui sont commandés. Je pense à Jack qui a été trouvé bébé dans un grand sac à main dans une gare dans le livre « The importance of being Earnest » (Il importe d'être constant d'Oscar Wilde) et qui a été adopté par un homme très riche. Je pense à Eliza qui vend les fleurs devant l'opéra à Londres dans « Pygmalion » de Bernard

Shaw et dont la vie change quand elle demande des leçons d'élocution auprès d'un éminent professeur ; à Cosette dans « Les Misérables » ; à toutes les héroïnes dans les romans de Georgette Heyer et encore dans d'autres histoires où les bébés sont enlevés à leur famille pour grandir dans la haute société. S'il ne peut pas devenir Prince, au moins qu'il soit dans une famille de bourgeois : les médecins, les avocats, les notaires ou bien les hauts fonctionnaires, un Préfet, un Député, un Scientifique, un Juge, un Notable ou au moins chez un homme d'affaires très intelligent.

Je me rends compte que ce couple ne vient pas de ces milieux. Ils sont de la classe des ouvriers, des petits soldats, mais je me dis qu'ils sont quand même respectables. Ils ne me posent aucune question et semblent très mal à l'aise. Je suis en colère contre moi-même. Ce qui compte c'est que Mark soit heureux dans une famille qui l'aime. Je souris et essaye de ne pas montrer ma déception. Ils sont probablement des gens très bien que je n'ai pas le droit de juger. Il faut que je me rappelle que je ne peux pas l'élever toute seule et la seule solution est l'adoption.

Je ne veux pas que ce moment se termine. Je veux être sûre qu'ils voient combien c'est important pour moi ; qu'ils réalisent que je leur donne le cadeau le plus précieux que quelqu'un peut donner. Je leur donne une vie que j'ai créée et portée dans mon corps. Nous nous disons au revoir et ils sortent par une porte. L' Officier d'adoption me regarde, me tape sur la main avec gentillesse et me dit « Avec le temps tout passe, tout se guérit ». Dix minutes après je quitte la pièce par une autre porte. Des années plus tard j'apprends qu'ils ont trouvé que j'étais une bêcheuse, snobinarde et une parvenue. Ils n'ont pas compris. Pour eux j'ai inversé les rôles. Ils étaient sensés être les « gentils » qui offraient un foyer à un enfant « abandonné ». Ils ne s'attendaient pas à ce que je les interviewe pour voir s'ils étaient à la hauteur pour adopter mon bébé.

De retour au foyer on me dit que j'ai eu ce que j'ai demandé et maintenant je dois accepter sans histoires le processus de l'adoption. Je réfléchis à ce que je pourrais faire encore pour tout retarder, mais la réponse est toujours la même : « Tu as seize ans, l'âge de la majorité est vingt-et-un ans, alors jusque là tu dois faire ce que l'on te dit de faire et l'accepter. »
L'infirmière me dit que Mark va être appelé Jeremy. Pendant toutes les années où je penserai à mon fils je penserai à Jeremy Mark. C'est Jeremy qui vit et grandit dans mes pensées et quand finalement je découvrirai qu'il s'appelle Michael, je me

sentirai trahie, comme si une promesse faite sur mon lit de mort n'avait pas été respectée. Et mourir, c'est ce qui m'est arrivé.

Le jour arrive, le jour que j'appréhende. Je prends mon temps. Je lui donne son bain. Je l'habille avec soin. Je lui fais des câlins, je l'embrasse et je recommence : les câlins, les bisous jusqu'à ce que Bunny m'ordonne de le remettre dans son berceau. Papa rentre dans la nursery et me dit qu'il faut partir. Nous allons à pied jusqu'à la gare et montons dans un train. Je suis abasourdie, hébétée. Le monde se déroule autour de moi mais je n'en fais pas partie.

Les gens parlent, marchent et bougent. Il ont l'air normaux. Je suis dans une bulle, une autre dimension. Je ne suis pas ici, ou bien c'est eux qui n'y sont pas. En tout cas je suis détachée de l'image que je vois autour de moi. Je suis dans un autre monde, un monde de douleur, de souffrance et d'incrédulité. C' est un film, une irréalité. Je regarde de l'extérieur. Plus rien était vrai, que ma douleur, que la déchirement dans mon ventre Comment les gens peuvent agir comme si rien n'avait changé ? Je ne ferai plus jamais partie de leur monde. Je veux crier «Stop ! Marche arrière, remettons le monde sur le bon axe. Arrêtez ce cauchemar ! » Mais je ne crie pas. Ce n'est pas un cauchemar, c'est pour du vrai. Vous, autour, vous ne voyez pas, vous ne voyez pas ce qui se passe ? Non, ils ne voient pas et je suis seule dans la bulle, déconnectée. La douleur est avec moi, en moi, et personne ne peut le sentir ni le comprendre. Pourquoi je ne peux pas juste fermer les yeux, me détacher de mes souffrances, de mes pensées et de la vie et me fondre dans l'espace ; ou comme si l'on versait une bouteille d'eau dans la mer, me diluer dans le néant et ne plus exister ?

La vitre est froide. La fraîcheur mordante glace mes joues. Mon visage est mouillé. Une larme coule sur le carreau, faisant un chemin dans la poussière qui rend le paysage flou. Ce paysage passe à toute allure. J'ai un trou dans le ventre, un énorme trou qui m'avale. Le train ralentit. Les gens sur le quai, seuls ou en groupes, bougent, parlent, portent des sacs, font signe de la main. Comment peuvent-ils s'agiter? Comment se fait-il que la vie continue ? Une dame rentre dans le compartiment et s'assoit à côté de mon père. Elle hoche la tête en signe de bonjour et mon père lui répond avec un grand sourire. Je le déteste, comme je le déteste ! Il ne bouge pas ; une tige austère et rigide. Un homme avec un but. Pourquoi n'a-t-il pas voulu m'aider ?

Il était en mission. Il avait sa tête de soldat. Il faisait ce que il fallait faire. Il suivait les ordres de la société Britannique. C'était un bon soldat qui faisait son devoir car bien sûr une fille mère célibataire n'a aucune place dans ce monde et il faillait pas qu'elle existe. Il a tué encore l'ennemi : le déshonneur et la honte. Pour le bien de sa fille il a amener à bout sa mission. Mais il n'a pas compris que c'était moi qu'il a tué.

La dame lit et le train prend de la vitesse. Il m'emmène de plus en plus loin de mon fils. « teuf, teuf » dit le train « Je vous emmène loin, Teuf, teuf ». Il y a un cordon invisible qui s'étire de moi à lui. Je sens sa douceur, sa chaleur, son odeur. Je respire l'odeur du lait aigre et de la crème utilisée sur sa peau. Je le sens dans mes bras, il est là contre ma poitrine. Il est là, mais il n'y est pas ! Il est tout seul, abandonné. Il pleure. Je l'entends pleurer. Je tends la main et touche le bras de mon père.
« Papa, il pleure !
- Ne t'inquiète pas. Tout ira bien ! »
La dame lève les yeux. Elle est gênée et retourne à son livre.
« Je ne peux pas le faire. Je ne peux pas ! » des larmes coulent.
- C'est pour le mieux, tu verras » dit mon père.

La dame se lève et quitte le compartiment. Je retourne sur le siège du coin. Si seulement je pouvais devenir petite, tellement petite que je tombe dans ce grand trou de souffrance, tombe dans la non-existence pour ne plus jamais exister. Comment je peux continuer à vivre ? Dieu, comment ?

J'ai essayé de repousser ce jour. J'ai espéré qu'il n'arriverait jamais. J'ai prié qu'il ne soit pas accepté, qu'il soit « inadoptable ».
« Quelle gentille famille ! ils m'ont dit.
- Pourquoi je n'ai pas le droit de le garder ? Il fait partie de moi. Il est moi !
- Tu es trop jeune. Il sera malheureux. La vie sera trop difficile pour tous les deux. De toute façon c'est comme ça ! C'est impossible ! Pense à lui et aux opportunités qu'il aura maintenant. »
Alors je pense à lui. « S'il te plaît Dieu, fais qu'il soit heureux. Fais qu'ils soient gentils et aimants avec lui. » Il est âgé de trois mois maintenant. Ce n'est pas beaucoup mais il me semble qu'il a toujours existé. C'est étrange de penser qu'il y avait une vie sans lui. Je me rappelle la panique quand j'ai appris que j'étais enceinte. J'ai prié à ce moment là aussi : « S'il te plaît, Dieu, fais que je ne sois pas enceinte ». Il ne m'a pas écoutée à ce moment-là. Pourquoi m'écouterait-il maintenant ?

Le train ralentit, encore une gare, encore plus loin. Si je quittais le train, et courais sur le quai de l'autre côté pour prendre un autre train et retourner au Foyer ? Je m'imagine le faire mais je ne bouge pas ! Je me souviens du voyage pour y aller il y a huit mois de ça. Mon père m'y a emmenée à ce moment-là. Je le regarde. Il a l'air effondré mais déterminé. Il est en mission. C'était un homme avec un but quand il m'a emmenée à Sheffield et m'y a abandonnée. J'étais seule et effrayée, et puis il y a eu mon bébé et je n'étais plus seule. Je suis de nouveau toute seule et mon père est encore en mission. Il avait sa tête de soldat. Il faisait ce qu'il fallait faire. Il suivait les ordres de la société Britannique. C'était un bon soldat qui faisait son devoir car bien sûr une fille mère célibataire n'a aucune place dans ce monde et il ne fallait pas qu'elle existe. Il a tué encore l'ennemi : le déshonneur et la honte. Pour le bien de sa fille il a mené au bout sa mission. Mais il n'a pas compris que c'était moi qu'il a tuée.

« Le temps guérit tout. » a dit le monsieur dans le bureau d'adoption.

La cicatrice n'a jamais guéri. Une croûte a poussé par-dessus mais si je la gratte, elle se détache, le pus suppure et mon corps s'endolorit.

CHAPITRE 10

Je veux aller à l'école. Je veux passer les examens. Je veux aller à l'université. Je demande à mes parents et ils acceptent, car ils se sentent (un peu) coupables. Nous allons, tous les trois, voir le proviseur au 'Grammar school' où j'étais. Il m'écoute. Je lui dis que peut-être je devrais rétrograder de deux années car l'année dernière, bien sûr j'étais absente, mais je n'ai pas fait grand' chose depuis la sixième. J'ai tout oublié. Il me dit d'aller en troisième et accepte que je revienne à l'école en redoublant uniquement une année. C'est ce que Carole m'a conseillé de faire. Carole, qui était à Aggies avec moi, est la seule personne qui m'a donné quelques conseils pour mon avenir.

Nous sommes au mois de Juin. Je me sens soulagée. Je peux trouver un travail jusqu'en septembre, et ensuite ma vie reprendra. British Home Stores, un grand magasin à Lincoln, m'embauche dans le secteur des vêtements féminins. Cela me convient très bien. J'aime vendre et conseiller et j'aime les vêtements de mode. Je fais très bien mon travail. Un jour le directeur du magasin m'appelle dans son bureau. Je me demande ce que j'ai fait de mal. Je suis inquiète mais j'écoute, et il m'explique que cela sera peut être un bon plan de carrière pour moi de devenir une « Fashion Buyer » (Acheteuse de Mode). Je peux apprendre en suivant des stages et la formation professionnelle à l'intérieur du groupe B.H.S. Je découvrirai tout sur les différents textiles. Je voyagerai dans les différentes villes d'Europe. J'aiderai à choisir les vêtements susceptibles de bien se vendre. J'achèterai en gros et les modèles seront vendus dans tous les points de vente BHS en GB. Tout cela me semble très intéressant mais un peu vague. Il m'explique qu'il faudra suivre les années de formation et la compétition sera dure. Cela me plairait, c'est vrai, mais j'ai déjà décidé de retourner à l'école en septembre.

Le dix juillet il y a un bal de fin d'année à l'école et je suis invitée. Super ! Je vais m'amuser ! Je m'habille, me coiffe et me maquille. Quand j'arrive à l'école, l'entrée est pleine d'enfants, d'ados. Il y a de la musique, de la nourriture et des sodas. Les gamins dansent. Je me mets dans un coin pour observer. Quelques filles ricanent ensemble au sujet d'un garçon qui a de l'acné. Quelques-unes me fixent des yeux. J'en ai connu certaines brièvement il y a plus d'un an maintenant ; et d'autres qui sont vraiment des bébés mais avec qui je vais me trouver en classe en septembre. Je les observe rigoler, manger et boire très timidement. Pour beaucoup c'est la première fois qu'elles vont à un bal !! Je les entends parler et j'ai l'impression d'être une vieille dame dans une école maternelle. Sauf peut-être qu'une vieille dame serait nostalgique et gentille. Je suis atterrée et horrifiée de penser que je vais partager mon temps avec ces gamines. Celles que je reconnais de l'année dernière me regardent avec mépris, dédain. Pourtant elles ne sont que des petites filles ignorantes qui ne connaissent rien de la vie. Un garçon vient me demander si je veux danser. Il est petit avec des boutons et ne peut se comparer avec les soldats qui étaient en train de se battre dans une guerre. Ce bébé pense vraiment que je peux danser avec lui ? J'accepte par politesse, danse un peu et ensuite le remercie. Je rentre à la maison, chez mes parents, et je pleure dans ma chambre. Je veux vraiment apprendre, aller à l'école, recevoir une éducation, obtenir des diplômes et aller à l'université. Mais comment puis-je partager la salle de classe avec ces bébés ? Oh ! Si seulement j'avais quelqu'un pour me conseiller.

Marianne, une fille qui était dans ma classe avant d'aller à Aggies, entre dans le magasin pour acheter une robe. Contrairement à d'autres filles, elle me sourit, et semble heureuse de me voir. Nous parlons, ou plutôt je parle et elle écoute. Elle rit quand je lui parle des clientes et de certaines des vendeuses. Elle achète une robe et revient une autre fois. Nous parlons de tout sauf de mon année d'absence. Pendant mon jour de congé nous allons boire un thé dans un café. Elle me dit qu'elle a obtenu les « O levels » examens dans huit matières différentes (niveau Brevet/Bac. Le Baccalauréat Britannique est composé d'un minimum de cinq sujets niveau 'O' level pour Ordinaire et de trois sujets niveau 'A' level pour Avancé) et va rentrer au Technical College (Formation d'adulte professionnelle) pour étudier, afin de devenir Secrétaire. Qu'est-ce c'est ? Où ça ? Comment faire ? Je la bombarde de questions. Cela semble intéressant mais le plus important c'est que cela se passe dans une école d'adultes. Pour la deuxième fois après Carole quelqu'un me donne des informations et des conseils pour mon avenir. « Pourquoi tu ne viendrais pas avec moi ? dit-elle. - Pourquoi pas ? Je voulais retourner à l'école mais être dans la même classe que ces bébés me semble difficile ! »

Et puis je lui dis tout. Assise autour d'un thé je parle et je parle et je parle. Elle écoute. Pour la première fois depuis un an quelqu'un m'écoute...et je parle. Je lui parle d'Aggies, de Mark, de Chippy. Je lui parle d'Aden, de la guerre. Je lui parle de mes désarrois. Elle écoute et je pleure. Nous devenons confidentes. Nous devenons amies. J'ai une amie et je l'aime. Elle m'invite chez elle pour le week-end. J'ai seize ans et c'est la première fois que je suis invitée pour dormir chez une copine. Je mets ma nouvelle robe. Elle est orange et a la forme d'une tente, elle est en laine et il y a écrit « dry clean only » sur l'étiquette, donc je sais que je dois faire attention. La maman de Marianne m'accueille chaleureusement, et m'annonce qu'elle a fait un gâteau avec le meilleur beurre spécialement pour moi. Le souper est délicieux mais je verse de la sauce sur ma nouvelle robe. Cela me contrarie, mais j'essaie de ne pas le montrer. Marianne et moi rions et parlons beaucoup ensemble, et nous nous couchons dans un grand lit double et continuons de parler tard dans la nuit. Dormir avec elle me rappelle quand la jumelle est rentrée dans mon petit lit à Aggies pour se blottir contre moi car elle avait peur. Marianne ne se blottit pas. Elle n'a pas peur. Qu'est-ce que je suis heureuse d'avoir une amie. Le lendemain matin, Kath, la mère de Marianne me donne ma robe. Elle a réussi à enlever la tache. Quelle gentillesse ! Nous passons une très agréable journée ensemble et après le thé Jack, son père, m'accompagne jusqu'à l'arrêt de car. C'est une famille adorable ! C'est le premier de nombreux week-ends passés chez eux. Ses parents sont contents de me voir. Je les fais rire. Et quand je pleure sa mère me réconforte. Tout va bien dans le meilleur des mondes.

Les Beatles et les Rolling Stones sont au plus haut de leur popularité. Nous allons au cinéma et pendant la première partie il y a des informations. Les Beatles rentrent d'Inde. Les gros plans de nos garçons préférés sont sur l'écran et nous crions. Toutes les jeunes femmes dans le cinéma hurlent et crient. Je crie au plus haut de ma voix. Mes poumons explosent et tout sort. Toute la colère contre la société. Je crie car les Beatles sont fantastiques mais aussi contre mes parents, contre Aggies et contre la putain de R.A.F. Je hurle ma colère à ce monde que je déteste. Et puis les lumières s'allument. Nous achetons une glace et ensuite nous nous installons confortablement avec une cigarette pour regarder le film.

A la maison il y a de la tension dans l'air. Personne ne parle de Mark. Tout le monde fait comme si rien ne s'était passé. Si je montre que je suis triste, ils m'ignorent. Une Assistante Sociale va venir en août pour que je signe les papiers définitifs. Mes parents me disent seulement « Sois sage ». J'ai décidé de ne pas signer les papiers. Ils ne peuvent pas me forcer. Mark peut rester dans sa famille adoptive jusqu'à ce que je finisse mon année de secrétariat, que je trouve un travail et un appartement ; et à ce moment-là je le reprendrai. Si je refuse de signer ces papiers, il n'est pas légalement adopté. J'explique tout cela avec détermination à l'Assistante Sociale. Elle ne veut pas m'écouter. « Tu es très égoïste. Tu ne penses pas à Mark. Il est très heureux dans une vraie famille qui l'aime. Si tu ne signes pas, la famille va vivre dans la peur qu'un jour tu le leur enlèveras. Ça n'est pas bien pour Mark et c'est horrible pour la famille. Pense à la douleur que tu leur infligeras, que tu infligeras à tout le monde. Tu es intelligente. Tu dois tu rendre compte que ceci est la meilleure solution pour tout le monde. » Je lui dis que c'est trop difficile pour moi. Il me manque tellement. Elle répond : « Tu réagis comme une petite fille immature et égoïste. Il faut faire ce qui est le mieux pour le bébé. »

Je signe. Mais chaque fois que je vois un bébé dans la rue je pleure. La moindre des choses me fait penser à lui. Je sais que tu es là quelque part, Mark, je t'aime. Je ressens ta présence en moi, et je prie pour que tu sois heureux.

Il y a un fil invisible entre lui et moi et je suis sûre qu'il le ressent aussi. J'aimerais pouvoir en parler à quelqu'un. J'aimerais que quelqu'un me parle de cette douleur. Pourquoi personne ne comprend ? Tout est enfermé en moi et je suis un extraterrestre dans ce monde. Mais je sais que la vie doit continuer et que je dois faire quelque chose. Je décide d'aller au collège technique avec ma meilleure amie, Marianne. Elle sait à quel point j'ai mal. Je peux lui parler. Nous pouvons apprendre et nous amuser ensemble. Premier jour au Technical Collège, nous sommes tous mis dans une seule pièce et nos noms sont appelés pour voir dans quelle salle de cours nous allons. Marianne et moi nous asseyons ensemble et elle dit « J'espère que nous serons dans la même classe » et elle me sourit. Nous ne sommes pas ensemble. Je découvre plus tard que les étudiants sont répartis en fonction de leurs diplômes. Marianne a huit GCSE. Les élèves de première classe ont un niveau Bac. Marianne est en deuxième classe. Il y a cinq classes en tout et je suis dans la dernière classe.

Lors du premier cours, notre professeur nous demande comment nous souhaitons être appelés. C'est l'occasion pour moi de changer de nom, et peut-être de tout mon être. Je peux renaître en quelqu'un de nouveau ! "Toni", dis-je, "les gens m'appellent Toni. Et je deviens Toni. C'est le début d'une nouvelle vie. Je deviens un garçon manqué, dynamique, énergique et « je m'en fiche ». Adieu "Pam". Un nom qui tombe à plat. Bonjour Toni ; un nouveau moi, une nouvelle vie. Essayons. Nous allons voir ce que cela donne !

La sténographie et la dactylographie sont bien sûr nouvelles pour moi mais le reste est ennuyeux. Je suis de loin première de la classe dans toutes les autres matières. Au lieu des mathématiques, nous avons l'arithmétique où nous apprenons les bases. Je termine les problèmes en cinq minutes en utilisant l'algèbre, à la grande fureur du professeur. Je me demande s'il comprend mon raisonnement. Je décide de suivre des cours du soir et de passer quelques G.C.S.E. Je m'inscris à trois cours du soir : littérature anglaise, langue anglaise et mathématiques. Marianne et moi rejoignons le comité d'étudiant et devenons très actives. Nous demandons un lieu de rencontre et on nous attribue une grande salle vide que nous commençons joyeusement à repeindre. Nous entraînons les autres et décidons que nous allons nous amuser beaucoup. Nous organisons des réunions et discutons de ce qui doit être modifié dans le règlement de l'école. Nous organisons des soirées dansantes, des tournées de pubs et des soirées déguisées. Victoria nous rejoint et devient bientôt une bonne amie. Elle est amusante et peut imiter tous les professeurs. Beaucoup de filles nous rejoignent, sauf les classes supérieures qui étudient pour devenir « secrétaires de Direction ». Nous ne sommes que des « sténodactylographes ». Marianne a de nouveaux sujets intéressants comme « le droit », « la comptabilité », « les statistiques ». Moi par contre j'étudie « les pratiques de bureau » et « la petite comptabilité ». Mes cours du soir sont amusants. Mon professeur d'anglais est merveilleusement intéressant et me donne l'amour de la poésie. J'étudie Shakespeare, Keats, Yeats et d'autres classiques. Les autres étudiants sont plus âgés et personne n'est traité comme un enfant. Nous sommes des adultes en formation continue et sommes traités comme tels. J'ai lu beaucoup de livres et j'étudie dur. Les mathématiques sont un défi. J'ai beaucoup oublié mais le professeur nous fait réviser et j'arrive à suivre. Quand je ne suis pas en cours, je passe mes soirées à étudier les mathématiques, l'anglais et la sténographie. Cette dernière discipline pour moi ressemble un peu à du chinois. Le samedi, j'ai un travail chez Woolworth, un grand magasin de toutes sortes de produits bon marché, et à l'approche de Noël je suis placée au comptoir des décorations de Noël. Je ris et fais la folle pendant que je vends des guirlandes et des étoiles. Le samedi soir, Marianne et moi allons danser au Raven's Club et souvent elle dort avec moi ou je dors chez elle et passe le dimanche dans sa famille. Baby Mark est toujours dans mon esprit et il ne faut pas grand-chose, la vue d'un bébé ou la référence à un bébé, pour qu'une immense tristesse m'envahisse. Marianne ou sa mère me prennent dans leurs bras et me réconfortent. Je me lance dans le fait d'être occupée, occupée, occupée.

Marianne aime bien un garçon que nous croisons parfois dans les couloirs et au réfectoire. Il travaille dans un bureau d'architecte et apprend le métier de métreur. Une fois par semaine il suit des cours dans notre collège. Elle lui sourit d'abord, puis hoche la tête, puis lui dit bonjour. Tout cela prend des semaines, voire davantage, et il ne fait toujours pas le premier pas. Nous sommes à la cantine et Ian déjeune avec un autre garçon que j'ai remarqué plusieurs fois. L'autre garçon me sourit. «Je vais faire quelque chose », dis-je à Marianne en posant ma main sur son bras. Nous finissons de déjeuner et je me dirige vers la table des garçons. « Bonjour », dis-je et je m'assieds rapidement. « Bonjour », dit Richard. Nous discutons et Richard me demande si je veux aller boire un verre avec lui. « Oui ! Mais nous pouvons y aller tous les trois et mon amie Marianne se joindra à nous » et je souris à Ian. « Oui, ce serait bien », dit-il. Le jour du rendez-vous arrive et Marianne est très excitée. Nous nous retrouvons au pub et je discute avec Richard, mais je le trouve très ennuyeux, et je lui demande plus tard s'il peut me ramener à la maison car j'ai mal à la tête. Il emprunte la voiture à Ian en promettant de la ramener. Devant chez moi il essaie de m'embrasser mais je détourne la tête et lui rappelle ma migraine, qui est bien sûr inexistante. Le lendemain, Marianne est heureuse de m'annoncer qu'ils ont un autre rendez-vous et qu'elle l'aime beaucoup. Je suis contente, la nuit dernière n'a pas été une soirée perdue.

Je suis intelligente. Première de la classe, et magnifique : tous les garçons sont après moi. Je suis pleine d'esprit, volage, affectueuse, amusante, une boute-en-train. L'argent de mon travail du samedi sert à acheter des vêtements. Je dépense tout. Je suis belle. Mes cheveux longs remontent, descendent et s'enroulent, chaque jour dans un style différent. Tout le monde me remarque et je le sais. Je me fabrique soigneusement une belle image extérieure. Mon intérieur est caché. Il a honte d'être vu. Le centre de moi est, en réalité, un liquide chaud et bouillant, impossible à saisir, un tourbillon touffu qui fait tellement mal ; un tourbillon, comme de la lave volcanique prête à déborder à tout moment. J'ai tellement honte et peur de ce centre qu'il faut le fermer, l'enfermer, le recouvrir d'une épaisse couche de pierre. Mais si cette couche extérieure se cogne, le liquide bouillant et honteux s'infiltre par la fissure et remonte à la surface, alors il doit être repoussé, vers le bas, étouffé sous des couches, loin de ce que je prétends être. Cachée des autres et cachée de moi. Vous ne pouvez pas vous permettre d'être nue lorsque ce que vous êtes n'est que laideur. Alors je fais semblant d'être ce que je ne suis pas, par peur d'être jugée, rejetée ou détestée. Non... Je suis ce que je prétends être, mais pas complètement, ce n'est que la pointe d'un iceberg. Sous l'eau se trouve un no man's land privé. Comment puis-je apprendre à m'accepter ? Comment les autres peuvent-ils m'accepter alors que je ne le fais pas ? Comment puis-je être acceptée puisque je me rejette moi-même? Ce qui est le vrai moi n'est pas acceptable donc il faut l'écraser. Écraser, écraser, cogner, cacher, étouffer... et en surface briller, danser et chanter ; être occupée. Je tourbillonne dans un tourbillon sans fin, ramassant des voiles de glamour, de fines couches scintillantes, étincelantes, brillantes, dorées qui recouvrent ce centre, pourri, moisi, méchant. Comme des feuilles que je colle sur un artichaut pour le rendre encore plus gros et plus gras. Je vis un mensonge. Non, un demi, ou plutôt le quart d'un mensonge !!!

Il y a des garçons, beaucoup. Ils viennent et ils partent. Je les utilise pour me faire offrir des boissons et pour me conduire aux soirées dansantes. Parfois, ils m'embrassent, mais pas plus.

Papa a quitté la R.A.F. et nous vivons maintenant dans une H.L.M. Steve est de garde car on lui demande de me chaperonner lorsque les garçons viennent à la maison. Il est ravi de ses nouvelles fonctions. Il fait très attention à me surveiller, me montrant qu'il est supérieur. Je le traite avec tout le dédain qu'il mérite. Vous êtes tous fous. C'est bien trop tard pour jouer à ce jeu.

Je suis dans un pub avec Marianne. Elle parle à des garçons. Ian est avec elle. Je m'assois et regarde autour de moi : les gens parlent, rient, boivent. Comment le monde peut-il continuer ? Je ne suis pas comme ces gens. Je ne serai plus jamais comme personne. Ne savent-ils pas qu'on m'a volé mon bébé ? Ne savent-ils pas ce que cela fait d'être rejetée, jetée dans un foyer loin de la société ? Je suis différente d'eux maintenant et je n'appartiendrai plus jamais à leur monde. Marianne arrive avec quelques garçons qui me demandent ce que je veux boire. Je souris et commande un whisky et un coca. Un garçon, Peter, est très gentil, un gentil garçon issu d'une famille de classe moyenne, avec une voiture et un bon travail respectable. Je me sens presque normale avec lui. J'adore ses baisers puis ses élans amoureux. Nous sortons avec ses amis. Certains d'entre eux vont à l'université, d'autres travaillent. J'écoute leurs conversations sur des livres que je n'ai pas lus : « Le Meilleur des Mondes », « 1984 ». Je les lis ainsi que d'autres très rapidement et je peux bientôt me joindre à leurs débats. Nous nous allongeons sur la moquette de l'appartement d'un ami, buvons de la bière, discutons et Peter joue avec mes cheveux. Il est très doux et attentionné, un vrai gentleman. Mes sentiments envers lui s'accroissent de plus en plus, et je panique. Je ne veux plus être hors de contrôle. À partir de maintenant, je vais contrôler toutes mes relations. Je me retrouve à glisser dans la chaleur de sa douceur, aspirée par ses élans amoureux. Il vient me chercher à la maison un soir ; papa ouvre la porte et le renvoie sévèrement en disant : « Elle ne sort pas ce soir ! » Et il lui claque la porte au nez.

Est-ce que mon père a l'impression que j'aime ce garçon? Essaie-t-il, à sa manière maladroite, de contrôler une situation qui a échappé depuis longtemps à son contrôle ? Pense-t-il qu'il est temps de protéger sa fille ? Ou est-il simplement un tyran ? Je le déteste en descendant les escaliers et je le lui dis. Nous nous disputons en criant et je lui crache au visage, penchée sur la rampe. Je cours pour me protéger vers la sécurité de ma chambre, verrouille la porte et m'appuie contre elle de peur qu'il ne la défonce.

Papa a décidé que lorsque je sors un samedi soir, je dois être à la maison avant minuit. Il dit que, passée cette heure, il verrouillera la porte d'entrée. Peter me ramène à la maison. J'ai dix minutes de retard et, bien sûr, la porte est verrouillée. Je sais que si je frappe, papa l'ouvrira et l'enfer se déchaînera. Je ne veux pas que Peter soit témoin de ça. Nous décidons qu'il me ramènera dans la belle maison bourgeoise de ses parents. Ils dorment et nous montons les escaliers sur la pointe des pieds. Il me montre une chambre d'amis et me donne un T-shirt à utiliser comme nuisette. La nuit, je me lève pour chercher la salle de bain. J'ouvre quelques portes au hasard et allume les mauvaises lumières. Soudain, la mère de Peter se tient devant moi. Je ne l'ai jamais rencontrée auparavant et je ne sais pas quoi dire. Elle me demande qui je suis et pourquoi je suis là. Je lui dis que mon père m'a enfermée dehors. Ensuite, elle veut savoir où je dors. Elle vérifie que je suis dans la chambre d'amis et me dit "bonne nuit". Le lendemain matin, je m'assois autour de la table du petit-déjeuner avec Peter et ses parents dans un silence glacial. Je ne suis évidemment pas à ma place. Ce n'est pas ainsi que les choses se passent dans leur monde. Pensent-ils que je suis une « salope »? Je veux leur dire que ce n'est pas de ma faute si je suis née dans la mauvaise famille. Je veux leur dire que je suis une gentille fille mais je ne suis pas sûre de l'être. Je pense que je pourrais l'être si quelqu'un m'y aidait. Peter me ramène à la maison. Je n'ai pas le contrôle et je panique. Je lui dis que je ne veux plus le revoir et ensuite je le regrette. Je suis confuse et je le perturbe. Il est jeune et pas prêt pour vivre dans un tourbillon. Nous nous séparons et il me manque. Je le revois et le lui dis. Nous nous revoyons encore quelques fois mais ce n'est pas pareil. Je suis trop incontrôlable pour lui. Il ne peut pas faire face à mes sentiments intenses sur tous les sujets, à mon exubérance. Cette fois, c'est lui qui me dit que c'est fini. Nous nous séparons à nouveau. C'est normal de toute façon, car je ne fais pas partie du même monde que lui. Il vient d'une bonne famille et je ne suis qu'une mauvaise fille, ignorante.

Peter me manque, ça fait mal et je suis triste. Je sors tout le temps, accepte tous les rendez-vous galants, et les baisers. Je suis à toutes les fêtes. Je me cache derrière des manières de désinvolture et de sarcasme. Ma devise est : sois fière, sois jolie, parle bien et fais preuve de confiance. Je méprise le monde.

Nous sommes en 1969 et dans le camp de la RAF à Waddington, les avions de dissuasion nucléaire Vulcains britanniques sont maintenant prêts à réagir et décoller si nécessaire. La *Quick Reaction Alert*, communément appelée QRA, est l'état de préparation et le mode opératoire de la défense aérienne maintenue à toute heure par L'Otan, impliquant principalement la Royal Air Force (RAF). Les pilotes et les mécaniciens en poste QRA sont en alerte 24 heures sur 24, entièrement équipés dans la salle d'alerte, qui se trouve à côté des hangars. Cette mission est connue sous le nom de Vulcan Era (ère Vulcain). Des Vulcains furent déployés à plusieurs reprises en Asie du Sud-Est entre 1962 et 1966, pendant la confrontation Indonésio-Malaisienne. Ils ne participèrent à aucun combat, leur présence étant purement dissuasive. À chaque mission, les avions parcouraient plus de 12 000 km aller-retour en 16 heures de vol, et devaient être accompagnés d'une dizaine de ravitailleursHandley Page Victor

Il est assez effrayant de penser que nous avons des avions transportant des bombes nucléaires pratiquement dans notre jardin.

C'est aussi l'année des alunissages. Tu t'imagines ? En fait, nous marchons sur la lune ! D'aussi loin que je me souvienne, nous parlions toujours d'aller sur la lune et nous imaginions ce que nous y trouverions ; mais je ne pensais pas vraiment que cela arriverait un jour. Ma tante Kath pense que ce n'est pas vrai. Elle dit qu'on nous montre un film et que tout cela est du cinéma. Comment peut-on vraiment marcher sur la lune ?

Il y a aussi des vols d'essai pour un avion étrange qui ressemble à un oiseau au bec incurvé, appelé le Concorde. C'est un supersonique, il va plus vite que le son. Je suppose que cela signifie que si je criais après quelqu'un, l'avion arriverait avant que la personne ne puisse m'entendre... mais je ne serais jamais capable de crier aussi loin !

Je ris quand j'imagine un énorme géant à Londres criant à un autre énorme géant à New York et l'avion arrivant avant sa voix. J'imagine le géant criant « Je t'envoie un avion. Ne le casse pas. » Mais l'autre géant l'attrape dans sa main et l'écrase avant que le message n'arrive. Je ris de ma bêtise et j'écoute Jane Birkin et Serge Gainsbourg chanter "Je t'aime, moi non plus". Je ne comprends pas ce qu'ils disent mais je sais que c'est coquin. C'est aussi l'année où Londres est le centre du monde de la mode. Tout le monde veut aller à Londres. On parle du « Swinging Sixties » Plus près de chez nous, pour 8 shillings, nous pouvons danser toute la nuit au Raven Club sur la musique de « The Hightimers » et « Chest Fever» à condition de ne pas venir en jeans ou en tenue de cuir de motard, bien sûr ! J'ai envie de danser et je suis heureuse d'aller à ce Club ce soir.

Ce bulletin d'information a été publié en octobre 1969, à RAF Waddington.
#SwingingSixties #VulcanEra

Artist: Pink Floyd, Tour: Pink Floyd World Tour 1968 , Venue: Raven Club, Waddington, England
June 17 1967
Pink Floyd at Raven Club, Waddington, England
Artist: Pink Floyd, Tour: Pink Floyd World Tour 1968 , Sat 20 April 1968 Venue: Raven Club, Waddington, England
Feb 22 1969
Status Quo at Raven Club, RAF Waddington, England

Le Raven Club est un ancien hangar du camp de la RAF, ouvert presque tous les soirs de 20h00 à 23h00, pour danser. Les soirées « discothèque » sont gratuites et on paie 6 ou 8 shillings s'il y a un groupe qui joue. A ce moment-là le local est ouvert une heure ou deux de plus. Marianne et moi y allons habituellement deux ou trois fois par mois. La grande pièce est sombre et enfumée, nous posons nos sacs par terre et nous balançons au rythme de la musique en dansant autour des sacs. Après quelques danses, nous allons au bord de la piste et fumons une cigarette en regardant les garçons. Je suis myope, je ne porte jamais de lunettes et il est difficile de voir à travers la fumée, alors je me fie aux commentaires de Marianne pour savoir qui a l'air sympa et qui ne l'est pas. Quand le groupe joue un slow, quelques garçons s'approchent et nous invitent à danser. Nous acceptons toujours : ce serait impoli de ne pas le faire. J'adore danser : se trouver dans les bras de quelqu'un dans un lieu sombre, bercée par une musique lente, s'est une sorte de drogue, être admirée, être désirée, cela, m'apaise et regonfle un peu mon amour-propre. Je peux toujours le remercier poliment à la fin de la danse. Nous échangeons une petite conversation, puis le garçon me demande généralement si je veux un verre, ce que j'accepte parfois. Quelque part l'admiration se paie. Nous entrons dans le bar à côté qui est mieux éclairé et moins bruyant que la salle de danse. Je bois généralement un rhum-Coca ou du whisky avec de la limonade. Nous restons là avec nos boissons pendant qu'il essaie, embarrassé, de trouver un sujet de conversation intéressant. Un garçon me raconte avec fierté qu'il a vu les « Pink Floyd » jouer au Raven Club l'année précédente. D'autres parlent de leur métier. Certains d'entre eux sont dans la R.A.F. et se vantent de la façon dont ils travaillent sur les avions Vulcains, qui sont des dissuasifs nucléaires. Ils parlent tous d'eux-mêmes et ne semblent pas intéressés par ce que je fais ou pense. Ils veulent faire bonne impression. J'acquiesce, je souris, je pose les bonnes questions et j'apprends à rendre un homme heureux ; c'est facile : le laisser parler et l'écouter. Ensuite nous dansons une deuxième fois et je remercie le garçon avant de retourner auprès de Marianne.

Le plus délicat c'est de garder un œil sur la montre. Environ une heure avant la fermeture, nous devons penser à rentrer chez nous, ce qui signifie accepter l'offre de nous ramener en voiture. Seuls les garçons en possédant une peuvent désormais se voir accorder une deuxième danse, qu'ils paraissent gentils ou non. Nous ne voulons pas rentrer à pied. Même si parfois nous devons le faire. C'est un court trajet jusqu'à chez moi. Le garçon s'arrête devant la porte, passe son bras autour de mon épaule et plonge dans mon cou pour un câlin. C'est un moment difficile. Parfois, je suis d'humeur, alors il me donne un baiser et propose même un deuxième ou troisième rendez-vous. Parfois, je réussis à lui faire un bref baiser, je le remercie gentiment et je sors en vitesse de la voiture. D'autres fois, il reçoit un bisou sur la joue, un sourire angélique et un joli merci. C'est tout un art : lutter contre mes désirs, ou plutôt leur absence, et ma conscience. Après tout, il m'a ramenée à la maison et m'a offert quelques verres. Ne serait-ce pas bien d'avoir ma propre voiture et d'être vraiment indépendante ? Mais ça c'est un rêve impossible.

Je ne dirais pas que j'apprécie vraiment le Raven Club ; il fait chaud, c'est enfumé et bruyant. Souvent, je n'aime même pas la musique, mais on danse en rythme et ça me vide la tête. Boum, boum, boum, oubliez tout ; soyez sauvage, lâchez prise. Laisse-moi sortir de ce corps, laisse-moi sortir de ma vie, m'échapper, m'éloigner vers un pays de nulle part. Continue! Ceux qui m'entourent ont l'air de s'amuser. Ils sont dans un monde différent auquel je n'appartiens pas. Mon estomac est serré et si je laisse mes pensées entrer dans ma tête, j'ai mal. Mais je suis censée apprécier la musique. Je suis censée aimer me balancer au rythme du boum, boum. C'est ce qu'on fait quand on a notre âge. Je n'arrive pas vraiment à y parvenir, alors je fais semblant. C'est juste une autre illusion, une autre façon de tuer le temps.

Un soir avec Marianne dans un pub, nous rencontrons notre professeur d'anglais de l'école. Il nous offre à boire et m'emmène faire un tour dans sa voiture. Nous retournons chez lui où il me fait l'amour de manière experte. C'est bon d'être caressée, désirée et aimée par un homme qui maîtrise l'art. Le week-end suivant, il m'emmène à Londres. Il est attentif et gentleman. Je me sens bien. Je suis une dame, parce qu'il me traite comme telle. Je sens que je peux lui faire confiance et lui parler de bébé Mark. Il dit : « Pourquoi me racontes-tu cette histoire ? » Et change de sujet. Je ne le revois plus et j'apprends que sa femme est à l'hôpital en train d'accoucher de leur premier-né. J'apprends aussi à ne pas faire confiance à un gentleman.

L'année scolaire touche à sa fin. J'ai mon certificat de sténographie/dactylo avec félicitations dans toutes les matières plus trois 'O' Levels: Maths, langue anglaise et littérature anglaise, ainsi que mon 'O' Level en Dessin technique, ce qui fait quatre. (L'équivalant du Bac est 7 sujets à O Level plus 3 sujets à A level) Je postule pour un emploi dans une banque, mais après trois semaines d'ennui, je postule dans une usine locale. Le responsable du personnel m'engage comme secrétaire particulière et j'évite le pool de dactylographie. Après trois semaines de lettres mal tapées, il me confie au responsable des relations avec l'Outre-Mer, qui n'a vraiment besoin de personne mais c'est bien pour son poste d'avoir une secrétaire particulière. Daniel est d'une grande gentillesse et nous passons beaucoup de temps à discuter ensemble car en fait il y a très peu de travail à faire. Je gagne vraiment de l'argent maintenant, alors je cherche un appartement. J'en trouve un à partager avec une autre fille, avec deux chambres et un coin salon. C'est bon marché. En fait, il fait humide et le toit fuit quand il pleut. Je m'en fiche : je peux faire ce que je veux. Papa quitte la R.A.F. et lui et maman déménagent. Ils ont trouvé un travail en tant que gérants d'un club de golf. Ils sont chargés de la restauration des membres et du service derrière le bar. Ils seront hébergés au Golf Club et ils me disent qu'il n'y a pas de place pour moi car ils n'auront que deux chambres, mais qu'ils sont sûrs que je peux me débrouiller. Ils ne visitent jamais mon appartement et ne posent jamais de questions sur mes finances. Steve, quant à lui, doit aller vivre chez son directeur d'école jusqu'à la fin de l'année scolaire puis il ira vivre avec papa et maman et partagera une chambre avec Martin. Je ne compte pas vraiment pour eux, et je ne peux vraiment pas compter sur eux, n'est-ce pas ? Ils sont juste contents de se débarrasser de moi. Ou est-ce vraiment que je suis grande maintenant et que je peux prendre soin de moi ? Ils ont raison. Je suis adulte. Je n'ai peut-être que dix-sept ans mais je vais leur montrer que je n'ai pas besoin d'eux. Je suis seule désormais et j'y arriverai. Tête haute, épaules en arrière, souris et marche droit. Maman disait parfois : « Tu es anglaise, Pamela, pense à la Reine". Cette fois-ci c'est moi qui me le dis.

CHAPITRE 11

Daniel prend l'habitude de partager ses paniers-repas avec moi. Je n'emporte jamais rien et je n'ai pas assez d'argent pour aller à la cantine. Au bout d'un moment, il reçoit des portions doubles que sa femme m'a préparées. Elle m'envoie aussi des collants parce que j'accroche toujours les miens sur le bureau. Pour montrer que je suis reconnaissante, je les invite tous les deux à un repas dans mon appartement. Je cuisine quelque chose de simple, mais je fais de mon mieux, et je suis fière de recevoir mes premiers visiteurs. Quelques jours plus tard, Daniel m'annonce que sa mère a accepté de me nourrir et de me loger dans sa maison pour un loyer très modique. Il pense que mon logement est malsain. Je déménage encore. La mère de Daniel est gentille et attentionnée. Elle me prépare le petit-déjeuner tous les matins et le dîner quand je rentre à la maison. Daniel correspond avec une entreprise française et me parle de son amour de la langue française. Sa mère me parle parfois français. Ma curiosité pour la France et sa langue s'éveille. Tout irait bien si, dans un moment de dépression et de faiblesse, je n'avais pas décidé de lui montrer des photos de bébé Mark et, pendant que je pleure, je lui raconte mon histoire. Les méchantes et mauvaises filles ne devraient jamais admettre qu'elles sont ce qu'elles sont. « Pour l'amour de Dieu, quand vais-je apprendre à me taire ? A continuer tout simplement à faire semblant ! » Elle est choquée et bouleversée. Bouleversée parce qu'elle se retrouve face à elle-même et à sa propre histoire. J'apprends en effet plus tard par Daniel qu'il est en fait le fils illégitime d'un Français marié et que sa mère a ensuite épousé un Anglais qui a adopté et élevé Daniel comme le sien. Je lui ai parlé d'une autre version de son histoire. Une histoire, qu'elle aussi a étouffée, et dont elle ne veut pas se souvenir. Il faut dire que son fils Daniel lui a aussi avoué qu'il est troublé par moi. Il aime sa femme mais il croit m'aimer aussi. Tout cela devient vraiment compliqué. Vivre avec ses parents n'est plus possible. Sa mère m'aide à trouver un autre appartement, sec et propre, en haut de la colline et elle met dans ma valise tout ce dont j'ai besoin, des aiguilles, du coton, de la laine, des torchons et d'autres bibelots nécessaires. Elle me pousse doucement et gentiment hors de sa vie. En peu de temps, elle a fait plus pour moi que ma propre mère.

Je postule au Service du Personnel et change de poste dans l'usine où je travaille.

Dans le cadre de mes nouvelles fonctions, je suis amenée à me rendre dans les ateliers où je m'amuse à jouer de mon pouvoir de séduction auprès des ouvriers, tout en les méprisant et les écrasant de ma supériorité. Je pense que je commence à être du bon côté. Mais je ne suis pas sûre. Où suis-je ?

Marianne prend des cours de conduite. Elle a payé vingt leçons pour vingt livres sterling. « Allez, tu devrais apprendre aussi », dit-elle et me présente l'instructeur. Je m'arrange pour le payer en quatre fois et nous fixons un rendez-vous hebdomadaire à midi. C'est dur. Cela semble si simple, mais je n'arrive pas à coordonner mes mains et mes pieds : tous les quatre font des choses différentes en même temps. Marianne passe son examen et réussit du premier coup. Je ne me sens pas prête mais mes cours sont terminés, donc je tente aussi le test. Je démarre la voiture et l'examinateur me dit : « Vous n'avez pas regardé dans le rétroviseur!.» La voiture saute, cale, saute encore et je repars. « Tournez à gauche », dit-il. Je tourne à gauche et monte sur le trottoir. La voiture cale à nouveau. « Peut-être devrions-nous en rester là », dit l'examinateur. Je m'inscris à vingt cours supplémentaires, quatre échéances de plus réparties sur les prochains mois. Cela va me coûter tout mon argent, mais je suis déterminée à obtenir mon permis un jour. J'ai lu et étudié minutieusement le code de la route. Je connais toutes les réponses. Enfin arrive le jour de ma deuxième tentative. Je fais attention à regarder dans le rétroviseur. Je ne cale pas. J'allume le clignotant et je m'engage sur la route principale. J'arrive à m'arrêter aux feux rouges et à repartir lorsqu'ils sont verts. Je me sens assez contente de moi. « Attention !», dit l'examinateur en tapant du pied sur ses freins à lui. La voiture s'arrête brusquement et une dame poussant un landau traverse le passage piéton. Il me pose ses trois questions obligatoires, auxquelles je réponds sans faute, mais il me dit : « Je suis sûr que vous ferez mieux la prochaine fois ». Merde ! Combien va me coûter cette histoire ? Je demande au moniteur si je peux bénéficier d'une réduction pour la troisième fois, mais il refuse. Alors, c'est reparti : vingt leçons de plus, vingt livres de plus. Troisième tentative : Mon virage à trois points est parfait mais j'oublie d'éteindre le clignotant qui continue de cliquer vers la droite jusqu'à ce que l'examinateur dise « Tournez à gauche ici ». J'arrête le clignotant puis j'enclenche les essuie-glaces même s'il ne pleut pas. Plusieurs fois, je me rends compte que je suis dans la mauvaise vitesse, mais j'espère que cela n'a pas vraiment d'importance. À la fin du test, l'examinateur me demande : « Combien de temps faudrait-il à la voiture pour s'arrêter si vous rouliez à soixante milles à l'heure et que vous deviez effectuer un arrêt d'urgence et quelle serait la distance entre le freinage brusque et l'arrêt réel ? » C'est exactement le genre de question que tout le monde aimerait se faire poser. Je pense à lui demander s'il pleut ou s'il y a du vent, et si le vent est derrière la voiture ou de face ; mais je me tais et je fais le calcul mental. J'ai dû lui donner la bonne réponse car il me regarde, pince les lèvres, secoue un peu la tête et dit - « D'accord, je vais vous le donner, mais vous devez vous entraîner beaucoup plus sur des routes de campagne tranquilles avant de prendre les routes fréquentées. » Merci cher examinateur !

Mon petit studio se trouve sur une colline dans une grande maison reconvertie en petits appartements. Il y a une montée escarpée depuis l'arrêt de bus jusqu'à l'immeuble et une montée raide avec des escaliers jusqu'au premier étage. J'ai des toilettes et un lavabo et il y a une salle de bain sur le palier que je partage avec trois autres studios. «Il n'y a pas de cuisine» fais-je remarquer à la propriétaire le premier jour, « Non, mais il y a une bouilloire et le monsieur à l'étage a une cuisine qu'il peut vous laisser utiliser parfois », répond-elle.

C'est ma première soirée et je regarde par la fenêtre la vue sur la ville. C'est l'hiver et il fait déjà nuit dehors. Les lumières sont allumées dans la ville qui s'étend en dessous de moi. Je n'ai pas de télévision ni même de radio, mais je vais m'en procurer une, je pense, en rangeant soigneusement mes livres sur les étagères. Je suis heureuse d'avoir mon propre logement. Je me prépare une tasse de thé et prends du pain, du fromage et une pomme. C'est assez. J'ai déjeuné à la cantine. C'est samedi demain et je vais me présenter à l'homme d'en haut. Il est environ dix heures le samedi matin quand je frappe à sa porte. Un petit homme avec un corps et une tête en forme d'œuf, d'une quarantaine ou d'une cinquantaine d'années, au visage rond et aux cheveux courts, ouvre la porte. « Bonjour. Je viens d'emménager en bas et la propriétaire dit que vous pourriez me prêter votre cuisine ». Il a l'air surpris mais me laisse entrer. La pièce principale est beaucoup plus grande que la mienne avec bien plus de lumière. Il y a un chevalet de peintre et la table est couverte de journaux, de pots de peinture et de pinceaux. « Oh, êtes-vous un artiste ? » Je m'exclame.

- Je peins un peu , dit-il. Il n'y a pas beaucoup de peinture sur la toile mais une ville est dessinée. - Est-ce Lincoln ?
- Non, c'est une ville en France, répond-il poliment. - - Êtes-vous déjà allé en France ?

- Non, c'est un endroit que j'ai découvert dans un livre que je suis en train de lire, répond-il rapidement, et il agite la main comme pour mettre fin à cette conversation.
- Oh, eh bien, la propriétaire a parlé d'une cuisine ! Et je regarde autour de moi.
- J'ai une petite cuisine ici. Et l'homme ouvre une porte.
- Elle est petite, cependant il y a un évier, une cuisinière et un réfrigérateur. Mais c'est une cuisine privée, pas commune, dit-il, puis comme pour adoucir ses mots. Il me demande :
- Voudriez-vous une tasse de café ?
- Oui, s'il vous plaît, dis-je. Il prépare deux tasses de café et un espace sur la table. Nous nous asseyons et je lui parle de mon travail en ville. Il me dit qu'il s'appelle Lesley et qu'il ne travaille pas beaucoup mais qu'il a assez d'argent pour vivre comme il l'entend. Je lui dis que je veux faire des spaghettis à la bolognaise ce soir et que, s'il me laisse utiliser sa cuisine, je l'inviterai à dîner. Il sourit et dit :
- OK alors. Je vais en ville, j'achète ce dont j'ai besoin et à cinq heures je suis de retour dans son appartement. Je prépare mon plat pendant qu'il met la table et ouvre une bouteille de vin.
- Le vin, c'est la fête !
- Oui, eh bien, bienvenue à Steep Hill !
- C'est français ! Parlez-moi de la France!

- Eh bien, je ne sais pas grand-chose mais je vais au Lincoln Collège en cours du soir une fois par semaine pour étudier la langue et la culture.

Je suis surprise par ce petit homme qui a l'air minable mais peint et veut apprendre le français. Nous passons une bonne soirée à discuter et il me montre quelques-unes de ses peintures. Il suit également des cours d'art deux fois par semaine. A la fin de la soirée, je lui souhaite bonne nuit et il me dit : « Si tu veux, on peut refaire ça samedi prochain. »

Cela devient un rituel du samedi soir. Et en plus quelques soirs où je m'ennuie je monte le voir, il me laisse entrer et partage son souper avec moi. Lesley achète la nourriture, je fais la cuisine et nous mangeons et discutons. Puis il dit toujours : « Laisse la vaisselle ; j'ai beaucoup de temps demain. Je peux la faire.» Il parle de la France, récite de la poésie française et parle d'art. J'admire ses peintures et nous devenons les meilleurs amis du monde. Il ne s'arrête jamais chez moi mais est toujours heureux de me voir chez lui. Il demande s'il peut prendre des photos de moi et il en prend plusieurs. Il me dit de manière factuelle que je suis belle mais il n'essaie jamais rien de sexuel. Il est heureux de prendre des photos et de me dessiner. Je suis sa muse. Il peint un portrait de moi. C'est très ressemblant. Je le donne à mes parents. Ma mère dit que depuis ma position sur le mur je lui jette un regard de reproches. Un soir, Lesley dit : « Nous avons eu une femme qui a posé nue pour nous aujourd'hui. Souhaites-tu la voir? » Je regarde et j'admire et il dit : « J'aimerais prendre des photos de toi nue.Veux-tu poser pour moi ? » Je ne suis pas sûre mais quelques soirs plus tard je lui dis que je vais le faire. Il drape un rideau bleu roi sur son canapé et je m'allonge sur le côté, nue. Mon bras passe sur mon corps et ma main cache mon sexe. Il prend des photos et me donne des ordres en me disant de remettre la tête en arrière ou de plier davantage mes jambes. J'aime montrer mon corps et il prend beaucoup de clichés. Clic clic... Tourne la tête...clic clic... Monte l'épaule... clic clic... Laisse tomber une jambe … clic clic... Il les développe lui-même et quelques soirs plus tard j'admire les clichés artistiques. Ils sont simples et beaux et n'ont rien de vulgaire. Mon corps est féminin à une époque où les filles aux silhouettes garçonnes deviennent à la mode. « Twiggy », qui ressemble à une planche à repasser, est la star du moment. Un autre garçon du Lincoln Collège of Art prend également des photos de moi, mais pas nue, et me peint. Il vend un tableau de moi en costume médiéval, jouant de la mandoline pour une grosse somme d'argent. Où est ce tableau maintenant ?

Qui le possède ? L'aimez-vous ce tableau, cher acheteur ?

Steve vient me rendre visite dans mon appartement sur la colline et passe la nuit chez moi. Ma logeuse en a eu vent et s'est indignée. « Comment oses-tu recevoir des hommes dans ta chambre ??! Ce sont des chambres respectables ». Je suis choquée de penser que n'importe qui puisse imaginer que mon petit frère puisse être mon amant. Je le lui dis, mais elle n'est pas convaincue. Elle me donne cependant une seconde chance. Aucun autre homme ne doit venir dans ma chambre. Inutile de dire que je passe la plupart de mes soirées à l'étage avec mon drôle de vieil ami artiste. J'ai compris que le code est : « Les hommes à l'intérieur sont bien, les hommes à l'extérieur ne conviennent pas ! » Depuis de nombreuses années, je continue de correspondre avec mon ami artiste, Lesley, et il y a une place chaleureuse dans mon cœur pour cet homme qui ne demandait rien mais m'acceptait et m'aimait telle que j'étais.

Un enfant marche dans la rue en tenant la main de sa mère. Il doit avoir environ deux ans. Il a le même âge que Mark. Où es-tu en ce moment? Que fais-tu? Marches-tu en tenant la main de quelqu'un ? Est-ce que tu commences à parler ? Es-tu heureux? S'il te plaît, sois heureux. S'il te plaît, souris, ris et sois curieux. J'espère que tu es comme cet enfant qui veut toucher à tout et regarde les adultes avec curiosité pour leur demander des explications. J'espère que tu grandis bien. J'espère que tu es en bonne santé. Je tire sur le fil invisible et lui fais savoir que je suis là.

Je suis tourmentée, en ébullition. Ce n'est pas ma vie. Ce n'est pas l'endroit pour moi. Je ne vais pas m'installer ici et finir ma vie comme ça. « Toni » est épuisée et je ne suis pas celle que je veux être. Il y a une autre vie pour moi.

Je décide d'aller passer le week-end avec papa et maman au club de golf de Scunthorpe où ils travaillent comme gérants. J'y suis déjà allée, mais ce n'est jamais facile. Il n'y a pas de bus ni de train de Lincoln à Scunthorpe. En voiture, cela prend quarante minutes. Je n'ai jamais fait tout le chemin à pied, mais si j'essayais, je suis sûre que cela me prendrait des jours. Ma seule option est de faire du stop. Parfois, je suis récupérée avant vingt minutes ; parfois, il faut environ une heure avant que quelqu'un ne s'arrête. C'est généralement un homme seul qui me prend en stop. En de rares occasions, c'est un couple. Souvent, ils me laissent au Golf Club. D'autres fois ils me laissent en ville à Scunthorpe et je peux prendre un bus.

Je marche depuis une demi-heure et toujours personne ne s'est arrêté. Les nuages au loin semblent d'une noirceur menaçante. « Mon Dieu, j'espère qu'il ne va pas pleuvoir. » Une voiture peu entretenue s'arrête. Un homme baisse la vitre, regarde par-dessus le siège et dit : « Tu vas à Sunny Scunny, mon amour ? » « Oui, dis-je, Pouvez-vous m'emmener? » J'entre et m'assois à côté de lui. La voiture est assez en désordre et ça pue le tabac froid. « Pourquoi vas-tu à Scunny ? - Je rends juste visite à mes parents. - Tu n'as pas un petit ami qui peut t'y emmener ? - Non, je n'en ai pas pour le moment. - Eh bien, une jolie fille comme toi devrait avoir un petit ami !» Il me regarde et il ricane de sa bouche édentée. Je n'aurais pas dû dire que je n'avais pas de petit ami ; trop tard maintenant. Il me dit qu'il vient juste de voir une voiture à vendre à Lincoln. Un de ses amis lui en a parlé et il continue en disant que c'est une bonne affaire. Il m'annonce fièrement le prix. Cela me semble une somme d'argent énorme, mais je dis : «C'est bien». Ensuite, il me parle du moteur, de la carrosserie, des pneus, de la vitesse et de la bonne affaire. Je m'ennuie mais je fais les grognements et les sourires appropriés. Je suppose que si un homme vous emmène en stop, vous devez être polie. Je n'ai jamais pu m'enthousiasmer pour les voitures. «Je pense que je vais y retourner et la récupérer demain avant que quelqu'un d'autre ne l'achète. Qu'en penses-tu? » me dit-il. J'ai arrêté d'écouter et je réalise soudain qu'il attend une réponse. Quelle était la question? Ah oui, je m'en souviens. «Eh bien», dis-je, «je pense que cela dépend de la couleur. De quelle couleur est-elle? » Ce n'était évidemment pas la bonne chose à dire. Il me lance un regard sombre et me dit : « Tu te fous de moi ? - Non, je pense que la couleur est importante.» Il y a un silence gênant. Je demande pour changer de sujet : « Vivez-vous à Scunthorpe ? - Ouais, mon père et moi avons été mis au chômage technique l'année dernière, quand l'usine a fermé – Désolée ! - Écoute, je n'ai pas d'argent, qu'est-ce que tu vas me donner pour le trajet ? » dit-il en me souriant à nouveau. Bon Dieu, merde, qu'est-ce qui se passe ? Qui est ce type ? «Je n'ai pas d'argent non plus», je réponds. Je ne dois pas lui montrer ce que je ressens. Calme-toi, ne t'inquiète pas ; c'est juste un idiot. Il ne te veut probablement pas de mal. « Qui parle d'argent? » Il sourit à nouveau et pose sa main sur mes genoux. Je prends sa main et la repose sur son genou. « Pas besoin de faire la belle. Je parie que tu aimes ça. Tu vois ce que je veux dire ...» dit-il en posant à nouveau sa main sur mes genoux. Je prends mon sac. «Voulez-vous une cigarette ?, dis-je. - Ouais ! - Je vais l'allumer pour vous !», et je sors deux cigarettes que j'allume. J'aurais aimé aussi avoir un couteau dans mon sac. Je lui en donne une et pose fermement mon sac sur mes genoux, en les couvrant. Il tire une grande bouffée et ralentit. Je prends peur. Il y a un virage devant nous. J'essaie d'ouvrir la portière de la voiture. « Oh non, tu ne fais pas ça ! », dit-il en m'attrapant avec sa main gauche. Je ramasse mon sac et le frappe au visage. « Espèce de connasse !», crie-t-il et la voiture fait un écart. Il freine et nous quittons la route sur un talus herbeux. J'ouvre la portière de la voiture et sors. Il fait nuit et nous sommes loin d'une ville ou d'un village. Je cours vers des arbres. Il sort de la voiture et court après moi en criant : « Hé, tu ne m'as pas payé ». Je cours mais glisse sur des feuilles mouillées. Il m'attrape et me plaque contre un arbre. « Je ne te conduis pas pour rien ». Il bave sur mon visage. Sa langue me lèche et essaie de trouver l'entrée de ma bouche. Il attrape mes seins et se colle contre moi. Je sens son sexe dur dans son pantalon frotter contre mon corps. Avec une main il essaie d'ouvrir son pantalon tout en tripotant mon sein avec l'autre. J'attrape son oreille entre mes dents et je mords...fort. Je monte un genou fort entre ses jambes « Salope ! » crie-t-il et me gifle. Je lui donne encore un coup de pied entre les jambes. « Putain, connasse !» me crache-t-il, et il met ses mains sur ses parties intimes pour les protéger. Merci papa de m'avoir appris ce truc. Je cours comme une folle sur la route. Il y a heureusement une voiture qui arrive.

J'agite les bras pour qu'elle s'arrête. Une femme du côté passager baisse la vitre et dit : « Qu'est-ce qui se passe, ma grande? » Je dis très rapidement: «Vite ! Laissez-moi monter, il y a un fou après moi ». Je monte à l'arrière et ils partent. Je ne peux pas respirer. Je bafouille : «Je pensais qu'il allait me violer.

- Mais que faisiez-vous avec lui ? dit le chauffeur.

- Il m'a emmenée en voiture; je faisais du stop, dis-je.

- Oh, tu ne devrais pas faire du stop toute seule, dit la femme, je ne ferais jamais ça ! » Je me tais et j'essaie de me calmer. Le couple m'emmène au Golf Club, qui n'est pas loin et je leur demande si je peux leur offrir un verre. « Oui, je veux bien boire un coup », dit l'homme. Ils entrent au Club. Papa est derrière le bar. « Tu peux leur offrir à boire ? Ils m'ont conduite jusqu'ici ». Papa les sert. Je les remercie, leur dis au revoir et passe dans la cuisine. Maman est occupée avec Jill, une fille qui l'aide. Je veux m'approcher d'elle et je veux qu'elle me prenne dans ses bras. S'il te plaît, fais-moi un câlin, maman. Dis-moi que tout va bien. Dis-moi que je ne méritais pas ça. Dis-moi que ce n'était pas de ma faute. Serre-moi fort, berce-moi et réconforte-moi. Je voudrais bien qu'elle me regarde, mais je me tais. Elle lève finalement les yeux et dit : «Oh, tu es là pour le week-end. Bien, il y a un dîner à organiser ce soir ; tu peux m'aider». Je traverse la cuisine jusqu'au salon et m'assois sur le canapé qui sera mon lit pour la nuit. Steve et Martin regardent le sport à la télévision. Ils lèvent les yeux et marmonnent quelque chose comme « bonjour » et retournent à l'écran. Je me sens tremblante mais je suis en sécurité maintenant. Personne n'a rien remarqué. Je suis contente qu'ils n'aient pas fait attention à moi,… mais j'aurais aimé qu'ils l'aient fait. Je me sens sale et les larmes me viennent silencieusement aux yeux. «Je vais prendre un bain», dis-je à mes frères ; et je me trempe dans l'eau jusqu'à ce qu'elle soit vraiment si froide que je doive sortir.

CHAPITRE 12

Je rencontre Alan dans un pub. Il était dans mon ancienne école. Il est de retour auprès de sa famille mais il a déménagé à Londres. Nous flirtons et il accepte de m'emmener à Londres avec lui. Je demande à Marianne de m'accompagner mais elle n'est pas encore prête à quitter la maison de ses parents. Je descends en voiture avec Alan qui vit dans un appartement à la périphérie de Londres avec deux autres garçons. Toutes mes affaires sont emballées dans une valise, remplie de livres et très lourde, et pleine de sacs avec mes vêtements et chaussures. Je ne suis pas triste de quitter la ville et les gens d'ici, juste triste de quitter Marianne et Lesley. Ils promettent tous deux d'écrire. Je suis surexcitée. C'est à Londres que je vais faire toutes sortes de choses, vivre de nombreuses aventures, réussir et enfin devenir quelqu'un. Nous sommes en 1970 et Londres est le centre du monde.

Je ne sais pas si je suis une « mod » ou une « rocker». J'adore l'attitude insouciante des Rockers et j'aurais aimé qu'Alan ait une moto et une veste en cuir cloutée, mais au lieu de cela, c'est un garçon « gentil » qui veut juste gagner de l'argent, avoir une source de revenus. Il n'est même pas un « Mod » non plus. Ils sont à l'autre extrême avec leurs costumes « classiques » et leurs scooters, bien que nous préférions tous les deux la musique de « The Who » et « The Yardbirds », qui est considérée être la musique des mods, plutôt que le hard rock. Quoi qu'il en soit, pour être un vrai Mod ou Rocker, vous avez besoin d'argent et aucun de nous n'en a. Alan explique qu'à Londres « Carnaby street » est à la mode et que les Mods et Rockers sont plutôt dans les villes balnéaires du sud. Alan est un garçon sympa, bien rasé avec les cheveux courts ; sympa, mais un peu ennuyeux.

Je m'installe chez Alan et ses deux colocataires qui ne sont pas du tout contents de m'avoir parmi eux. Ils se disputent et tout le monde devient soudain silencieux lorsque j'entre dans le salon. Je sais que je dois trouver un emploi rapidement, alors je passe mon temps à la tâche difficile de chercher un travail. Je rejoins une agence d'intérim et je suis envoyée partout pour taper un peu à la machine ou faire du classement. Il me semble que je passe plus de temps dans les trains, les bus ou le métro que dans mon travail, et je ne gagne pas assez d'argent pour payer un loyer. Alors je prépare le dîner pour Alan et ses copains. Je m'essaye aux plats de poisson, aux tourtes aux pommes de terre et à la viande au four. J'expérimente un peu et tous mes plats ne sont pas une réussite. Noël approche et Alan dit : « Je rentre chez moi pour Noël. Viens-tu avec moi? ». « Oui, bien sûr », je réponds. Je suis en colère contre maman et papa ; ils n'ont pas répondu à ma lettre. Je ne pense pas qu'ils s'inquiètent pour moi, alors j'ai décidé que je ne m'en soucierais pas ! Je les punirai en passant le jour de Noël avec Alan et sa famille. Je les appelle et le leur dis. "D'accord." dit ma mère, et je ne pense pas qu'elle ait eu l'air dérangée. J'ajoute que je viendrai passer le Boxing Day (le 26 Décembre) avec eux. Nous retournons à Lincoln et je rencontre la famille d'Alan. Sa mère n'arrête pas de me lancer des regards étranges et essaie de me cerner. J'ai acheté des chaussettes que j'ai emballées pour Alan et je suis en train de terminer le dernier jouet en peluche que j'avais commencé à la « maison ». J'en suis contente. C'est un gentleman renard bien habillé. Je l'emballe et donne mes cadeaux à Alan le matin de Noël. Sa mère examine attentivement le renard et je me demande si elle pense que j'ai caché une bombe à l'intérieur. Nous passons une bonne journée et Alan m'emmène au club de golf chez mes parents le lendemain de Noël. Il dit qu'il viendra me chercher dans trois jours pour rentrer à Londres. Steve dit : «Ton petit-ami a l'air très ennuyeux.» Et je dis : «Eh bien, il est gentil et il me rend bien service ! » Le lendemain, un ami de Steve vient me voir et me dit qu'il a une voiture à vendre à un prix très bas. Nous allons y jeter un coup d'œil. C'est une vieille VW Coccinelle. Une porte est d'une couleur complètement différente du reste de la voiture.

- Cela vous rendra indépendante , dit l'ami de Steve. - C'est bon marché, dit Steve.

- Puis-je l'essayer ?

- Bien sûr.

Alors je pars faire un tour en ville. C'est formidable de se sentir indépendante. Le volant est grand et agréable à manier. Je cale plusieurs fois mais l'ami de Steve dit que c'est parce que je n'ai pas l'habitude de la conduire. Les indicateurs sont rigolos : ce sont des tiges qui dépassent sur les côtés. J'éteins le clignotant droit mais il ne rentre pas et quand j'allume le clignotant gauche, tous les deux sont sortis. Nous rions ensemble en pensant à la confusion que cela provoque. Je commence à aimer cette voiture. Ensuite, je franchis une bosse et les deux indicateurs redescendent. Ce soir-là, j'appelle Alan chez ses parents et je lui parle de la voiture. Il dit : « Achète-la. Tu pourras me suivre jusqu'à Londres. On roulera tranquillement ».

Un jour, je coupe un morceau de viande et me coupe le doigt. Un gros morceau de chair pend et je n'arrive pas à l'arrêter de saigner. Alan m'emmène chez le médecin qui le panse et me dit : « Tu vas perdre ton ongle, mais ne t'inquiète pas, il repoussera. » « J'ai un entretien d'embauche demain » dis-je à Alan, « je vais devoir y aller avec la main toute bandée ». Nous recherchons l'itinéraire du bus pour que je sache comment y arriver. Les bureaux de Sony au Royaume-Uni sont encore plus éloignés du centre de Londres. Mon rendez-vous est avec Henry Freeze, le directeur général. Il regarde mon C.V., mes références et mes diplômes et semble plutôt content. Je lui dis que je ne pourrai pas sténographier ou taper pendant un moment à cause de ma main. Il dit que cela n'a pas d'importance et qu'il me donnera le poste de toutes les façons. Je dois commencer demain.

Henry, comme je dois l'appeler, me fait asseoir dans son bureau pendant qu'il est au téléphone avec différentes personnes. « Prenez des notes pour savoir qui sont les gens », dit-il. Tom entre et on me le présente. Il me lance un regard méfiant. J'écoute leur conversation. Je ne comprends pas grand'chose à ce qu'ils disent, mais Henry donne des ordres et Tom, les yeux brillants, exécute tout ce qu'il dit. Il quitte le bureau pour revenir peu de temps après pour d'autres ordres. Il est comme un petit chien qui remue joyeusement la queue autour de son maître, s'en va en courant (pour attraper un bâton) et revient avec les papiers requis. Ils sont tous deux au début de la quarantaine. Tom est célibataire, mais Henry a été marié quatre fois et a cinq enfants. Sa dernière épouse a la vingtaine et un bébé. Je passe mon temps à remplir des papiers, à répondre au téléphone, mais je pense que mon rôle principal est de m'asseoir, d'être jolie et d'admirer Henry. Ce n'est pas trop difficile car, même si cela semble très compliqué de travailler avec les Japonais et les Anglais à cause de leurs différentes manières de procéder, Henry parvient à satisfaire les directeurs japonais du siège social. Il me reconduit à l'appartement d'Alan et je lui présente Alan et ses colocataires. Le lendemain, Henry veut tout savoir de ma relation avec ces gars et me promet qu'il m'aidera à trouver un autre endroit où vivre. Une semaine plus tard, je partage une petite maison jumelée à Sunbury-on-Thames dans la banlieue chic de Londres, pas loin de l'aéroport, avec Brigitte qui a besoin de quelqu'un pour l'aider à rembourser son prêt bancaire. Youpi ! J'ai un travail, je vis dans un endroit sympa et je peux payer le loyer ! J'ai dix-huit ans et ma vie est devant moi. Il faut quand même que j'attende d'avoir vingt et un ans pour être majeure, mais je suis indépendante.

Ma voiture ne démarre pas le matin et je dois la pousser. Ensuite, elle cale fréquemment et finalement un garage la remorque en échange de la garder pour les pièces de rechange. Adieu Beetle (Coccinelle) ! Un jour, j'aurai de l'argent et une voiture qui fonctionne. Un jour, je serai vraiment indépendante.

Henry semble savoir tout ce qui se passe au travail mais aussi dans la vie privée de ses collègues. On ne voit pas beaucoup de Japonais ; ils sont dans un autre bâtiment. De temps en temps, Henry est convoqué et revient en secouant la tête et en disant : « Ils ont vraiment d'étranges façons de faire les choses ». Il continue ensuite à diriger sa section et je pense qu'il fait à peu près ce qu'il veut. Il connaît tout son personnel et trouve rapidement des solutions au moindre problème. Il m'emmène déjeuner et me demande de lui raconter tout sur moi. Je le fais et je pleure bien sûr. « Mark a deux ans et demi. Que fait-il ? Est-il heureux ? Ses parents sont-ils gentils avec lui ? » Henry pose des questions sur son adoption et me dit qu'il va découvrir où il se trouve. Je suis surprise. « Comment peux-tu faire ça ? » - « Je vais confier l'affaire à un détective privé, je connais des gens à la CIA. » Cet homme est incroyable. Il m'emmène régulièrement déjeuner et je lui pose toujours des questions sur l'évolution de mon affaire. Il est toujours mystérieux et évasif mais me donne de l'espoir. Je m'imagine aux portes de l'école, regardant Mark alors qu'il quitte l'école et je rêve de le suivre chez lui. Je pense aussi que le détective pourra prendre des photos de lui, que je pourrai garder et chérir. Le vide de ne jamais savoir où il se trouve et ce qui se passe dans sa vie devient plus supportable : JE LE SAURAI un jour. J'aurai des photos, quelques informations et je saurai s'il est heureux. Alors je serai en paix.

Un jour, une jolie jeune fille de 22 ans est engagée au siège. Henry est ravi d'elle mais, une semaine plus tard, je suis appelée dans son bureau et il me dit que Janet a déserté de l'armée. Ils ont découvert où elle se cachait et l'ont placée dans une prison militaire. Il veut savoir si je vais pouvoir l'aider à résoudre son problème. « Bien sûr, si c'est possible » dis-je.
- D'accord, je vais donc téléphoner au camp militaire ». J'écoute ce qu'il dit au téléphone sans pouvoir entendre les réponses. C'est une étrange conversation dans laquelle Henry fait pression, intimide, harcèle, se met en position d'autorité et termine en disant qu'il enverra Miss Peppers demain en train chercher Janet à la prison militaire.

Il me donne des instructions pour le lendemain : comment je dois m'habiller et ce que je dois dire. Je dois être très bien vêtue en costume (jupe et veste), bien maquillée mais très légèrement. Il me dit de prendre un taxi de la gare au camp militaire et de remettre la lettre cachetée, qu'il me remet, en main à l'officier de l'armée. Je dois calmement emmener Janet avec ses affaires au taxi sans faire preuve de trop de gentillesse. Est-ce que je comprends ? « Oui. » Je rentre chez moi très excitée. J'ai une mission très importante à accomplir. Henry connaît vraiment des gens haut placés et sait ce qu'il fait. J'ai le souvenir d'un ami de papa qui a été traduit en cour martiale pour avoir volé dans les cuisines de la nourriture, qui a été trouvée chez lui dans son congélateur. Il a passé trois mois dans un camp de la R.A.F. en prison avant d'être déchu de son grade. Maintenant, je dois libérer une fille qui a déserté après un jour de prison. Je suis les instructions d'Henry et me regarde dans le miroir le lendemain, satisfaite de ce reflet de femme mûre, intelligente et qui sait ce qu'elle fait. J'ai facilement l'air d'avoir dix ans de plus. Tout se passe comme prévu. J'ai peur quand je rencontre l'officier de l'armée mais j'ai suffisamment répété, je lui ai donné la lettre et j'ai répondu calmement à ses questions. Je raccompagne Janet au taxi et une fois à l'intérieur, elle pleure et me remercie pour tout. « Ce n'est pas moi, c'est Henry, j'ai juste suivi ses instructions. » Mon estime pour Henry augmente. Je m'imagine même devenir sa femme numéro cinq, mais ce serait difficile de l'embrasser et de coucher avec lui.

Je pense que je suis à un tournant. Qu'est-ce que j'attends de la vie ? Il est maintenant temps de prendre des décisions. Je veux poursuivre mes études donc je m'inscris dans une école de formation continue pour faire un niveau supérieur d'études en secrétariat. J'y vais trois fois mais je passe une heure dans les bus et les métros pour y arriver et une heure pour revenir. Pour être tout à fait honnête, je ne pense pas que d'être secrétaire soit très intéressant, mais je dois avoir des qualifications plus élevées pour obtenir un meilleur travail. La vie est difficile avec mon salaire. Dans les romans, les filles finissent par épouser un homme riche, mais il ne semble pas y en avoir beaucoup, en fait même pas un et certainement pas de princes ! Je passe quelques soirées après le travail avec Henry et Tom qui m'invitent au restaurant et j'en profite pour manger un bon repas. Tom semble toujours m'en vouloir mais Henry contrôle tout son petit monde et, quand nous ne sommes que deux, il m'assure que le détective à qui il a donné la mission de retrouver Mark fait des progrès. Il m'achète des vêtements et m'offre la dernière chaîne Hi-fi Sony. C'est génial et Brigitte, ma colocataire, n'arrête jamais de l'allumer. Je dis à Henry que je n'ai pas vu ma famille depuis quatre ou cinq mois et qu'elle me manque. Il dit qu'il va m'emmener chez mes parents. « Mais tu ne peux pas, c'est à des kilomètres, et où dormiras-tu ? -Oh, ce n'est rien pour moi, je peux y aller et revenir en une journée. » répond-il. Il arrive un samedi matin. Cela prend plus de quatre heures. Je l'invite au club de golf pour prendre un café et maman lui prépare un sandwich. Elle le regarde étrangement et je lui explique que c'est mon patron. Une fois qu'il est parti, elle me lance : « Ton patron, c'est ça ?!... - Oui, c'est ça maman, rien d'autre ! »

Pourquoi maman, pourquoi ? Dis-moi pourquoi penses-tu que les garçons sont supérieurs aux filles ?! Penses-tu vraiment qu'ils sont plus intelligents ? Bien sûr, ils sont plus forts physiquement. Nous savons tous qu'ils peuvent mener des guerres, qu'ils vont travailler et rapporter de l'argent. Nous, les femmes, devons nettoyer, cuisiner et coudre. Tu es bien plus intelligente que papa. Tu dois le savoir ; mais tu as accepté, probablement parce que tu n'as pas eu le choix, d'être la personne inférieure. «Viens ici, femme», dit mon père, et tu le sers à table, tu laves ses vêtements et tu nettoies sa maison. Tu dis à papa que tu es fatiguée et il t'aide, il fait la vaisselle et cire le sol. C'est un homme gentil et il aime te rendre heureuse. Mais la plupart du temps, il va travailler pour rapporter de l'argent, et faire vivre la famille. Il semble s'amuser lui, et son argent nous entretient. Il a le rôle important tandis que tu luttes avec les corvées et les devoirs d'une épouse obéissante et d'une mère dévouée : cuisiner, laver, nettoyer, coudre, mais tout en sachant, espérant, tout le temps, que ton ou tes fils te sortiront de cette situation, de ta misère morale. "Tu m'achèteras une maison, n'est-ce pas ? Tu prendras soin de moi dans mes vieux jours, n'est-ce pas ? » dis-tu à tes fils. Bien sûr, les filles ne peuvent pas aider. Elles ne sont bonnes que pour cuisiner et faire le ménage, et ensuite à leur tour elles vont épouser un homme et s'occuper de lui... Je comprends pourquoi elle préfère les garçons aux filles. Mais le monde dans lequel elle vit commence à être différent du mien et le sera certainement davantage dans le futur. Si seulement tu pouvais comprendre que le monde change et que les filles n'existent plus uniquement pour soutenir et aider leur «Homme». C'est vrai que tu as dû quitter l'école pour travailler dans une boulangerie et aider tes frères à continuer leurs études. Aujourd'hui les filles aussi ont le droit d'étudier et d'avoir un bon métier. Nous, les femmes, commençons lentement à avoir notre propre vie, notre indépendance. Je suis née à un âge où les femmes peuvent enfin exister, difficilement mais exister quand même, sans être dans l'ombre d'un homme, mais ma mère, née avant moi, ne le sait pas. Elle pense que je ne peux exister que grâce à un homme ; et que je ne pourrai jamais l'aider à avoir une maison à elle ni à m'occuper financièrement d'elle quand elle sera vieille. Je pourrai uniquement faire sa cuisine ou la vaisselle.

Je suis contente de voir toute la famille. Je pense que j'en avais physiquement besoin, probablement plus qu'ils n'en avaient besoin. Papa a l'air heureux et me fait un gros câlin. Il veut savoir comment je me porte à Londres et si j'ai un petit ami. Steve travaille dans un cabinet d'avocats en tant que commis/garçon de courses. Il sort avec une fille qui va à l'École Normale. Elle est gentille et je l'envie. Elle aura un bon travail en tant qu'institutrice, un métier que j'aurais apprécié. Elle est fille unique, a toujours vécu au même endroit et a été protégée par ses parents. Martin vient d'avoir dix ans et va à l'école primaire. Il passe ses soirées seul dans l'appartement avec son chien, qui est son meilleur (et je pense : son seul) ami. Depuis notre retour d'Aden, Martin a un problème de peau : le « psoriasis » : le pauvre garçon a des plaques rouges sur tout le corps avec des plaques blanches de peau qui s'écaillent. Maman lui met de la crème matin et soir et enveloppe son corps dans du plastique. Il va à l'école mais rentre vite à la maison. Je pense que l'on se moque beaucoup de lui. Il a également des cheveux roux écarlate, est très timide et mal à l'aise. Il donne tout son amour à son chien qui le lui rend bien. Dimanche soir Henry arrive et, après une bière et un sandwich, il me ramène à Sunbury-on-Thames.

Le 6 février 1971 : j'ai aujourd'hui dix-neuf ans. Avant, on devenait majeur à vingt et un ans et on avait alors droit à une grande fête. Depuis le premier janvier 1970 l'âge de la majorité est passé de 21 à 18 ans, donc j'ai raté quelque chose. Henry dit qu'il m'emmène dîner pour fêter ça. Tom lui fait un clin d'œil. Que se passe-t-il entre ces deux-là ? Henry vient me chercher et nous partons au centre de Londres dans un restaurant italien moderne. La nourriture est bonne et le vin aussi. Je lui demande si le détective avance dans l'affaire et il me dit qu'il progresse. Il flirte un peu avec moi et lorsqu'il me ramène à la maison, il me demande un baiser que je lui donne. C'est ma façon de dire « merci pour cette belle soirée ». C'est bien d'avoir quelqu'un qui se soucie de moi. Quoi qu'il en soit, ce n'est qu'un baiser et Henry rentre chez lui auprès de sa femme et de ses enfants.

Le 6 mars ; bébé Mark a trois ans ! Les mots de l'homme de l'agence d'adoption résonnent dans ma tête : « Le temps guérit toutes choses ! » Quand est-ce que ça cessera de faire mal ? Je passe la journée mais un cordon invisible me tire vers lui. Nous sommes connectés.

J'ai une semaine de vacances qui approche et Brigitte me parle de séjour tout compris pas cher en Espagne. Je dis que j'irai avec elle. Elle le réserve. C'est peu onéreux mais je n'ai pas l'argent. L'école de formation continue où je me suis inscrite aux cours du soir m'a envoyé une facture et je suis en retard sur mon loyer. Je vois une annonce dans le journal vantant les mérites d'un cours de trois soirs destiné à des jeunes dynamiques qui veulent gagner beaucoup d'argent rapidement. Je postule et me rends au premier rendez-vous. Un jeune homme parle de l'importance de la connaissance. Si vous l'avez, vous êtes supérieur aux autres. Il nous montre ces merveilleux livres dans lesquels nous pouvons trouver les réponses à toutes les questions. Il y a douze volumes. Les pages sont brillantes et il y a de magnifiques photos. Qui n'aimerait pas posséder toutes ces connaissances dans cette encyclopédie ? Le lendemain soir, le même homme nous fait une démonstration avec un exemplaire concentré des douze volumes. À la fin de son discours, je suis sûre que ma vie ne serait pas complète sans toutes ces merveilleuses connaissances et la possibilité de pouvoir tout rechercher à tout moment. Lors de la troisième réunion, nous répétons la « démonstration » et les modalités pratiques sont discutées. Nous devons sortir par groupes de six dans des mini-fourgonnettes pour aller vendre ces livres. Le leader, qui a déjà beaucoup d'expérience, décide où nous allons. Ensuite, nous nous séparons et faisons du porte à porte, répétant notre «discours préparé» et faisant une démonstration. Bien entendu, les occupants signeront immédiatement les papiers promettant de payer tant par mois pendant les trois prochaines années ; le premier paiement étant effectué dès qu'ils reçoivent les merveilleux douze volumes. Je recevrai une belle somme pour chaque contrat signé que j'obtiendrai et le leader recevra un pourcentage de cette somme. Une fois que j'aurai vendu dix ou quinze séries d'encyclopédies, je deviendrai un leader et recevrai également un pourcentage de chaque membre de mon groupe. Je réalise rapidement que si je ne vends que deux ensembles par jour, je gagnerai deux fois le salaire que je reçois chez Sony. Je serai enfin vraiment indépendante et je n'aurai plus besoin des hommes pour m'emmener manger au restaurant, me divertir, ou même, tout simplement, me ramener chez moi. Je pourrai acheter une voiture qui fonctionne, de jolis vêtements et bien sûr des bottes. Comme j'adorerais avoir une paire de bottes à porter avec mon manteau d'une longueur maxi ! Je dis à l'organisateur que j'ai bientôt une semaine de vacances et que je la passerai à travailler avec eux.

Lundi, Dave vient me chercher à 17 heures. Il explique que nous faisons toujours la tournée le soir lorsque nous sommes sûrs de trouver les occupants chez eux. Deux personnes dans le van sont en formation avec moi, les autres disent qu'ils font ça depuis quelques semaines maintenant. Je demande rapidement:« Avez-vous gagné beaucoup d'argent ? « Eh bien, j'en ai vendu un set la semaine dernière » répond l'un d'eux. Vraiment, je pense qu'il doit être plutôt désespéré si c'est tout ce qu'il peut faire. Je répète mon discours dans ma tête et je sais que ce sera facile. Nous nous garons dans un lotissement. C'est le crépuscule et il fait assez froid. Mallette à la main, je frappe à la première porte. « Bonsoir, je souris, j'aimerais vous parler de quelque chose qui va changer votre vie - Non, merci » dit l'homme en me fermant la porte au nez. Peut-être que je n'avais pas l'air assez amicale. Essayons encore. Cette fois, l'homme me dit : « Va-t-en ! » Je vais de maison en maison ; il fait froid et sombre. Enfin une femme qui ouvre la porte m'invite à entrer et je commence ma démonstration. Après quelques phrases, le mari m'interrompt : « Essayez-vous de nous vendre un ensemble d'encyclopédies ? - Eh bien oui, je suppose, dis-je. « Eh bien, au revoir alors », répond-il. Il est vingt-deux heures, nous nous retrouvons au van. Dave demande avec impatience : « En avez-vous vendu ? - Non, » répondons-nous tous avec découragement. Dave me dépose à la maison et dit qu'il viendra me chercher demain, à la même heure. Je suis déçue mais je vais réessayer. J'ai vraiment besoin d'argent. J'essaye toute la semaine pendant cinq soirs. Je suis sur le point de conclure une vente, mais je ne vais pas plus loin. J'ai perdu une semaine de vacances et je dois vraiment décider maintenant comment je peux améliorer ma vie.

Il y a une annonce dans le journal pour une secrétaire avec un bon salaire chez RMC (Ready Mixed Concrete). C'est un grand immeuble de bureaux beaucoup plus proche de chez moi. Je postule. L'entretien se passe bien et j'obtiens le poste de secrétaire particulière du chef comptable. Il a la quarantaine, poli, marié et simple. Le salaire est un peu plus élevé et les bureaux sont bien plus modernes que chez Sony. C'est également plus près de chez moi, à quelques minutes en bus. Je dis à Henry que j'ai un travail mieux payé. Il dit que je vais lui manquer mais que nous pouvons toujours rester amis. Un samedi après-midi, il m'emmène faire du shopping, m'achète une paire de bottes et m'emmène au restaurant. Je lui pose des questions sur le détective privé et ses réponses sont encore très vagues. Je commence à me demander s'il n'est pas en train de me mener en bateau. Après le repas, il propose de prendre un verre dans un hôtel. Nous sommes assis au bar. Il met son bras autour de moi et me dit que je suis une fille très belle et intelligente. « Es-tu satisfaite des bottes ? Nous pourrions avoir une chambre et tu pourrais me dire au revoir et me faire un gros câlin ! Comme ça tu me montreras que tu es vraiment heureuse de tout ce que j'ai fait pour toi » Et voilà... encore une fois! Je ne sais pas quoi faire. Bien sûr, je suis reconnaissante. Il a été si gentil et généreux avec moi. Je suppose que ce n'est pas grand-chose et que cela ne durera pas longtemps, et il y a la question du bébé Mark et du détective privé. Il m'embrasse. C'est vrai que c'est horrible ! « Eh bien, puis-je prendre une chambre? » Comment vais-je m'en sortir ? Je suppose que c'est de ma faute, je n'aurais pas dû me retrouver dans ce pétrin. Mais j'avais besoin d'un ami ! Je le repousse. Mon cœur bat la chamade. « Tu es très gentil, Henry, et tu seras toujours mon ami, mais je ne veux pas faire ça. » Mon Dieu, j'ai peur qu'il se fâche contre moi. Eh bien, il ne peut pas me violer en public ! « Tout va bien, je te ramène à la maison », dit-il. Nous rentrons en voiture et je me sens mal. Je suis une garce ingrate ! Il a tellement fait pour moi et ne voulait pas grand-chose en échange ! « Bonne nuit », dit-il doucement. Je pense que j'ai perdu un ami. Je le vois très peu lors de mes deux dernières semaines chez Sony. Tom se promène avec un air suffisant sur le visage. Il y a vraiment un truc bizarre là-dessous. J'ai le sentiment désagréable d'avoir été un objet entre eux. Lui et Henry sont copains comme cochon et je suis exclue de toutes leurs conversations et pauses déjeuner. Vous savez quoi : Tom a récupéré son ami ! Je me demande si je ne faisais pas partie d'un pari.

Lesley m'écrit régulièrement depuis Lincoln. Un jour, il me demande dans sa lettre si je suis « Verseau ». Il vient de lire un livre intitulé « Sun Signs » de Linda Goodman et a décidé d'étudier l'astrologie. Il pense que je corresponds à la description d'une « Verseau ». C'est vrai et je trouve cela intéressant. J'achète le livre et commence à m'intéresser réellement au sujet et à l'étude de la psychologie. La personnalité des gens, leurs bons et leurs mauvais côtés, leurs différents comportements commencent à me fasciner.

Je commence mon travail chez RMC. Je travaille pour deux hommes : le chef comptable et son assistant. Ils sont polis et amicaux. J'ai mon propre bureau. Le bureau et le sol sont remplis de papiers. Le classeur est vide. Mon premier travail consiste à trouver un système pour classer tous ces papiers. Munro, mon patron, me dicte pas mal de lettres, que je tape et envoie. Je me creuse la tête pour trouver un système de classement et trie les lettres selon leur sujet. Je les mets par ordre alphabétique et les lettres par ordre chronologique. Mais il y en a tellement !! En fait, c'est tout un défi de trouver les solutions les plus logiques. Je réponds au téléphone, je prends des messages, je tape des lettres, je m'acquitte de l'horrible travail consistant à terminer le classement et je me sens assez à l'aise dans ce nouvel emploi. Parfois, j'ai des rapports à monter au dernier étage. Ici, au plus haut, les couloirs sont couverts de moquettes bleues et moelleuses, les portes sont en bois de chêne et les pièces sont beaucoup plus grandes. Les bureaux sont immenses et les fauteuils en cuir. Je commence à rêver de la façon dont je pourrais me frayer un chemin vers le sommet. J'aimerais m'attarder, mais on me prend les rapports et je suis rapidement renvoyée en bas. Il y a une cantine pour les employés de bureau, donc je mange un repas cuisiné et bon marché tous les midis. Mon salaire est un peu plus élevé. Peut-être que je pourrais économiser un peu chaque mois, acheter une voiture, me frayer un chemin jusqu'au dernier étage et devenir une personne indépendante !

Je retrouve Jeff à la cantine. Il est grand, brun et beau avec l'apparence robuste d'une star de cinéma. Il a une vingtaine d'années et est dessinateur. « Mon cousin se marie en mai, voudriez-vous venir au mariage avec moi ? » me demande-t-il. Nous commençons à sortir ensemble. Marianne vient passer un week-end avec moi et rencontre Jeff. "C'est un gentil garçon, parfait pour toi!" dit-elle. Elle a raison, il est gentil, courtois, beau et avec un bon travail. Pourquoi est-ce que je pense qu'il est simplement « bien » et pas plus? C'est agréable que Marianne reste. Nous parlons et parlons et parlons. Avoir un ami me manque, quelqu'un avec qui je peux m'exprimer, quelqu'un qui ne me juge pas. J'essaie de la persuader de venir vivre avec moi. Elle n'a pas encore quitté le foyer de ses parents. Elle envisage de louer un appartement mais ne veut pas encore quitter Lincoln. Malheureuse, je l'accompagne à la gare. Je ne veux pas retourner à Lincoln. Je dois avancer et avancer dans ma vie. Mais où vais-je ? Et comment puis-je y arriver ? Voyons voir !

J'achète un chapeau bleu marine. J'ai des chaussures assorties que j'ai achetées à Sheffield. J'ai une robe rouge simple dont je relève l'ourlet et que je transforme en mini. Une écharpe rouge, bleu marine et blanche apporte la touche finale autour de mon cou. Je pense que j'ai l'air plutôt chic pour aller au mariage du cousin de Jeff. C'est un grand mariage et Jeff me présente fièrement à toute sa famille et ses amis. Nous formons un très beau couple. Je me trouve seule avec une de ses tantes qui dit : « Eh bien ; maintenant, vous connaissez tout le monde, si vous vous mariez dans la famille, il n'y aura pas de surprise.»

Alors c'est tout! C'est là que je vais : vers une vie banale, bourgeoise et respectable. N'est-ce pas ce que je veux ? Je n'en suis pas si sûre. De toute façon, il ne sait rien de moi. Seule la couche glamour extérieure, qui cache l'abcès moche, inconnu et méchant infecté par du pus.

La chambre que je loue chez Brigitte se trouve près de l'aéroport d'Heathrow. Parfois Jeff et moi y allons le week-end. Nous prenons quelques verres et achetons les journaux du dimanche le samedi soir qui ne sont pas encore en vente dans les magasins. J'envie les hôtesses de l'air et je pense que je pourrais peut-être en devenir une et passer ma vie à voyager. Je me le demande. Pour ce travail il faut mesurer plus de 5 pieds 6 pouces. (je suis juste à la taille demandée), être jolie et parler une autre langue. Eh bien, j'aimerais parler français. L'école pour suivre les cours du soir est trop loin, mais j'achète un livre « Apprends tout seul le français ». C'est un travail fastidieux et difficile et bien sûr, il n'y a aucun moyen de connaître la prononciation correcte. Jeff ne comprend pas pourquoi je veux apprendre le français : en fait, il ne comprend pas grand-chose à moi.

Sur un coup de tête, je téléphone à la «Overseas Staff Agency» à Londres. J'ai rendez-vous fin août. La dame derrière le bureau m'explique ce que c'est qu'une fille Au Pair. Je resterai dans une famille, logée, nourrie, et recevrai de l'argent de poche (200 francs français par mois) en échange de 5 heures de travail par jour, à savoir m'occuper des enfants et faire un peu de ménage. La famille me traitera comme un membre de la famille et non comme une domestique. Où aimerais-je aller en France ? Le Sud, bien sûr ! Fin septembre je reçois une lettre me parlant de Monsieur et Madame Garcin qui vivent à Cannes avec leurs trois enfants. Il travaille dans une banque, elle est infirmière et aimerait retourner travailler maintenant que son plus jeune enfant a deux ans. Je paie 16 livres, ce qui représente une grosse part de mes économies à l'agence, et je reçois par retour de courrier une lettre en français de Madame Garcin. Bien sûr, je ne comprends pas un mot et je n'arrive même pas à déchiffrer son écriture. J'écris une lettre à Lesley pour lui demander son aide et il vient passer le week-end. Avec patience et un peu de difficulté, il traduit la lettre. Ils m'attendent le plus tôt possible. J'achète un billet de train pour une couchette à la gare Victoria de Londres pour Cannes, dans le sud de la France, - arrivée prévue le dimanche 17 octobre à 9h55. Lesley m'aide à écrire cette information à Monsieur et Madame Garcin et mon sort est scellé.

L'aventure ! On y va ! Une nouvelle vie m'attend !
« N'as-tu pas peur de l'inconnu ? » demande Lesley. « Non, je suis habituée à ça. J'ai peur de rester coincée dans une vie étriquée. Je dois faire quelque chose. Je dois avancer et améliorer mon existence. Je veux vivre

pleinement. Je ne veux plus de la routine. Je suis un robot qui continue de vivre. Les jours passent mais rien ne change : le travail, rentrer le soir chez Brigitte, les sorties avec Jeff. C'est la vie mais je ne vis pas. Je suis un poisson rouge nageant dans un bocal en regardant le monde extérieur. Si je ne fais rien, mon bocal deviendra de plus en plus petit. Je vais rétrécir et me ratatiner. Je dois faire quelque chose avant qu'il ne soit trop tard ».

Lesley retourne à Lincoln et lundi je donne ma démission au RMC. Cela fait six mois que je travaille là et Munro, satisfait de mon travail, est triste de me laisser partir. Il me propose une augmentation de salaire que je refuse. Il m'emmène dîner dans un bon restaurant en guise de cadeau d'adieu. C'est un gentleman et il est tellement gentil que j'ai envie de me confier à lui. Je veux lui parler de Mark, de la guerre à Aden, de mon abandon par Chippy, de mon abandon par ma famille, par la société, du foyer des jeunes filles à Sheffield, de ma solitude. Cette boule de douleur intense dans mon ventre est si étroitement pressée et écrasée en moi. Je veux la libérer, la laisser sortir, la donner à quelqu'un, m'en décharger. Pouvez-vous écouter ? Voulez-vous me débarrasser de ça ? J'ouvre la bouche et je vomis … les mots. La petite boule serrée est devenue une rivière de vomi de paroles qui jaillit sur lui. Il écoute. J'arrête de parler. Il est consterné, surpris et mal à l'aise : « Pourquoi me parlez-vous de ça ? » « Parce que vous êtes gentil et que je ne vous reverrai plus. »

Je prends un train qui va à Lincoln et fais du stop jusqu'à Scunthorpe pour dire au revoir à mes parents et à mes frères. Ensuite, je reste quelques jours avec Marianne à Lincoln. Elle partage désormais un appartement avec deux autres filles et peut m'héberger quelques nuits.

Il y a quelques mois, j'ai trouvé un vieux chéquier au fond d'un sac à main. J'avais dit à la banque que je l'avais perdu il y a près d'un an.
Je n'ai qu'une vieille petite valise et je ne peux pas y mettre tout ce que je possède. La tentation est trop grande. J'enfile une perruque et des lunettes et entre dans le magasin le plus cher de Lincoln. Mon cœur bat très fort et mes mains sont moites. Le jeune homme me montre des valises et j'essaie d'être naturelle. Je lui souris. Il pense que je suis une bonne cliente. Je panique. Pourra-t-il me décrire à la police ? – Non, il ne le fera pas, pas avec ma perruque et mon maquillage soigné. J'ai l'air différente. Calme-toi. Tout va bien. Je triche en remplissant un chèque qui sera sans provision. Mais j'ai informé la banque que

j'avais perdu mon chéquier. Ils ne peuvent pas le retracer. Je suis quelqu'un d'autre avec un chéquier volé. Je suis intelligente, rusée. D'accord, ce que je fais est mal, mais ce que le monde m'a fait est mal aussi. C'est un chéquier volé. Ils ont volé mon bébé ! Quoi qu'il en soit, j'ai besoin de valises pour emballer mes vêtements. Je fais un deuxième chèque pour une paire de bottes et un sac à main, juste pour le plaisir. Je l'ai fait. Je me sens ravie. J'ai mes valises. Je suis libre. La vie est facile. J'ai gagné. J'ai écrasé le système : une banque froide et sans cœur ; grand magasin avec vendeur morveux et suffisant. Merde de pays ! Je pars à l'aventure. Je dis au revoir à Marianne. Je sais qu'elle va me manquer ainsi que Lesley, qui me serre dans ses bras et me laisse choisir un de ses tableaux. Jeff vient me chercher et reste pour la nuit à Lincoln. Marianne et ses colocataires le trouvent génial. Je suppose que oui, mais les dés sont jetés. Sur le chemin du retour, j'explique que ce ne sera que pour trois mois. Je reviendrai dès que j'aurai appris la langue. Nous nous écrirons. Bien sûr, je l'aime.

Je monte dans le train à la gare de King's Cross à 18 heures, le 16 octobre 1971. Mes trois valises, les deux nouvelles, pleines de vêtements, et la vieille marron, pleine de livres, vont dans le wagon à bagages. Tout ce que je possède au monde, à l'exception de ma chaîne Hi-Fi Sony, que j'ai laissée temporairement chez Brigitte. Le train démarre alors que je me dirige vers ma nouvelle vie.

Le train s'arrête à Douvres. Tout le monde descend et nous sommes rapidement dirigés vers un ferry. Sur le pont il fait froid, il pleut et le soir tombe. Le bateau hulule et nous bougeons. « Au revoir, au revoir l'Angleterre. Au revoir, au revoir Mark où que tu sois. S'il te plaît, sois heureux. S'il te plaît, deviens grand et fort, sois en sécurité, sois sage, mais surtout sois heureux ! »

Fin de la première partie

DEUXIÈME PARTIE

CHAPITRE 1

Le train s'arrête à Douvres. Tout le monde descend et nous sommes rapidement dirigés vers un ferry. Sur le pont il fait froid, il pleut et le soir tombe. Le bateau hulule et nous bougeons. « Au revoir, au revoir l'Angleterre. Au revoir, au revoir Mark où que tu sois. S'il te plaît, sois heureux. S'il te plaît, grandis fort, en sécurité et sois un homme sage.»
Je suis excitée en pensant à la nouvelle aventure qui s'ouvre à moi, contente de quitter ce pays qui m'a si maltraitée, mais je suis consciente que je
m'éloigne de toi, Mark. Je pensais que j'allais pouvoir te retrouver avec l'aide d'Henry, mais après réflexion, je ne crois pas qu'il ait été vraiment membre de la C.I.A. (Central Intelligence Agency). D'abord je suis sûre que c'est une organisation américaine, pas britannique et Henry est anglais. C'était du bla bla quand il me disait qu'il avait mis des hommes sur ta trace et que bientôt il allait pouvoir me donner ton adresse.
Tout cela n'était que pour me mettre dans son lit. Mais, toi, Mark, tu es toujours là dans mon cœur.

Je ne pensais pas que le voyage serait si long. Bien sûr les horaires sont inscrits sur mon billet mais je n'ai pas l'habitude de calculer avec les vingt-quatre heures. Et pour être honnête, je n'ai même pas pensé à calculer le temps que je devrais passer dans le train. Les voyages en train ne sont généralement jamais très longs. Nous venons de traverser la Manche et sommes désormais en France.

Le compartiment est déjà constitué en couchettes. Il y a six couchettes et il est impossible de s'asseoir, on ne peut que s'allonger. J'ai faim et je parcours le long couloir à la recherche d'un wagon-restaurant pour acheter un sandwich. Il me reste très peu d'argent. Le train ne finit jamais et aucun wagon-restaurant en vue. Je croise un contrôleur qui me dit gentiment qu'il n'y a ni restaurant ni snack ! J'ai soif alors je vais aux toilettes pour boire l'eau du lavabo mais il y a un panneau écrit en français et en anglais « L'eau du robinet n'est pas potable ». J'ai tellement soif et je me demande ce qui se passerait si je la buvais, mais je préfère ne pas prendre de risque.

De retour dans le compartiment, je suis surprise de voir qu'il y a une dame avec deux enfants et deux hommes partageant le compartiment avec moi. Je n'ai jamais dormi dans une chambre avec des inconnus auparavant et surtout pas avec des personnes des deux sexes. La dame est anglaise mais les deux hommes sont français et passent leur temps dans le couloir à fumer et à boire du café dans un thermos. Comme j'adorerais prendre un peu de leur café ! Mais j'ai vraiment trop peur pour demander. La dame anglaise a une boîte pleine de sandwichs. Elle nourrit ses enfants et m'en offre gentiment un que j'accepte avec plaisir. Elle me propose également une tasse de thé que j'avale goulûment. Il est dix heures, et elle me dit que nous ne sommes pas loin de Paris. Je regarde par la fenêtre mais je ne vois rien. « Nous devrions dormir un peu maintenant » dit-elle. J'ai un petit sac de voyage et je me promène dans le couloir avec ma trousse de toilette. Il y a quatre ou cinq personnes qui attendent devant la porte des toilettes. Certains d'entre eux parlent. C'est ma première expérience d'écoute de Français parlant leur langue. Ça chante, c'est rapide, ça résonne fort ! Peut-être qu'ils sont en colère parce qu'ils attendent. Je me nettoie les dents en faisant attention à ne pas avaler l'eau du robinet et je me lave le visage en me demandant si j'aurai des taches sur le visage le lendemain. Je me déshabille soigneusement et enfile mon pyjama. Il ne m'est pas venu à l'esprit que je pouvais dormir habillée avec mes vêtements de jour.

J'ai beaucoup d'idées préconçues qu'il faudra changer. Je retourne dans mon compartiment et me glisse entre les draps de ma couchette, consciente qu'il y a un homme sur une autre couchette qui ronfle et un autre homme toujours debout dans le couloir, qui fume. C'est peut-être mon premier choc culturel : j'apprends tout d'abord que la promiscuité est acceptée en France, et deuxièmement qu'il y a des moments où il vaut mieux dormir habillée ! Et est-ce vraiment grave si vous manquez de vous brosser les dents un soir ! Vous ne serez pas foudroyé par la colère de Dieu !

La couchette est dure et étroite. Les draps sentent l'eau de Javel et le train s'arrête et s'ébranle de temps en temps. Je ne dors pas bien et la nuit semble interminable. Il est sept heures du matin. La lumière entre par la fenêtre. Je dévale le couloir pour me rhabiller aux toilettes. Pendant que je me maquille, quelqu'un frappe à la porte. J'essaie d'être rapide mais les coups sont brutaux. J'ouvre la porte à un homme en colère et renfrogné qui me crie dessus en français. Je cours dans le couloir en me demandant si j'ai laissé la civilisation derrière moi !
Les enfants dorment encore, alors je reste dans le couloir. Le ciel est bleu et le soleil brille de plus en plus. On s'arrête : Marseille. Des jeunes hommes parcourent la plate-

forme à l'extérieur pour vendre du café et des croissants. Je brandis mon dernier billet d'une livre par la fenêtre vers un jeune homme et lui dis que je veux du café. Il me donne un gobelet en plastique, prend ma note et quand je lui tends la main pour la monnaie, il disparaît. Le café est fort et amer, difficile à avaler mais c'est une boisson ! J'accepte naïvement que le café soit cher et ait un goût horrible dans ce pays !

Le train avance et soudain la mer est là. Le soleil se lève et les couleurs changent. La mer devient plus bleue, scintillante, calme, accueillante. La couleur devient encore plus foncée vers un bleu turquoise. C'est un miroir chatoyant, qui me fascine par sa beauté calme et évidente. Elle est juste fière d'exister, ce qui rend impossible de ne pas le regarder. Mes yeux plongent dans ce bleu profond : dedans, dedans, perdus dans l'immensité bleue. Je suis éblouie et m'étouffe presque. Je me noie dedans. Il n'y a pas un nuage dans le ciel. Le train avance et la beauté des éléments continue de m'aguicher. Des rochers dentelés, rouge foncé et rouille se dressent audacieusement sur la mer : les pointes de ces doigts robustes et solides contrastent avec un bleu profond envoûtant. Je suis sidérée et fascinée. On s'arrête : Fréjus. Je regarde l'heure : 10 heures. On ne peut plus être loin maintenant. Le haut-parleur dit quelque chose sur Cannes. Serait-ce la prochaine étape ? La dame anglaise avec ses deux enfants est descendue à Marseille donc je n'ai personne auprès de qui me renseigner.

Je rassemble mes affaires et regarde par la fenêtre. La scène est à couper le souffle. Nous nous arrêtons encore. Cannes. C'est ici que je descends. Sur le quai, paniquée, je me demande où sont mes valises. J'ai un petit dictionnaire bleu dans ma poche : « valises, valises, comment dit-on ça en français ? Valises, où sont mes valises ? » Je crie au garde sur le quai. Un homme sort des bagages de l'extrémité d'un wagon et soudain je les vois. Elles sont là, toutes les trois : les deux valises neuves couleur moutarde et la vieille marron. Je suis tellement soulagée : tout ce que je possède au monde s'y trouve. Un porteur arrive et je lui donne la petite monnaie que j'ai en poche. Je suis fauchée maintenant. Mon Dieu, j'espère que Mme Garcin est là pour venir me chercher ! Et si elle ne venait pas ?

CHAPITRE 2

Mme Garcin arrive enfin avec son frère Philippe. Ils m'aident à porter les valises et nous nous dirigeons vers sa petite voiture de forme carrée, une 4 L. Les valises vont dans le coffre et je m'assois à l'avant à côté de Mme Garcin, Philippe est à l'arrière. Ils me parlent, ou plutôt ils font des bruits bizarres avec leur bouche : un flot incessant de sons, de paroles incompréhensibles, et je leur rends leurs sourires. Nous longeons le front de mer et j'apprends le mot "La Croisette". Philippe me tape sur l'épaule et marmonne, puis sourit et dit fièrement "handkerchief" en anglais. Mme Garcin montre la boîte à gants et je lui tends un kleenex. J'ai mal à la tête et je me sens confuse. Les deux bavardent tout le temps. Nous faisons demi-tour au bout du front de mer et arrivons vingt minutes plus tard à leur appartement. Ils me montrent ma chambre, qui est agréable. L'appartement est confortable : quatre chambres, un salon/salle à manger, une salle de bain et une petite cuisine. Je déballe les deux valises de vêtements et la valise marron de livres reste telle quelle.

A 12h30 Mr. Garcin rentre du travail. Il travaille dans une banque. Les enfants arrivent aussi. Thierry a 7 ans, Emmanuelle 3 et Valérie 18 mois. Nous nous mettons à table pour le déjeuner : poulet, pommes de terre et salade. Monsieur Garcin coupe le pain qu'il met en morceaux sur la table. J'apprends que les Français mangent des morceaux de pain avec tout et qu'il est normal de nettoyer son assiette avec un morceau. Il y a une bouteille de vin sur la table et M. Garcin remplit fréquemment mon verre. C'est bien mais j'ai la tête qui commence à tourner. Je découvre que chaque fois que mon verre est vide, ou presque, on me propose une « recharge ». Personne ne semble se soucier, maintenant ou plus tard, de la quantité que je bois. Ils sont simplement heureux que j'apprécie leur vin. Je dors tout l'après-midi et ensuite la plupart des après-midi quand je le peux.

Ça y est ma nouvelle vie commence. Les bruits qui m'entourent ne ressemblent à nulle part ailleurs. Je ferme mes yeux et le charabia incompréhensible que l'on crie autour de moi me fait tourner la tête : cela vient des gens, les enfants, la télévision, la radio. C'est à la maison, dans la rue, dans les cafés partout. De temps en temps je reconnais un mot. Il n'a pas dit « week-end » ou « parking » ? Une bonne odeur de café envahit la cuisine le matin, et j'adore aller chercher les croissants à la boulangerie. Dans les rues et dans les cafés l'odeur du tabac brun domine, et la nourriture sent souvent l'ail ou l'oignon. Encore des odeurs inhabituelles. Nous sommes en Novembre mais le soleil brille fort et j'ai besoin de mes lunettes de soleil tout le temps, sinon j'ai mal aux yeux. L'air est clair. Je vois loin et les couleurs sont intensifiées dans cette luminosité. Une nouvelle vie, un autre monde.

Je n'aime pas mon prénom Pamela, abrégé en "Pam" en anglais et qui sonne très plat et ennuyeux. C'est pour ça que je suis devenue "Toni", mais "Pamela" prononcé par les Français avec leur accent chantant est complètement différent, et vraiment très joli. Maintenant j'aime mon prénom. Je le garde.

Mme Garcin me montre mes tâches et j'apprends mes premiers mots en français. Quand Valérie dit « caca » ou « pipi », je dois l'asseoir sur le pot. Pour nettoyer les sols j'utilise « l'aspirateur » puis « la serpillière ». Elle me montre comment mettre la table et j'apprends les mots français pour tous les plats et couverts. Les assiettes sont posées sur la table, ce que j'oublie de faire puisque maman les préparait en cuisine et les servait sur des assiettes chaudes. Mais ici il y a une entrée avant le plat principal et ensuite le plat principal est servi dans la même assiette. Nous prenons deux repas par jour autour de la table.

J'ai du mal avec la nourriture. Il y a un joli poisson sur mon assiette. Il est tout seul, d'un jolie couleur argentée, il est long et prend toute l'assiette, sa queue touche le bord. Mais pire, bien pire...il a un œil. Et l'œil me regarde, me fixe tristement et semble me dire « Ne me mange pas !». Je n'ai jamais vu un poisson auparavant, emprisonné et suppliant miséricorde. Les poissons que je mange sont cachés dans une pâte à friture ou ne sont qu'une tranche de chair blanche et sûrement pas dans cet état pitoyable. Je regarde les autres. Ils sont en train de couper les queues et les peler. Bon, alors... une bonne respiration et courage ! Fais comme eux. Ne sois pas effrayée. Il est mort, (j'espère) et il ne peut pas mordre. La viande servie dans des assiettes froides sans sauce est sanglante, le sang rouge qui coule me dégoûte... « Arhhhr ». Le poulet est dans la cuisine avec sa tête et ses pattes pendantes. Mort, Dieu merci, mais cela nous rappelle toujours que nous mangeons des animaux. Je me rends compte que nous, les Anglais, sommes hypocrites dans le sens où nous faisons semblant de penser que la viande ne vient pas des animaux ! Le pire, c'est quand on met sur la table un lapin à la sauce moutarde et que Mme Garcin sort de la casserole... la tête encore intacte, avec les yeux et les dents, pour la donner à son mari, pendant qu'elle mange le foie du lapin. Je décide que je dois être courageuse. Je me prépare et mange tout ce qu'on me donne. Sois brave! Tu es anglaise, Pamela, et nous savons comment il faut faire. Maman disait « Ferme les yeux, lève la tête bien haut et pense à la Reine ». Je le fais et je me demande ce qu'elle est en train de manger maintenant ; sûrement pas du lapin ! Enfin, je ne vais pas jusqu'à essayer la tête, mais je mange la cervelle d'agneau avant de réaliser ce que c'est. J'apprends que ce n'est pas ce qu'on mange qui compte dans ce pays mais le goût. Et je dois admettre que la nourriture est savoureuse, ce qui m'aide à surmonter mon dégoût de manger des animaux. J'apprécie même plus tard les petits oiseaux grillés au barbecue. Je décide que je vais me plonger, tête première, dans la culture gastronomique française.

En plus, le tout est arrosé d'un vin délicieux que j'apprécie beaucoup. Ah, le vin... il est servi à volonté midi et soir, et j'en profite. Quand mon verre commence a se vider M. Garcin le rempli. J'en profite bien...

Un pot de confiture trône fièrement au centre de la table. Au bout de quelques jours Monsieur Garcin m'invite gentiment à m'en servir. Nous mangeons une tranche de rosbif et des pommes de terre. Je suis perplexe: je ne comprends évidemment pas. Personne d'autre ne mange de la confiture. Je refuse poliment et découvre des semaines plus tard que les Anglais sont connus pour manger de la confiture avec leur viande ! C'est une des nombreuses fausses idées françaises! Je rencontrerai plus tard un jeune couple français qui fait le plein de nourriture dans sa voiture avant de traverser la Manche pour rejoindre l'Angleterre, convaincu qu'il n'y a rien à manger chez les Britanniques!

Quand les voisins viennent pour prendre le café, ils sont surpris de me voir : je ne peux pas être anglaise, j'ai l'air italien, car je suis brune. Pour eux les Anglaises ont des dents qui dépassent, des taches de rousseur, sont généralement rondes et pas très jolies ! Par leurs manières, certains Anglais passent, aux yeux des Français, pour des homosexuels. Si nous, en Angleterre, avons des idées préconçues sur les Français, les Français également ont des drôles d'idées sur nous !

Les Français se comportent certainement différemment. Je me promène sur la Croisette et je suis fréquemment arrêtée par des hommes qui me demandent l'heure ou mon chemin. Polie, je réponds, ce qui, je l'apprends plus tard, est un encouragement à aller plus loin. Si vous acceptez ensuite un café ou une glace, il est entendu que vous seriez heureux de faire l'amour. Quoi qu'il en soit, une autre « fausse idée » est que les Anglaises sont des « filles faciles », probablement parce que nous avons appris à sourire gentiment et à être polies avec les hommes. Mais pour nous la politesse et la gentillesse ne signifient pas l'acceptation d'une relation sexuelle.

Nous sommes également en 1971 et Londres swingue ; de la musique pop anglaise partout et des mini-jupes portées par toutes. Les jeunes Françaises ici semblent très froides et distantes, car leurs mères leur conseillent sagement de rester distantes et prudentes. Je vais à un bal et, comme en Angleterre, la musique retentit fort et tout le monde se balance individuellement en rythme. Puis, quand un slow retentit, les filles s'assoient et les garçons les invitent à danser. Là où ça change, c'est qu'en Angleterre on ne refuse pas la première danse et si le garçon ne te plaît pas on lui dit poliment merci et on s'assoit pour la suivante. Ici, je vois les garçons passer d'une fille à l'autre et se faire refuser à chaque fois. Je suis choquée par leur grossièreté et quand on me demande de danser j'accepte. Je me rends compte que j'ai tort. Je suis entrée dans un match de catch : « hands off », « enlève tes mains » « Mets tes mains ailleurs. Tu ne touches pas là non plus ! » C'est une drôle de danse où les mains se promènent et je les attrape pour les déplacer ! C'était la première et la dernière fois que je me sentirai désolée pour un jeune homme rejeté.

Je suis une grosse fumeuse : plus d'un paquet par jour et je suis surprise de découvrir qu'on ne peut pas acheter de cigarettes partout et n'importe où dans ce pays comme en Angleterre. Elles sont uniquement en vente dans un "Bureau de Tabac". J'ai tellement l'habitude de les acheter au supermarché ou dans n'importe quel petit magasin que je me trouve en manque. Je meurs d'envie d'une cigarette. Je ne peux penser à rien d'autre. Je dois fumer une cigarette ; c'est dans mon esprit tout le temps. Je demande à Mme Garcin si je peux aller acheter un paquet. Elle pense qu'il y a un "Bar Tabac" dans le petit quartier commerçant juste à l'extérieur de notre immeuble. Il n'y en a pas et je dois marcher une demi-heure avant d'en trouver un. Il me vend un paquet que j'ouvre rapidement. Le tabac est noir, il n'y a pas de filtre et il a un goût horrible, mais au moins j'ai ma dose de nicotine qui me calme les nerfs. Je n'ai plus d'argent sur moi, donc je ne peux pas acheter un autre paquet de cigarettes américaines blondes. Celles-ci devront suffire pour le moment. Il faut vraiment que j'apprenne à dire ça en français. Je reviens à la maison plus d'une heure plus tard. Je pense qu'elle a compris que j'ai dû aller loin. Je l'espère en tout cas.

CHAPITRE 3

La vie est dure. J'ai mal à la tête. C'est tellement difficile de vivre dans un flou sonore. Personne ne parle anglais. Tout est en français : la télévision, la radio, les conversations ; ils semblent tous parler en même temps. Est-ce qu'ils se disputent ? Je suis perdue dans un tourbillon. J'ai mal à la tête mais c'est accueillant. Je meurs, j'attends de renaître. Je suis un bébé qui lutte contre la vie. Même Valérie, 18 mois, comprend mieux que moi. J'avais acheté un livre en Angleterre, que je feuillette péniblement ; appelé "Apprends le français par toi-même". Mon Dieu, que c'est compliqué ! Pourquoi les verbes changent-ils tout le temps, et comme c'est stupide d'avoir des objets féminins et masculins. Pourquoi une fourchette devrait-elle être féminine et un couteau masculin ? Ensuite les adjectifs changent selon qu'ils s'accordent avec un nom féminin, masculin ou pluriel. J'ai du mal mais je veux apprendre. Je déteste être dans l'obscurité.

Imaginez être sourd. Au moins, vous seriez capable de comprendre sur les lèvres les mots qui vous sont prononcés. Je ne suis pas sourde de toute façon. Tout cela est tellement bruyant. Mais je suis coincée dans ma tête, je me parle à moi-même. Comme je n'écoute pas les paroles des autres, mes autres sens semblent se développer. Je compte sur eux pour comprendre un peu ce qui se passe autour de moi. Je regarde, j'observe attentivement. J'observe les expressions des gens et je ressens leurs émotions. J'étudie le langage corporel et m'imprègne des courants sous-jacents. Je nage dans une mer déroutante de sons, saisissant tout ce que je peux pour ne pas me noyer. Je me souviens des livres d'astrologie que Lesley m'avait donnés. Je commence à reconnaître les caractéristiques du zodiaque. Mme Garcin serait-elle du signe de la Balance ? Elle me rappelle ma sœur. Elle a un visage doux, gentil et neutre, affichant toujours un sourire accueillant. Elle a un rire vif et joyeux. Elle semble écouter tout le monde, calmer les tempêtes qui s'élèvent, n'élève jamais la voix et est l'intermédiaire idéal. Mais elle n'est pas sûre et hésite. « Ai-je pris la bonne décision ? » Elle n'arrive pas à se décider rapidement. Elle patauge, s'entête, refuse de céder, part dans la direction opposée puis revient pour trouver le bon équilibre. Elle met du temps à se décider mais une fois sa décision prise, elle agit avec conviction. Elle dirige la maison, planifie et organise. Il y a une profonde richesse dans ses émotions mais elle est gênée lorsque George Garcin, son mari, montre de la colère ou de la passion sur un sujet. Elle est infirmière et a naturellement une gentillesse bienveillante envers les autres. Elle veut retourner travailler et c'est pour ça que je suis là : pour m'occuper de son dernier enfant, Valérie. Elle se faufile dehors, me laissant seule avec le bébé.

Au début, Valérie ne se rend pas compte que sa mère est partie, mais ensuite la panique s'installe et elle court dans l'appartement en criant « Maman ! ». Elle se retrouve devant la porte d'entrée en sanglotant. Je ne peux rien faire. Elle ne veut pas de moi et ne viendra pas vers moi pour me réconforter. Je suis perdue. J'essaye mais rien n'y fait. Après le retour de sa mère, et après m'avoir rejetée, et au bout de quelques jours, elle accepte de jouer avec sa sœur et moi. Nous chantons et dansons ensemble. Puis Mme Garcin réessaye : se faufiler dehors quand Valérie joue ou dort, laissant Valérie seule avec moi, qui passe tout son temps à pleurer et à refuser d'être réconfortée. Ni Mme Garcin ni moi ne savons alors à quel point il est important d'expliquer à un enfant ce qui se passe et de le rassurer sur le fait que votre absence ne sera que de courte durée. Nous ne le savons pas car nous sommes en 1971 et la psychologie de l'enfant n'est pas connue. Plusieurs années plus tard, Valérie parlera encore de sa peur d'être abandonnée par sa mère.

George Garcin serait-il Bélier? Il semble certainement sûr de lui, franc et honnête. Il est sympathique avec un sourire instantané et une forte poignée de main. Un homme direct qui vous regarde droit dans les yeux. Rien n'est caché ou compliqué mais il n'a ni subtilité ni tact. Il est évidemment dévoué à sa famille et aime sa maison. Il adore sa femme et la met sur un piédestal pour qu'elle soit admirée. Il aime manger et boire. Ils parlent politique. Je ne comprends pas mais je vois qu'il s'en tient obstinément à ses opinions. Il n'accepte pas les critiques. Il est sûr d'avoir raison. C'est une personne solide et terre-à-terre qui travaille dans une banque. Il est fier de son travail mais n'apprécie pas de ne pas être le patron. Je pense qu'il croit qu'il pourrait faire mieux. Parfois, il me semble un peu égoïste et exigeant. Il veut qu'on lui serve le meilleur morceau de viande ; ou peut-être est-ce simplement Mme Garcin qui, en parfaite ménagère, sert d'abord son mari ? Il est également généreux et dit à sa femme de me donner plus que l'argent de poche habituel pour une jeune fille au pair. Il sort parfois dans un coin tranquille de la campagne et peint, puis rentre chez lui avec des paysages d'églises et de champs. Il aime sortir seul avec son fils. Le plus important de tout pour lui est sa famille et j'en fais partie. Il essaie de mieux me connaître mais la conversation est difficile. Ses questions sont directes : « Avez-vous un petit ami ? - Oui, Jeff. - Que fait-il ? (Une question typique du Bélier !) - Vous apportera-t-il la sécurité ? » Essayez d'expliquer qu'il est dessinateur technique dans une entreprise qui vend du béton et que son travail consiste à concevoir des projets, des parcs, des lacs, des terrains de jeux pour combler les carrières vides laissées par l'évacuation des pierres ou du sable. Je dessine un trou avec un camion qui enlève des pierres. M. Garcin propose "conducteur de camion" que l'on recherche dans le dictionnaire. Non, il n'est pas chauffeur de camion. Je dessine plus de trous et les remplis d'eau et de parcs. Non, il ne fabrique pas de piscines. Je ne connais personne possédant une piscine et je n'en vois certainement pas l'utilité en Angleterre. Non, il ne répare pas les trous dans les piscines. Non, ce n'est pas un jardinier. Je fais un des trous dans un terrain de jeu. Non, il n'est pas professeur d'éducation physique. Je trouve le mot français pour dessinateur technique, ce qui aide mais n'explique pas mes trous et autres dessins, finalement on en reste là. C'est trop compliqué. Toute communication est compliquée, et je suis seule dans ma propre tête.

Je suis comme dans une petite pièce fermée. Je tape ma tête contre les murs. Je suis seule dans ma tête. Je ne peux pas sortir pour échanger avec les autres. Je vis dans un brouillard. Je hasarde. Je veux tellement faire partie de ce monde. C'est dur sans la langue. Mes oreilles ne captent rien dans ce brouhaha. Les sons qui sortent de ma bouche sont accueillis par des expressions perplexes. Je suis emprisonnée, enchaînée car je ne peux pas échanger avec les autres, mais je ne pouvais pas non plus quand j'étais parmi les Anglais. Je parlais la même langue mais je ne pouvais pas m'exprimer. Mes émotions, pensées ressenties, sont enfermées dans une cage barricadée. Je parlais le même langage que les autres mais je n'en avais pas le droit.

Je mange un artichaut pour la première fois. C'est gros et gras. Vous enlevez les feuilles une à une et grattez la chair du centre intérieur avec vos dents. Chaque feuille donne une petite quantité et les feuilles jetées s'empilent dans le haut de l'assiette, jusqu'à ce que vous arriviez au centre et retiriez la barbe velue et difficile pour trancher le cœur rond et le mélanger à de l'huile d'olive et du vinaigre.

Je suis comme l'artichaut : une unité ronde, une seule pièce. Chaque couche est décollée. La première est une Anglaise issue d'une bonne famille qui apprend le français ; une fille avec une éducation et de bonnes manières. La couche suivante est une fille qui prétend être utile et importante. Vient ensuite une rebelle provocatrice et effrontée. La couche suivante montre qu'en fait elle est un « imposteur » sans instruction et menteuse. La suivante est une voleuse. Ensuite nous arrivons à la pécheresse. En dessous se trouve une " je m'en foutiste » ! Soyez honnête : c'est Personne : une merde sans valeur. En dessous se trouvent des feuilles très serrées ; « s'il vous plaît, ne les décollez pas, parce que je me cache ». Sous ces feuilles on trouve « Je te déteste de m'être montrée nue ». On arrive au centre et les poils sont des poils, non : des lances défensives. Maintenant, je suis vraiment nue : douce, molle et sans défense. J'ai envie de découper le cœur, de l'écraser, de le rouler en boule, de le mettre dans un bloc de béton et de le jeter le plus loin possible à la mer. Laissez-le couler et disparaître pour toujours. Laissez-moi me cacher dans un brouillard d'incompréhension d'une langue et d'une culture que je ne connais pas. Laissez-moi mettre un revêtement supplémentaire et me cacher du monde.

Je veux arrêter la douleur : la douleur d'être moi-même, la douleur d'être un faux.

Je joue avec Emmanuelle et Valérie. Nous chantons et dansons et je leur apprends des chansons en anglais. J'espère que ta nouvelle famille joue avec toi, Mark, et t'apprend des chansons. J'imagine que tu es là avec nous et que tu tiens la main des filles et que nous dansons tous ensemble : "Ring a ring of roses......." À quoi ressembles-tu maintenant ?

Philippe, le frère de Mme Garcin, vient me chercher pour le week-end. Il me conduit à Marseille où nous passons le week-end avec ses parents. J'ai du mal à communiquer. Tout le monde est très gentil. Philippe m'emmène manger une pizza avec des amis : ma première. C'est délicieux! Ses amis ont l'air gentils mais j'aimerais pouvoir les comprendre !

De retour chez moi à Cannes, Mme Garcin s'inquiète de ce que je n'ai pas reçu de lettre de mes parents. Elle me demande si je leur ai écrit pour leur dire que je suis bien arrivée et si je suis sûre d'avoir donné la bonne adresse. J'écris une autre lettre et lui montre l'adresse au dos de l'enveloppe. Elle est satisfaite et insiste pour la poster elle-même. Quelques semaines se sont écoulées et toujours aucune réponse. Je reçois une lettre de Jeff mais rien de mes parents. Voyant l'inquiétude de Mme Garcin, je descends moi-même à la boîte aux lettres chercher le courrier et je lui mens en annonçant que j'ai reçu une lettre de mes parents. Je ne veux plus qu'elle s'inquiète pour moi. Je la vois rassurée. Jusqu'à présent, je trouvais tout à fait normal que mes parents n'écrivent pas. Je sais que je vais finir par avoir une lettre d'eux. Ils ne sont pas pressés et sont tellement occupés. Ils ne m'ont jamais beaucoup écrit. J'ai toujours pensé que c'était parce qu'ils considéraient que j'étais capable de me débrouiller toute seule. Je commence à me demander si ce comportement familial pourrait être différent. Plusieurs personnes dans la famille de M. et Mme Garcin ont exprimé leur étonnement qu'une jeune fille de dix-neuf ans vienne si loin toute seule sans même connaître la langue. Ils me font comprendre que mes parents doivent être très inquiets! Pensez-vous! Ils ne m'ont même pas accordé une petite pensée. Je mesure la différence des attitudes et subitement une grande sensation d'abandon m'envahit. On m'a abandonnée toute seule au monde! Je comprends alors le double sens pour moi du mot abandon. Non seulement ils m'ont abandonnée, mais ils m'ont forcée sans scrupules à abandonner Mark.

Je suis heureuse ici dans cette famille et j'ai un sentiment d'appartenance. J'espère pouvoir y rester.

Je comprends que "chéri" signifie chéri, que Mme Garcin l'utilise de temps en temps avec ses enfants mais tout le temps avec son fils. Ne me dites pas qu'il est plus important pour elle que ses filles ! Non, ce n'est pas ça. Je ne prononce évidemment pas bien son nom "Thierry" et quand M. Garcin me corrige "Thierry" ça sonne comme "chéri". Il essaie de m'apprendre à prononcer "en", "on" "an" et "ou" ou "u " mais pour moi, ces sons se ressemblent tous. Ensuite, les enfants du voisinage, qui ont à peu près mon âge, me demandent si j'aime "Les Beatles". Au début, je n'ai aucune idée de quoi ni de qui ils parlent. Ils sont absolument étonnés jusqu'à ce que je réalise de qui il s'agit. Même les mots que je connais se prononcent différemment. Vais-je un jour apprendre cette langue ?

CHAPITRE 4

Les voisins vont partir une journée skier. Est-ce que j'aimerais les accompagner ? Bien sûr! Comme c'est super ! Je n'ai pas de vêtements de ski mais ils m'équipent d'un vieil anorak de quelqu'un, d'un bonnet et des gants en laine d'un autre. Je porte de vieux jeans et des tonnes de pulls. Ils me disent qu'il fait froid. J'ai l'air effrayée mais je m'en fiche. Je monte en voiture avec un des garçons. Cela fait environ une heure de route et la conversation est inexistante. Je loue des chaussures et des skis et passe tout l'après-midi sur le parking à essayer d'accéder au banc de neige. Tout semble si simple, mais bon Dieu, je ne peux même pas lever un pied donc pas question de skier ! Je commence à glisser.....Waouh.....deux pieds et je tombe....toujours sur le parking! Quelle difficulté pour se relever ! Je pense enlever les skis mais ils sont lacés autour de mes mollets et mes pieds sont emprisonnés dans d'énormes grosses chaussures. C'est la torture !

Le gentil garçon qui m'a accompagnée vient m'aider mais c'est une perte de temps et il a hâte de retourner sur les pistes skier. Il m'aide à enlever les skis et nous les rapportons au magasin de location. Même marcher ces quelques mètres avec ces énormes bottes épaisses est un cauchemar. Mes pieds sont enfin libérés mais je suis mouillée, gelée et frissonnante. Je reste dans la voiture jusqu'à la fin de l'après-midi et les pistes ferment. Comment font-ils pour continuer à descendre ces pentes avec grâce ? Ils font cela depuis qu'ils sont enfants. Souriant joyeusement et somnolents, nous rentrons tous chez nous.

Un autre voisin a aussi un fils qui s'appelle Thierry. Il a douze ans et ses parents me demandent de lui parler anglais une heure chaque semaine. J'essaye mais c'est très dur car il ne parle pas du tout et je ne sais pas quoi dire. Je ne savais pas que c'était le début d'une carrière et que Thierry et moi allions nous revoir bien plus tard et devenir de bons amis. Je serai même un jour la marraine de sa fille.

Je ne vais pas très bien. J'ai mal à la tête, une toux sèche et irritante et un mal de gorge. Mme Garcin me donne un thermomètre, je commence à le mettre sous ma langue et elle m'arrête. Surprise, elle le reprend et me fait comprendre que je devrais le mettre dans mes fesses. « Tu es sûre ? Comme ça ? - Oui, comme ça », dit-elle. Elle me donne de la vaseline pour que ça glisse plus facilement. Quand je le sors, il indique 37. Je n'ai aucune idée de ce que cela signifie mais apparemment je n'ai pas de température. Quel drôle d'endroit pour mettre un thermomètre. Comme la toux est assez forte, elle me donne alors un petit objet gras en forme de balle qu'elle dit que je dois aussi mettre dans mes fesses, cela soulagera la toux. Je ne sais pas pourquoi je ne peux pas tout simplement avaler quelque chose pour soulager une toux. Comment une balle dans les fesses peut-elle résoudre un problème à l'autre bout du corps ? Mais voilà: les Français semblent obsédés par les fesses ! Quoi qu'il en soit, ma toux disparaît. Une autre preuve de leur obsession pour les culs est l'objet fixe posé dans la salle de bain. C'est ce qu'on appelle un "bidet". Je pensais au début que c'était pour se laver les pieds mais en fait c'est pour se laver les fesses. Et il est utilisé encore plus par les femmes pour leurs parties intimes : principalement avant et après les rapports sexuels et pendant leurs règles.

Ces sujets ne semblent pas tabous. En Angleterre quand je veux acheter des serviettes hygiéniques ou des tampons, je murmure à l'oreille du pharmacien qui prend ce que je veux derrière son comptoir et cache discrètement la boîte dans un sac en papier. Je remarque qu'à la pharmacie ici, personne ne semble s'en soucier et même les préservatifs sont ouvertement en vente. Nous vivons peut-être actuellement une révolution sexuelle en Angleterre, mais certains aspects restent tabous. Par contre je constate que M. et Mme Garcin ne sortent jamais le soir l'un sans l'autre. Leurs amis non plus. On voit beaucoup de couples de tous âges dans les rues et peu de groupes d'hommes ou de femmes ensemble. Je me souviens d'avoir assisté à un enterrement de vie de jeune fille dans un restaurant italien en Angleterre. Le restaurant était rempli de filles et les serveurs italiens s'amusaient à toutes les embrasser. L'un d'eux s'étonna que les Anglais soient assez fous pour laisser toutes ces jolies filles seules. J'apprendrai plus tard que selon certains français, l'homosexualité est plus répandue en Angleterre, peut-être à cause de leurs enterrements de vie de garçon ou de leurs clubs « réservés aux hommes » ou simplement parce qu'ils ne sont pas aussi démonstratifs que les Français en public.

Les voisins viennent souvent prendre l'apéritif. Quand on invite quelqu'un en France il y a un code. « Passez prendre le café » veut dire venir vers 14 heures après le repas de midi et en effet on sert du café et peut-être des gâteaux. Le déjeuner est toujours servi vers 12h30 et le repas du soir à 19h30. L'apéritif est à 19h pour une boisson alcoolisée avec des biscuits salés. Pendant l'apéritif Mr Garcin sert d'abord les boissons mais personne n'a le droit de boire avant que chacun ne soit servi et que nous ayons fait « chin chin », c'est-à-dire trinqué. Il remplit une deuxième et parfois une troisième fois les verres.

Tous les alcools ne sont pas proposés car il y en a que nous buvons avant le repas et d'autres après.

Mon travail est de passer de l'un à l'autre avec les petits bols de chips, olives ou biscuits. J'aime bien ces moments quand je joue à être « la jeune fille de la maison ». Je réalise que je n'ai jamais aidé mes parents avec leurs invités car, dans mon entourage, les enfants ne se sont jamais mélangés avec les adultes. J'aime bien aussi pouvoir goûter et boire jovialement les alcools. Les voisins, Marcel et Jeanne, ont une fille qui va à Lyon, à l'université en septembre, et ils s'inquiètent pour lui trouver un studio à louer. Là, aussi, je mesure la différence. Quand j'ai pris un appartement à Lincoln mes parents ne sont jamais venus le voir, même quand ils sont partis à Scunthorpe. Ils avaient peut-être plus confiance en moi... ? Ensuite, bien sûr, j'étais bien trop loin.

Marcel travaille à la banque avec M. Garcin. Je pense qu'il a une position supérieure. Je ne l'aime pas. Il a une tête de crapaud et il lorgne Mme Garcin. Il boit beaucoup et M. Garcin sort ses meilleurs alcools. Il fait des blagues que je ne comprends pas, bien sûr, mais qui me semblent osées , peut-être même vulgaires. Je vois bien que Mme Garcin ne les apprécie pas, bien qu'elle sourie. Je comprends qu'il aime les armes et il me demande si la police en Angleterre est armée. Je mets du temps à comprendre sa question mais je lui réponds que non, ce qui le met en colère. Il pense que l'on devrait être beaucoup plus dur avec les délinquants et les hors-la-loi ; et en plus je réalise qu'il est pour la peine de mort. Il n'aime pas les homosexuels non plus et voudrait les mettre en prison. Je trouve qu'il est un « gros con », mais M. Garcin est poli avec lui, bien qu'il ne semble pas d'accord. Sa femme, Jeanne, est très docile et ne dit rien. Si seulement je maîtrisais mieux le français, je lui dirais ce que j'en pense, mais peut-être que c'est mieux comme ça !

L'Alliance Française est une association qui s'occupe, entre autres, de donner des cours de français aux jeunes filles au pair. Le bâtiment n'est pas très loin de la maison de la famille Garcin. J'y vais deux fois par semaine entre 14h et 16h. Les cours se passent entièrement en français et je ne comprends pas grand-chose, mais je prends des notes que je relis et je continue de travailler sur mon livre d'apprentissage toute seule. Il y a des filles qui viennent de partout en Europe. Et je rencontre Jacqueline qui est anglaise. Enfin je peux parler anglais ! Elle me donne rendez-vous le lendemain devant la gare de Cannes à 14h00.

Jacqueline arrive enfin et parle d'elle tout le temps ; mais c'est tellement bon d'écouter l'anglais. Elle est grande, mince et a de longs cheveux blonds qu'elle passe fréquemment par-dessus son épaule. Elle nous propose d'aller dans son nouveau logement à Mouans-Sartoux. Nous attendons devant la gare d'où nous devons prendre un bus. Elle parle bien français et connaît les rues de Cannes. Elle m'explique qu'elle est ici depuis plus de six mois. Elle est avec sa deuxième famille. Elle a quitté la famille précédente parce qu'elle n'aimait pas leur fils et que personne ne lui parlait. Pendant que nous attendons le bus devant la gare, elle aperçoit deux garçons de l'autre côté de la rue. Elle leur fait signe et ils traversent. Elle a déjà rencontré Philippe, qui parle anglais, plusieurs fois, mais ne connaît pas son ami. Les présentations sont faites et Jean-Marie propose de nous emmener à Mouans-Sartoux dans sa voiture. Jacqueline est assise à côté de lui et je suis à l'arrière. La voiture est un de ces drôles de trucs en boule avec un toit en tissu, qui sautille sur la route. Jacqueline se retourne pour traduire tous les compliments que Jean-Marie fait sur elle tandis qu'elle jette ses longs cheveux blonds en arrière. Plus tard j'apprends qu'il n'a rien dit de la sorte. En arrivant Jacqueline me dit qu'il a pris rendez-vous avec elle, qu'elle a accepté mais qu'elle n'est pas sûre d'y aller. Nous passons l'après-midi ensemble. Elle s'est déjà fait beaucoup d'amis parmi les filles au pair et quelques garçons français. Même si elle me donne des informations utiles sur les cafés où on peut aller et les endroits où danser, je dois aussi écouter un flot incessant de bêtises, mais j'absorbe ses paroles tout en m'imprégnant du bonheur de comprendre. J'ai l'impression de sortir d'un épais brouillard et de me diriger vers le soleil. J'apprécie vraiment mon après-midi et je me sens plutôt insouciante et légère, ivre de soulagement de ne pas avoir perdu ma capacité de communication. Je reprends seule le bus pour Cannes et demande fièrement un billet en français. Seulement quand le conducteur dit « Où ? » Je réponds « Moi, bien sûr ! » Comment "où ?" qui a le même son que " who ? " en anglais peut-il être "où ?" et non "qui ?"

CHAPITRE 5

Je rencontre dans un bar un jeune couple anglais qui me dit habiter sur un bateau dans le port de Cannes. Je serais la bienvenue si je voulais leur rendre visite. Quelques jours plus tard, pendant mon après-midi libre, avant de récupérer Emmanuelle à l'école, je décide de me promener en ville et d'aller leur rendre visite au port. Jean-Marie dans sa voiture "2 chevaux" arrive et me demande où je vais et s'il peut me conduire. Il m'emmène au port et nous trouvons le bateau. Je lui dis que je vais voir des amis et il répond que si je ne suis pas longue, il m'attendra, mais sinon pas car il "n'est pas un taxi". Ses manières me surprennent et me désarment. Je ne tarde pas à dire à mes amis que je reviendrai un autre jour. Jean-Marie propose de me conduire à l'école d'Emmanuelle pour la chercher comme ça nous pourrions longer le front de mer et faire un peu de tourisme. Il a l'air gentil mais ce n'est certainement pas le genre d'homme auquel je suis habituée. Loin d'être comme le respectable Jeff, en col banc et cravate avec sa voiture de société rutilante et ses manières polies de m'ouvrir la porte, Jean-Marie est mince avec des cheveux assez longs, un pull col polo et un jean évasé. Nous avons des problèmes de communication mais je comprends qu'il a deux ans de plus que moi, qu'il n'est plus étudiant mais ne travaille pas et vit avec ses parents. Je ne connais personne en Angleterre de son âge qui vit encore avec ses parents ! Il me demande si j'aimerais aller en discothèque avec lui samedi soir. Tant pis, il n'est pas du tout mon type d'homme mais je serais contente de voir du monde et de danser, alors j'accepte, ravie à l'idée de sortir.

Samedi soir, huit heures, j'arrive au bar "Metro". Jean-Marie est assis à une table avec son ami Philippe en train de boire de la bière. Ni l'un ni l'autre ne se lève pour dire "bonjour". Jean-Marie est habillé exactement comme la dernière fois. Philippe parle entièrement en anglais, traduisant pour Jean-Marie et moi. Ils ont envie de me connaître. Au bout d'un moment, Jean-Marie dit qu'il faut y aller. Lui et Philippe s'embrassent sur la joue en se séparant. Je me demande s'ils sont homos mais j'apprends plus tard qu'ici tout le monde embrasse tout le monde pour dire "bonjour" et "au revoir". On va à sa voiture et Jean-Marie me dit que la discothèque n'ouvre qu'à 22h30, mais que nous pouvons rouler pendant une heure. Je pense que c'est étrange. Les salles de danse ouvrent à sept ou huit heures en Angleterre et ferment à minuit ou 1h00. Quoi qu'il en soit, il semble certainement inoffensif et agréable. Nous nous dirigeons vers un endroit offrant une vue imprenable sur la baie de Cannes. Il passe son bras autour de moi et je réalise qu'il veut m'embrasser. Je me sens très excitée à cette idée, être embrassée par un Français. On entend tellement parler des « latin lovers ». Je pense que cela va être une expérience intéressante. Je me prépare et ferme les yeux ... Eh bien, c'est sympa mais ce n'est pas différent que d'être embrassée par un Anglais. Je n'ai pas vu d'étoiles, ni entendu de musique, ni flotté sur les nuages. Quelle déception!

Je ne savais pas alors que c'était l'homme que j'allais épouser !

Jean-Marie et moi nous voyons tous les après-midi et parfois le soir. Philippe est toujours avec nous. On prend un verre à la brasserie du "Métro" et on discute. Ou bien on va au "Voile au vent", un bar qui ressemble un peu à un pub anglais, et on joue au "Yam's". J'étudie mon français et l'anglais de Jean-Marie s'améliore un peu. Je rencontre d'autres de ses amis. Ils semblent tous passionnés de politique et ont des discussions animées auxquelles je ne comprends absolument rien, mais qui m'intriguent. Certains admirent le communisme et la plupart sont des anarchistes opposés au capitalisme. Je n'ai jamais rencontré quelqu'un avec ces idées auparavant. J'apprends l'existence de Lénine, de Marx et de Mai 68. Bon, je dis que j'apprends mais je ne comprends pas vraiment. Ce sont tous des étudiants qui ont participé aux mouvements de Mai 68 dont, à leur grand étonnement, je n'avais jamais entendu parler. Je ne leur dis pas que j'étais dans un foyer pour filles « perdues » qui avaient été assez stupides pour tomber enceintes et qui vivaient une vie complètement différente.

Ils sont contre toute autorité, qu'elle vienne de la famille, de l'école, de la police, de la justice ou de l'armée. Ils luttent contre le capitalisme, le consumérisme et l'impérialisme américain. Ils disent que les valeurs bourgeoises existantes étouffent une jeunesse qui n'a aucune liberté. Ils ont suivi le mouvement hippie américain contre la guerre du Vietnam qui criait « Make Love not War ». Certains sont communistes, d'autres trotskistes, ou maoïstes ou anarchistes ou d'autres (Jean-Marie inclus) se font simplement appeler les gauchistes. J'ai essayé de toutes mes forces mais j'ai du mal à comprendre la différence. Ils contestent l'ordre établi mais ne semblent pas savoir ce qu'ils veulent mettre en place. Ce sont tous des idéalistes qui veulent un monde meilleur pour les opprimés, les minorités et l'avenir. Tout d'abord il me faut un temps fou pour comprendre leurs mots ; et ensuite leurs idées provocatrices sont tellement à mille lieues de tout ce que je connais que je me trouve réduite au silence. Tout ce qu'ils disent me stupéfie. Dans ces domaines je ne connais rien. Je ne peux ni approuver, ni contester ni contribuer au débat. Je me sens ignorante et stupide. Je ne connais rien sur la politique ni personne qui en parle. C'est un sujet, tout comme la religion, tabou chez nous où tout le monde semble avoir les mêmes opinions. L'un d'entre eux, fortement encouragé, a longé "La Croisette" en crachant sur des Rolls Royce, des Jaguar, des Bentley et des Ferrari. J'ai été écœurée en entendant cela. J'apprends que vingt pour cent des Français sont pour le communisme et votent communiste. Ils sont également en faveur de l'égalité entre les sexes. Ça je l'ai compris et je suis tout à fait d'accord.

J'avais entendu parler des communistes bien sûr mais j'avais compris que c'étaient des diables rouges qui sautaient partout avec un couteau entre les dents ! On m'a toujours dit que les Américains étaient les héros et que nous devions combattre le terrible parti communiste. Je suis surprise qu'ils existent dans ce pays et qu'ils ne soient pas diabolisés. Un journal pro-communiste,

L'Humanité, est en vente tous les dimanches et nous voyons des jeunes garçons vendre les journaux devant les églises et ailleurs dans les rues. Il existe un quotidien communiste local, Le Patriote, et Jean-Marie et tous ses amis lisent "Charlie Hebdo" avec ses caricatures inquiétantes et "Hara Kari". Les journaux semblent libres d'imprimer ce qu'ils veulent, mais les informations télévisées sont contrôlées par le gouvernement. Le directeur de la RTF (Radio Télévision Française) est nommé par le ministère de l'Intérieur. En 1968, le Festival du Film de Cannes a été interrompu par des réalisateurs et des producteurs qui étaient d'accord avec les mouvements étudiants et ouvriers.

Les débats politiques durent des heures puis les guitares sortent et ils chantent Joan Baez, Bob Dylan ou Georges Brassens et d'autres chansons engagées. Ils sont pleins d'espoir et de passion, bouillonnants d'énergie et de Vie. Je m'imprègne de leur enthousiasme. Ils sont si vivants.

L'un des amis, Gilbert, vit dans un appartement ; avec deux filles je dois dire. Tous les autres semblent vivre chez leurs parents. Certains étudient plus ou moins ; d'autres exercent plus ou moins des emplois temporaires. Aucun d'entre eux ne semble sérieux, installé ou n'a d'ambition. J'ai l'impression d'être avec une foule d'enfants insouciants qui ont de grandes idées pour rendre le monde meilleur mais qui n'ont absolument aucune idée de la vie telle qu'elle est réellement. Aucun d'entre eux n'a eu de difficulté à payer son loyer ou à trouver de quoi manger. Aucun d'entre eux n'a participé à une véritable guerre. Ils jouaient aux « bons » et aux « méchants » lorsqu'ils manifestaient dans les rues et insultaient la police. Aucun d'entre eux n'a connu la douleur d'être rejeté par la société et de se voir arracher sa propre chair et son sang. D'un côté, je me sens tellement plus sage qu'eux mais de l'autre, terriblement ignorante. Ils en savent bien plus que moi sur l'histoire et la géographie, même sur la Grande-Bretagne.

Ils me disent que la Grande-Bretagne n'avait pas le droit d'avoir des colonies, tout comme la France ; que nous ne « civilisions » pas d'autres nations mais que nous utilisions leurs pays et leurs ressources naturelles pour notre propre bien ; que les Britanniques n'étaient à Aden que parce que c'est une place stratégique face à Djibouti à l'entrée de la mer Rouge. Je ne le savais pas. Nous leur avons apporté la civilisation, dis-je. Je soutiens que nous avons construit des routes, leur avons enseigné l'anglais, leur avons donné des bonnes manières et les avons civilisés. Ils répondent que les Arabes étaient dejà civilisés quand les Britanniques étaient encore à l'âge de pierre. Ils exagèrent bien sûr, mais me disent qu'ils ont inventé le système numérique que nous utilisons aujourd'hui et ont développé l'algèbre et l'algorithme en mathématiques. Avant l'an 1000 après JC, Al-Zahrawi, le plus grand chirurgien du Moyen Âge, a écrit une encyclopédie de trente volumes sur les pratiques médicales dont certaines parties ont servi de référence en Europe pendant plus de cinq cents ans. Il a également inventé une méthode d'administration d'un anesthésique et plus de deux cents instruments chirurgicaux, dont la plupart sont encore utilisés aujourd'hui. Un chirurgien irakien a inventé la seringue plus tard au IXe siècle. Mille ans avant que les frères Wright n'inventent la machine volante, Abbas Ibn Firnas a inventé avec succès la première machine volante plus lourde que l'air jamais enregistrée dans l'histoire. Il a également inventé un précurseur du parachute en 852. Le café a été inventé en Éthiopie au 9ème siècle lorsqu'un berger nommé Khalid a observé ses chèvres en train de manger des graines et devenir anormalement excitées. Le café devint alors populaire auprès du peuple et fut exporté vers plusieurs autres pays ; mais il ne fut introduit en Angleterre qu'en 1650, lorsqu'un Turc ouvrit un café à Londres. La première université dotée de l'une des plus anciennes bibliothèques du monde a été construite en 859 après JC à Fès (aujourd'hui le Maroc). La Maison de la Sagesse à Bagdad, - où des érudits de diverses régions du monde et de différents horizons culturels se réunissaient pour traduire toutes les connaissances classiques du monde en langue arabe -, a été construite vers 800. Le plus ancien manuel d'échecs connu était en arabe et date de 840.

Je dis à mes amis français que les Arabes sont sales, sentent mauvais et ont les dents brunes et tachées à cause des feuilles de Qat qu'ils mâchent. On m'informe que le savon était produit avant l'an 900 au Moyen-Orient à partir d'huile d'olive et d'autres huiles grasses ; que c'était un rituel islamique de se baigner et de se laver à une époque où, en Europe, se baigner était considéré comme mauvais pour la santé. Les Arabes ont élaboré la recette générale du savon que nous utilisons encore aujourd'hui, et l'Angleterre a connu son premier shampoing grâce à un musulman.

Il existe également de nombreux beaux bâtiments construits dans le style arabesque, et des fresques murales antiques en arabesque ont été trouvées dans des ruines romaines.

Très bien, je cède. Les nations arabes étaient civilisées avant les Britanniques, mais leur civilisation a décliné et nous pouvons maintenant leur enseigner la civilisation moderne. Ils cachent leur femmes qu'ils considèrent inférieures aux hommes. Ils font des mariages arrangés, et j'ai même entendu parler de mutilation sexuelle sur les filles. Ils sont violents et prêts à tuer sans motif apparent et sans aucun scrupules

Ils répondent que peut-être ils ne veulent rien apprendre et pourquoi ne pouvons-nous pas laisser les gens vivre comme ils le souhaitent. Qui sont les Britanniques pour penser que leur mode de vie est supérieur ?

Ces réponses ne me paraissent pas complètement satisfaisantes mais je suis trop déboussolée pour argumenter. Je me sens tellement ignorante. Pourquoi je n'ai pas eu un vraie éducation ? Pourquoi, j'ai toutes ces lacunes ? Comment faire pour les combler ? Si seulement j'avais les encyclopédies que je vendais avec moi ! A ce moment-là il m'aurait fallu une autre valise pour les transporter. J'imagine l'effroi de Mme Garcin en me voyant arriver avec quatre valises ! Déjà elle trouvait que trois valises c'était beaucoup !!!

Ils me parlent d'Algérie. (Je ne savais pas où ce pays se trouvait mais je me suis bien tenue de le dire!). J'apprends que c'était un ancien département de la France qui a pris son indépendance. Les Français qui vivaient là-bas s'appellent les « Pieds noirs » car ils portaient des chaussures noires et les Arabes étaient pieds nus. Après l'Indépendance les Pieds noirs sont rentrés en France. L'Algérie a été laissée aux Algériens.

J'ai raison, me disent-ils, aucun peuple n'est parfait, mais nous devons les laisser vivre comme ils veulent.

Là-dessus le groupe n'est pas en accord. Certains pensent que les Pieds Noirs étaient chez eux car ils s'étaient installés depuis des générations et se mélangeaient bien avec les « natifs » et donc devaient rester. D'autres pensent que la France avait raison de leur accorder l'indépendance. Ils semblent tous au courant de tous les faits et ils connaissent tous les discours de Charles De Gaulle.

Chez moi je n'avais jamais rien remis en question. C'est perturbant, et je me sentais si ignorante ; mais c'est aussi excitant d'apprendre et d'essayer de voir les choses sous un autre angle.

Ils se moquent aussi de mon intérêt pour la famille royale. D'après eux la monarchie devrait être abolie. Pourquoi maintenir une famille dans le luxe simplement en raison de son droit de naissance ? Mais la Reine est une personne merveilleuse, elle maintient la nation unie et les gens l'aiment. J'apprends la Révolution française et la condamnation à la guillotine de Louis XVI. J'apprends beaucoup chaque jour. Je ne suis pas d'accord avec tout le monde, mais ils ont tous bien plus de connaissances que moi. Mon ignorance les surprend mais ils sont tous compréhensifs avec moi. On se retrouve souvent dans l'appartement de Gilbert où l'on boit un peu de bière et où les guitares sortent pour gratter et chanter des chansons de Georges Brassens, de Léo Ferré, dont je n'ai jamais entendu parler, et de Bob Dylan. Ils sont tous insouciants et vivent avec très peu d'argent. Jean-Marie gare sa voiture là où il n'y a pas de parcmètres, nous passons nos après-midi soit à marcher, soit à discuter dans un bar en buvant une petite bière. Nous visitons des expositions gratuites et ne faisons jamais de shopping. Je me sens aussi insouciante et le stress de joindre les deux bouts a complètement disparu. J'ai la pension complète et le logement, assez d'argent de poche pour mes besoins, pas besoin de m'habiller et des amis intéressants. Je vais à l'école Au Pair et je me fais des amis ; Sally d'Angleterre, Bibi de Yougoslavie, Alice de Suède et Astrid de Hollande. Non seulement mon français s'améliore, mais j'apprends aussi beaucoup sur d'autres pays et modes de vie. Je suis une étudiante internationale. Nous partons pour la journée dans les îles avec une invitée suédoise séjournant chez des parents d'un ami de Jean-Marie. Nous faisons un pique-nique ; nous prenons toujours des sandwichs. La jeune Suédoise refuse de manger la pizza faite maison par sa mère et quand on cherche la raison de son refus dans le dictionnaire, on trouve le mot "microbes". Nous avons dû faire une erreur. On insiste mais non, elle ne veut vraiment pas le manger car elle n'est pas stérilisée ni emballée correctement ! Elle croit fermement qu'il y a des « microbes » dedans!

Les W.C. publics dans ce pays sont vraiment bizarres. Ce sont des trous dans le sol et ça pue. Il est difficile de les utiliser, mais quand il le faut, il le faut. On me dit qu'ils sont plus hygiéniques car on ne s'assoit pas dessus ! Dans les bars et les restaurants, ils sont généralement comme ceux de la maison, sauf qu'il n'y en a qu'un et que les hommes ainsi que les femmes l'utilisent. La promiscuité ne semble pas être un problème ici, pas plus que les fonctions naturelles du corps. Chaque foyer dispose d'un bidet. Les Français semblent parler ouvertement de sujets auxquels on ne peut faire allusion chez nous et dont on ricanerait.

Les vêtements ne semblent pas être un souci. Ils portent plus ou moins les mêmes vêtements tous les jours : un jean, un t-shirt et un pull, filles comprises, même quand on sort. Il ne semble pas y avoir de code vestimentaire. Je pense aux différents uniformes que je devais porter à l'école. Nous nous changions pour le tennis, le hockey, la gym et nous devions toujours nous doucher après. Ici, toute douche se fait à la maison une fois les étudiants de retour. Je me rappelle ma mère qui disait que les Français étaient sales et sentaient mauvais. Pourtant je ne crois pas qu'elle en a connu ; et honnêtement je ne suis pas d'accord avec elle !

Un après-midi, nous visitons Vallauris, une ville réputée pour ses poteries et je dis en français « J'ai vu beaucoup de choses que j'aimerais acheter ». Philippe, qui me corrige toujours, s'arrête brusquement et dit « Pamelou, répète ce que tu viens de dire »

Je suis sûre que je vais encore me faire gronder et devoir subir un cours de grammaire française. Mais non ! « C'est la première bonne, longue la phrase que tu as prononcée ! Nous devrions faire la fête ! » Et nous la faisons. Nous allons dans un bar, nous nous asseyons à la terrasse, buvons des apéritifs et mangeons des amuse-gueules. C'est charmant. C'est la grande vie : du temps libre, des boissons, du soleil, des amis et pas de soucis.

C'est ça, pas de soucis, pas de stress, une vie facile, nouvelle et intéressante. Néanmoins, le temps n'a pas guéri la douleur et je sais que cela ne le fera jamais. Cela fait presque trois ans maintenant et bébé Mark revient souvent dans mon esprit. Où es-tu? Que fais-tu? Es-tu heureux? Je vois Jean-Marie tous les jours et nous nous entendons bien. Il aimerait pousser notre relation plus loin mais je suis heureuse que nous soyons simplement amis. Je lui raconte mon histoire et il m'écoute. Il est gentil et compréhensif et heureux d'attendre un peu. Il exerce un travail temporaire en livrant du linge de lit du pressing aux hôtels. Il dit que cela fera l'affaire pour le moment.

Jean-Marie est invité à déjeuner chez les Garcin. Les deux hommes discutent ensemble et Monsieur Garcin propose à

Jean-Marie de rejoindre la banque, ce à quoi il répond « Jamais ! » Il ne sait pas encore qu'il aura plus tard une carrière remarquable dans une banque.

Chaque fois que je rencontre quelqu'un de nouveau, on me parle de Petula Clark, Jane Birkin ou de Jeanne d'Arc (ou les trois). Sans doute mon accent y est pour quelque chose. La chanteuse anglaise Petula Clark, née en Angleterre en 1932, a commencé à enregistrer en français en 1956 et connaît ensuite un succès international. Son plus grand succès fut "Downtown" en 1965. Elle passe souvent à la télévision.

Jane Birkin est peu connue en Angleterre mais est une chanteuse et actrice très populaire ici en France. Elle est née en 1946 et est arrivée en France à la fin des années soixante. Petula Clark et Jane Birkin ont le même accent que moi lorsqu'elles parlent français, ce qui explique la comparaison. Des années plus tard, on me présente Jane Birkin et la première chose que je lui dirai, c'est que j'en ai marre d'être comparée à elle, ce qui n'est pas très gentil de ma part ; d'autant plus qu'elle est une personne très gentille, attentionnée et bien plus talentueuse que moi.

On me reproche souvent d'avoir brûlé Jeanne d'Arc en 1431. Je jure que je n'y suis pour rien. Je ne sais même pas grand-chose d'elle, sauf qu'elle semble être une héroïne nationale, alors je vais me renseigner à la bibliothèque de Cannes. Elle est née en 1412 et a eu une vision de Dieu qui lui aurait dit de chasser les Anglais de Normandie pendant la guerre de Cent Ans et d'aider Charles VII à être couronné roi. Elle lève une armée et fait le siège d'Orléans. Charles VII est donc consacré à Reims. Plus tard, Jeanne d'Arc, capturée par des nobles bourguignons français, alliés aux Anglais, sera jugée pour hérésie et condamnée au bûcher par Pierre Cauchon, l'évêque français pro-anglais de Beauvais. Elle n'avait que dix-neuf ans et était toujours vierge. Elle a été canonisée comme sainte dans l'Église catholique romaine le 16 mai 1920. Donc, non seulement je n'ai rien à voir avec son incendie, mais en plus les Anglais de l'époque n'avaient pas grand-chose à y voir non plus. Les vierges sont idolâtrées dans la religion catholique. C'est quelque chose de spécial. Je ne sais pas pourquoi. Je ne me sentais certainement pas différente avant ou après avoir perdu ma virginité. Je pensais que je devrais me sentir différente mais j'ai été très déçue. Mon corps semblait exactement le même. Je suppose que les Britanniques ont ou avaient eux aussi une certaine idée de la virginité, mais aucun des hommes que je connais n'a de respect pour cela. Le seul exemple auquel je puisse penser est que le prince Charles doit épouser une vierge, mais avec le mode de vie actuel en Grande-Bretagne, il n'en reste plus beaucoup. Et la monarchie est bien entendu ancrée dans une tradition ancienne. Pourquoi les hommes ne doivent-ils pas rester vierges de toute façon ? Ils sont censés avoir de nombreuses expériences sexuelles avant le mariage, ce qui n'est qu'un autre traitement injuste.

J'apprends un peu le français et j'aime la famille Garcin, mais cela ne peut pas durer. Je ne peux pas rester. Valérie ne supporte pas que sa mère sorte de son champ de vision, et ils ne pourront pas garder une Fille Au Pair si elle ne travaille pas. Mme Garcin m'annonce la nouvelle et dit qu'elle ira à l'agence et me trouvera une autre famille. Elle me dit aussi que nous resterons en contact. Je pense qu'elle se sent un peu coupable, mais, si elle ne peut pas travailler, je comprends qu'ils ne puissent pas me garder.

CHAPITRE 6

Nous sommes en décembre et M. Brun de l'Agence Au Pair me demande si je souhaite aller vivre avec une dame âgée seule avec un locataire. Je vais voir Mme Galloise qui habite une belle maison ancienne appelée "Villa Paradis" divisée en appartements. Elle est au rez-de-chaussée qui s'ouvre sur un jardin spacieux et bien entretenu. Les portes, fenêtres et plafonds sont très hauts. Une petite femme trapue vêtue de ce qui semble être un costume de Mao Zedong m'accueille. Les pièces sont immenses mais avec peu de meubles. Nous nous asseyons sur deux chaises de salle à manger au milieu d'une pièce. Le parquet est saupoudré de talc pour absorber les taches de gras. Les murs sont recouverts de peintures à l'huile abstraites aux couleurs vives. Il y a aussi des tableaux empilés dans les coins. Elle me raconte qu'elle doit sortir de la maison une fois par semaine et que Monsieur Carnot, un homme âgé qui séjourne en hôte payant, a menacé de mettre sa tête dans la gazinière et de se suicider si elle le laisse encore seul. Il n'y a pas d'enfants ni d'animaux, juste la chambre et la salle de bain de Monsieur Carnot à nettoyer. Elle a également besoin d'aide pour le repas du soir et bien sûr j'ai besoin de faire du « baby-sitting » pour Monsieur Carnot. J'accepte.

J'ai une chambre merveilleusement grande avec de hautes fenêtres donnant sur le jardin. Jean-Marie m'aide à emménager et Mme Galloise profite de la présence d'un homme à la maison pour réparer, bricoler et changer les ampoules. Jean-Marie se révèle être un très bon "homme à tout faire". Il me dit qu'elle vient manifestement d'une famille très aisée et bien née, famille de la classe supérieure. Son français semble parfait. Elle est cependant un peu excentrique. Elle passe son temps à saupoudrer le sol de talc, qui, selon elle, absorbe toute graisse ou autre tache, et à parler avec les peintures à l'huile sur les murs. Elle m'explique que chaque tableau est l'âme ou l'aura d'un personnage célèbre. Par exemple, celui-ci avec des triangles bleus et des tours, c'est De Gaulle. Cette toile a été peinte, comme elles le sont toutes, par son mari qui avait le don de voir l'aura des personnes qu'il touchait ou approchait. Au fil des jours, elle me fait découvrir, petit à petit, tous les tableaux. Certains, je me demande si je devrais faire une révérence ou tendre la main pour serrer l'aura invisible ou simplement sourire et dire "Comment allez-vous ?". Je la trouve très bizarre et je ne comprends rien à ses tableaux, mais elle passe beaucoup de temps à me parler et fait preuve de patience et d'intelligence. Mon français et ma culture générale s'améliorent énormément avec elle. Elle porte toujours les mêmes costumes coupés qui ressemblent plutôt à des pyjamas mais chaque tailleur-pantalon est dans une matière différente. Je pense qu'elle les fabrique elle-même. Les repas sont simples mais bien équilibrés et jamais coûteux. Elle m'apprend à cuisiner. M. Carnot quitte sa chambre vers onze heures, s'assoit dans l'unique fauteuil, lit le journal, vient avec nous à la table de la salle à manger vers midi, se fait servir (bien sûr) et se retire dans sa chambre après le café. Il revient pour un repas léger le soir, généralement de la soupe, et dit rarement grand-chose. Il n'y a pas de télévision et la radio ne diffuse que les informations. J'ai beaucoup de temps pour étudier et écrire des lettres à ma famille et mes amis. J'aime ma vie. Je ne travaille pas beaucoup et je m'instruis. J'ai une jolie, grande chambre avec un bureau et un fauteuil.

Je reçois rarement une réponse de maman mais Grandma m'écrit souvent. Jeff et moi avons officiellement rompu et ma relation avec Jean-Marie est devenue plus intense : c'est-à-dire que nous sommes les meilleurs amis du monde et aussi amants, mais il n'est pas question de part et d'autre d'une relation plus permanente, du sexe sans liens. Il amène lentement et tranquillement sa voiture dans l'allée, la laisse en roues libres au milieu de la nuit et il grimpe à ma fenêtre. Cela semble imprudent et amusant. J'ai presque vingt ans mais je vis enfin la vie d'adolescente que je n'ai jamais eue. J'enfreins les règles tout en vivant en sécurité. Je suis heureuse et insouciante. Est-ce cela la vie d'une étudiante ? Apprendre, améliorer son esprit tout en enfreignant quelques règles et en vivant en sécurité, sachant que vous avez un endroit où dormir, que le loyer est payé et qu'il y a de quoi manger. C'est mon année estudiantine et j'en profite au maximum. Jean-Marie et Philippe viennent me chercher et, pendant que je me prépare et que Jean-Marie fait des petits boulots, Philippe discute avec Mme Galloise. Il me dit plus tard qu'elle est contente de moi mais trouve que je manque de bonnes manières car quand je lui dis "Bonjour" ou "bonne nuit", ce n'est jamais suivi de "Madame" comme il se doit, et j'oublie d'appeler Monsieur Carnot "Monsieur". De plus, je ne mets pas mes mains SUR la table lorsque je mange. N'est-ce pas drôle comme les mœurs diffèrent d'un pays à l'autre ? Une partie de l'apprentissage d'une langue consiste à en apprendre davantage sur la culture, les coutumes et les bonnes ou mauvaises manières.

On me dit qu'une famille vivant non loin de chez Mme Galloise recherche une fille au pair qui puisse parler à sa fille en anglais quelques heures par jour. Je vais voir la famille Grandi, un couple aisé et bourgeois avec une fille de quatorze ans. Leur appartement moderne se trouve à seulement dix minutes à pied. On me confie le poste immédiatement. J'aurai le même montant d'argent de poche qu'une fille au pair mais bien sûr pas de pension ni de logement. Cela double mon argent de poche. Les séances de conversation en anglais ont lieu tous les soirs de cinq heures à six heures et demie. Cela me laisse le temps de rentrer chez moi pour préparer le repas du soir. C'est amusant mais je dois trouver des sujets de conversation autres que « Qu'as-tu fait à l'école aujourd'hui ? » Et ce n'est pas facile. Caroline est une jeune fille polie et adorable, bien loin de ce que j'étais à son âge, et nous nous entendons bien. Elle est bien sûr totalement protégée du monde réel et pense même que tout le monde a un bateau et une femme de ménage. Je lui demande si Jeannette, qui fait le ménage, a aussi un bateau ? C'est encore une fille gâtée qui n'a rien vu du monde. La famille, ayant de l'argent, a le luxe d'avoir un téléphone. Il y en a aussi un au Golf Club où maman et papa travaillent. Ils me disent que je peux utiliser le téléphone si je veux appeler mes parents.

Je passe chez les Grandi un dimanche après-midi, pour téléphoner à mes parents. Vous devez d'abord appeler l'opératrice et lui donner le numéro et elle vous rappellera lorsqu'elle aura une ligne. Caroline me montre quelques dessins qu'elle a fait à l'école et une heure plus tard le téléphone sonne. J'ai tellement hâte de parler à maman et papa. Cela semble étrange : ils sont si loin. « Est-ce que vous allez bien? - Oui, très bien. Et toi ? - Nous allons tous bien aussi ». Nous ne parlons pas longtemps : ils sont occupés et je leur ai déjà écrit et leur ai annoncé mes nouvelles. Mais c'est agréable d'entendre leurs voix. Peut-être qu'ils me manquent un peu finalement après tout.

La famille Grandi m'invite à passer le réveillon de Noël dans un restaurant avec eux. Un ami de la famille, un jeune homme d'environ vingt-six ans, qui passe souvent chez nous, a également été invité. Caroline fait du matchmaking. Pierre est beau, visiblement riche, ne travaille pas (Monsieur Grandi non plus) et passe beaucoup de temps sur son yacht. L'invitation fonctionne bien puisque Mme Galloise sera absente toute la journée du 25 et une grande partie du 26 et bien sûr je dois garder M. Carnot.

Imaginez passer le jour de Noël à servir un vieil homme grincheux qui ne parle presque à personne ! Je demande à Mme Galloise si Jean-Marie peut aussi passer la journée avec nous et elle accepte avec plaisir. Je pense qu'elle a d'autres petits boulots qui lui sont réservés.

La veille de Noël, nous allons dans un restaurant très cher et prenons un repas fabuleux (mais pas digne d'un Noël anglais : pas de dinde, ni de crackers, ni de pudding, ni de chapeaux en papier) et nous buvons beaucoup. Je suis ivre quand Pierre me reconduit à la maison et lui aussi. Il cherche le contact : alcool, baiser puant et on se dit bonne nuit. Le lendemain Mme Galloise met la dinde au four avant de quitter la maison et je me débrouille plus ou moins pour le reste du repas. Cela ne ressemble pas à Noël. L'appartement n'est pas décoré, il n'y a ni sapin, ni cartes, ni crackers sur la table : mais nous avons une bonne bouteille de vin et du cognac. Jean-Marie parvient à convaincre M. Carnot de lui parler et tout se passe bien. Jean-Marie et moi nous demandons où Mme Galloise disparaît une fois par semaine et nous trouvons des idées très amusantes : elle fait clown pour les enfants, elle a un boulot de vendeuse de glaces à temps partiel, c'est une conseillère beauté, une strip-teaseuse dans un club privé ? Plus nous buvons, plus les idées deviennent bizarres ; ceci bien sûr, ce n'est pas devant M. Carnot, de toute façon il dort tout l'après-midi, et pendant ce temps nous nous entraînons aux différentes positions pour faire l'amour.

Je prends la pilule. Je suis allée chez le médecin qui m'a prescrit une nouvelle pilule. La vente de la pilule en pharmacie sur ordonnance a été légalisée en décembre 1967 en France, mais la Sécurité Sociale ne rembourse pas les frais. Et il est difficile de trouver un médecin qui vous délivrera une ordonnance si vous êtes mineure, c'est-à-dire moins de 21 ans. Normalement, on doit être accompagnée des parents et avoir leur accord. En Grande-Bretagne, de 1961 à 1968, la pilule n'était administrée qu'aux femmes mariées. En 1968, le Pape a déclaré que la pilule ou toute forme de contraception était un péché. De nombreux médecins et scientifiques craignent que les femmes ne deviennent des bêtes sexuelles et que des orgies se déroulent tout le temps. C'est drôle : d'un côté, il y a une révolution de la jeunesse qui se déroule avec la musique, la danse, les vêtements et la libération sexuelle, la musique pop retentit partout sur les radios ; tous les jeunes parlent de Woodstock, les mini-jupes et les coiffures sauvages sont à la mode, les garçons se laissent pousser les cheveux et les étudiants français me disent tous que c'est "interdit d'interdire". Mais d'un autre côté : nous devons compter sur les hommes qui utilisent des préservatifs et tomber enceinte est le pire péché. Philippe a donné à Jean-Marie l'adresse du Docteur et il est venu avec moi. J'ai dû dire au Docteur que j'avais déjà eu un enfant mais il n'était pas moralisateur, il était juste probablement très surpris que j'aie été forcée de l'abandonner. Il m'a donné une ordonnance et m'a dit de revenir dans trois mois. Jean-Marie m'a raconté qu'il connaissait plusieurs « mères célibataires » qui avaient élevé ou élevaient leurs enfants avec l'aide de leur famille, généralement leurs parents. Il a dit que les parents n'étaient pas contents mais que tout le monde acceptait la situation. Cela ne semble pas être considéré comme un péché terrible ici, ni en Italie, où il a de la famille et connaît des situations similaires. Il veut savoir si c'est à cause de la situation sociale de mes parents que je n'ai pas eu le droit de garder mon bébé. Suis-je issue d'une famille de la classe supérieure ? Non, pas du tout et les filles du foyer venaient toutes d'horizons différents. Je ne connais personne en Grande-Bretagne, et je ne connais personne non plus qui connaît une mère célibataire élevant son enfant seule aux yeux du monde entier, défiant la société. Je n'avais jamais

pensé qu'il pouvait exister un endroit qui
accepterait cette situation.

CHAPITRE 7

Jean-Marie a un travail dans les Alpes, où il s'occupe d'adolescents en vacances scolaires au ski. Il bénéficie d'une période de formation gratuite au cours de laquelle il apprend à skier, puis il commence à travailler. Il m'écrit deux ou trois fois par semaine et semble s'amuser. Après quelques mois, il rentre à la maison. Son contrat est terminé mais nous pouvons partir ensemble pendant environ une semaine et rester dans l'appartement de la petite amie d'un ami à l'hôpital où elle est infirmière. Oui, mais qu'en est-il de Mme Galloise ? Nous décidons de lui dire que nous allons voir ma famille en Angleterre. J'écris à Marianne et lui demande d'envoyer une carte postale de Lincoln à Mme Galloise en la signant Pamela et Jean-Marie.

La deux-chevaux est toujours une voiture drôle, cahoteuse, froide et inconfortable alors que nous remontons les Alpes, mais le paysage enneigé est à couper le souffle. Nous trouvons l'hôpital qui est en fait un sanatorium. Avec un peu de difficulté, nous trouvons la chambre de Danielle qui dispose de deux lits simples : un pour elle et Jacques et un pour nous. Danielle nous a gardé quelques-uns des sandwichs non consommés des patients. Jean-Marie et Jacques sont un peu dubitatifs : "Est-ce qu'on risque d'attraper la tuberculose ?"

J'ai trop faim pour débattre de ça !

Le lendemain, nous partons sur les pistes et Jean-Marie dépense un peu de l'argent qui lui reste pour louer des skis. J'ai peur de n'avoir fait que peu de progrès. Le soir, j'ai mal partout, j'avale avidement les sandwichs douteux et je m'endors pendant que Jean-Marie, Jacques et Danielle discutent de politique et refont le monde.

Jean-Marie obtient un travail de plongeur dans un restaurant. Il part tôt le matin et revient tard le soir en disant qu'il n'y retournera plus. Il a passé sa journée à gratter le fromage des casseroles. La spécialité du restaurant est la raclette et la fondue savoyarde. Jacques dit qu'il a besoin d'argent et qu'il prendra sa place demain en disant au patron que la petite amie de Jean-Marie est enceinte. Est-ce une prémonition ?

Nous passons les prochains jours à marcher dans la neige et à respirer l'air glacial. Les vues sont spectaculaires ! Je n'aurais jamais pensé que le ciel puisse être aussi bleu quand tout est couvert de neige. Nous achetons le minimum, juste pour manger, mais au bout de quelque temps l'argent est épuisé et nous devons rentrer.

Mme Galloise pose à Jean-Marie toutes sortes de questions sur l'Angleterre et ma famille. Il semble s'en sortir plutôt bien pour quelqu'un qui n'a jamais mis les pieds en Grande-Bretagne ! Elle a reçu la carte postale et nous remercie. Je m'habitue à Mme Galloise. Elle est drôle mais gentille. Elle me raconte toutes sortes de choses sur l'Histoire de France et les célébrités. J'apprends beaucoup sur la Révolution française et sur l'occupation allemande. Je ne lui dis rien de moi. Mon secret est étouffé dans un coin de mon cœur. Je ne veux pas le laisser sortir. Seul mon ami Jean-Marie le sait. Le 6 février, j'ai vingt ans et il m'emmène manger dehors, puis nous rejoignons des amis au bar "Voile au Vent" et jouons au Yam's. Nous passons une belle soirée. Je reçois une carte d'anniversaire de maman et papa et une de Marianne. J'ai vingt ans et tu auras bientôt quatre ans Mark. Tu es encore et toujours dans mes pensées ou pas très loin.

Pâques approche et Mme Galloise explique qu'elle loue ses chambres à des étudiants pendant les vacances. Je vais devoir dormir dans ce qui était autrefois la chambre de bonne, au sous-sol. Six adolescents allemands viennent chez nous pour deux semaines. Bien sûr, je devrai l'aider aux repas et au ménage.

CHAPITRE 8

Vous savez quoi? J'ai peur! Je n'ai jamais rencontré d'Allemand auparavant ! Regardez ce qu'ils ont fait pendant la guerre ! Je sais que ce ne sont pas des nazis qui arrivent, mais ils sont toujours allemands. Je pense à tous les films que j'ai vus en Angleterre. Ils y sont blonds, froids, cruels et disciplinés ; même les enfants. Leurs actes passés ont été si atroces ! À quoi ressembleront ces monstrueux étrangers ? Comment vont-ils me traiter ? Se penseront-ils supérieurs, appartenant à une race aryenne ? Non, ils ont subi une défaite. Ils devraient se sentir coupables et s'excuser. Comment vont-ils se comporter envers moi ? Reconnaissent-ils tous ces pauvres Juifs gazés dans les camps de concentration ? Savent-ils ce que leurs pères ont fait aux hommes, aux femmes, aux enfants et même aux bébés ? Les Anglais ont gagné la guerre. Ils l'ont perdue. Peut-être me diront-ils docilement à quel point ils sont désolés de ce qui s'est passé. Peut-être reconnaîtront-ils que les Anglais sont les meilleurs.

Les voici. Je leur montre leurs chambres. Ils ont l'air normaux. S'ils ne parlaient pas, ils pourraient même être anglais. Ils ne sont pas blonds. L'une des filles l'est, mais les autres ont les cheveux couleur souris. Ils ont tous entre dix-sept et vingt ans. Ils sont polis avec moi. Ils n'agissent ni en supérieurs ni en inférieurs. Ils savent que je suis anglaise et deux d'entre eux parlent très bien anglais. Les autres ont du mal mais essaient. Ils se parlent principalement en allemand et n'ont pas grand-chose à me dire. Je ne peux pas croire que ce soient les gens que nous voyons dans tant de films. Je meurs d'envie de parler de la guerre avec eux mais je n'ose pas. Ce ne sont que des jeunes qui s'amusent. Leurs aînés leur ont-ils dit ce qu'ils ont fait ? Tout s'est passé il y a vingt-cinq ou trente ans. Donc, ils n'étaient pas nés, mais ils ont dû voir des films aussi. Ils ont le même âge que moi. Ils ne semblent pas gênés. Ils font comme si de rien n'était. Je prépare leur petit-déjeuner et j'emballe des sandwichs et des fruits pour le déjeuner qu'ils prendront dehors. Le soir, quand ils rentrent à la maison, ils rient, plaisantent et parlent de ce qu'ils ont fait et vu. Il fait beau et ils passent la plupart de leurs journées à la plage. Je finis par me dire qu'il n'y a rien à craindre. Ils n'ont pas l'air méchants !Je suis cependant surprise. Je ne sais pas quoi en penser. Jean-Marie dit que c'est normal. Ils ne sont pas à blâmer. Ce sont des jeunes comme nous.

Quand je lui rappelle que les Anglais ont gagné la guerre, il répond : « Eh bien, en fait, les vainqueurs des nazis sont certes les Anglais mais aussi et surtout les Américains et les Russes! Et le patriotisme et le nationalisme ne mènent qu'aux guerres. Nous devons vivre ensemble désormais et en paix. » Je comprends qu'il a raison et que ces adolescents ne sont pas des monstres après tout. Il me parle aussi des Italiens qui étaient tous cousins des Français dans cette région et pourtant dans des camps différents au début de la guerre. Les soldats italiens étaient censés garder les Français mais ils riaient, plaisantaient, fumaient et buvaient du vin ensemble. L'un de ses cousins italiens était pilote combattant pour Mussolini et il fut abattu par un pilote anglais en Libye, qui fut à son tour abattu par un pilote allemand. Quel gaspillage d'hommes jeunes, en bonne santé et intelligents. Jean-Marie a visité plusieurs fois la maison de sa tante à Turin. Le pilote était leur fils unique et ils étaient extrêmement fiers de lui. Il est mort à l'âge de vingt-cinq ans. Sa chambre est restée la même depuis son départ de leur maison et ils sont restés en deuil. Il m'explique également qu'ici beaucoup de gens ont des familles françaises et italiennes et qu'en Alsace, ils ont des familles françaises et allemandes. Je commence à réaliser à quel point nous sommes isolés en Angleterre, et déconnectés des autres nations et cultures, sauf bien sûr de nos anciennes colonies. Mais là-bas nous ne nous sommes pas mélangés, nous avons seulement gouverné ! Certains amis de Jean-Marie sont des « pieds noirs », c'est-à-dire qu'ils sont nés et ont grandi en Algérie mais sont revenus en France lorsque l'Algérie est devenue indépendante. On les appelle « pieds noirs » car les Algériens autochtones ne portaient pas de chaussures contrairement aux Algériens français dont les chaussures étaient noires. Ils se mêlaient aux Arabes, travaillaient avec eux, fréquentaient les mêmes écoles où ils s'asseyaient à côté des enfants arabes. Il n'y avait pas la même séparation que dans les colonies britanniques. L'Algérie n'était pas une colonie, c'était un département, une partie de la France.

En découvrant ce passé historique, je me rends compte encore une fois combien mon éducation anglaise m'a limitée, aussi bien dans mes connaissances que dans mes réflexions et opinions sur la vie.

CHAPITRE 9

Jean-Marie m'a parlé d'une cousine qui habite à la campagne à mi-chemin entre Cannes et Grasse. Andréa a une trentaine d'années et vit avec sa mère, sa grand-mère, ses deux frères aînés et sa fille de six ans : Colette. Jean-Marie ne sait pas si Andréa est divorcée, veuve ou célibataire. Le premier mai est un jour férié et nous sommes invités chez eux à quatorze heures pour prendre un café et des gâteaux.

Ils vivent à l'intérieur des terres, à vingt minutes de la route de Cannes, dans une grande ferme au caractère baroque. Une autre cousine éloignée que j'ai déjà rencontrée est là aussi. Je lui demande comment elle va et elle raconte longuement toutes ses douleurs et ses malheurs. Cela s'est déjà produit et une fois de plus, je suis surprise de voir à quel point les Français, en particulier les femmes, semblent parler facilement de tous leurs problèmes. A la question « Comment vas-tu ? » On m'a appris à répondre « Très bien, merci ». Et dans les moments difficiles, on nous disait de sourire et de ne pas montrer nos émotions. Le cousin et la mère d'Andrea entament alors une longue conversation sur les maladies, les opérations et les rendez-vous chez les médecins. Le peu que je comprends ne m'intéresse pas beaucoup, mais je fais semblant d'écouter.

Andrea est une campagnarde costaude et agréable qui nous accueille très chaleureusement. La famille a toujours vécu sur cette terre méditerranéenne en cultivant et en vendant des fruits et légumes. Ils cultivent également du jasmin et des roses qui sont utilisés dans les parfumeries de Grasse. Leur jasmin est une exclusivité Chanel.

Ils sont plutôt curieux de rencontrer quelqu'un d'un autre pays et aussi surpris de découvrir mon âge et le fait que j'ai vécu seule à Londres. Ici, les jeunes filles ne semblent pas pouvoir quitter la maison aussi facilement. La famille est une unité soudée et tous prennent soin les uns des autres. Je vois à quel point ils sont attentionnés envers la grand-mère de quatre-vingts ans. Colette court dans la pièce et pose un chaton sur les genoux de son arrière-grand-mère, puis court dehors rapidement suivie par un petit chien qui aboie. Elle est vive et heureuse. Aussi, bien sûr, je me mets aussitôt à penser à Mark qui a maintenant deux ans de moins qu'elle. L'un des frères, qui travaille la terre, est assis dans un fauteuil et s'endort. L'autre est mécanicien et Jean-Marie sort avec lui pour parler d'un problème sur sa voiture. Je me retrouve avec Andrea et sa mère qui rapporte les cafetières à la cuisine et commence à faire la vaisselle, laissant les bouteilles d'alcool et les verres sur la table. Je demande à Andrea où est le père de Colette et elle rit en disant qu'il n'existe pas. Elle sert à son frère endormi un verre d'une bouteille dans laquelle se trouve une poire entière flottant dans ce qui semble être de l'alcool pur. Je me demande comment la poire est entrée à l'intérieur, elle est bien plus grande que l'ouverture de la bouteille ! Elle m'offre un alcool de menthe vert, poivré, doux mais fort, et se sert. Je suis curieuse d'en savoir plus sur Colette. Elle me dit qu'elle élève seule sa fille parce qu'elle ne veut pas se marier et que la grossesse était un accident. J'ai le courage de lui dire que j'ai un fils qui a été adopté. Elle pense d'abord que j'ai adopté un bébé, puis est plutôt choquée d'apprendre que j'en ai « abandonné » un. Je proteste que je ne l'ai pas « abandonné ». Et explique qu'il m'a été enlevé et donné en adoption. Je vois qu'Andrea ne comprend pas. Elle me raconte comment, lorsqu'elle a découvert qu'elle était enceinte, elle en a parlé à sa mère qui lui a dit qu'elle devrait régler ça avec ses deux frères aînés. Ses frères lui ont conseillé d'épouser le père, mais Andrea a avoué qu'il était fiancé à une autre et que de toutes les façons, elle ne voulait pas de mari. Leur père vivait dans une caravane au fond du jardin et leurs parents ne se parlaient plus depuis vingt ans. Un mari voudrait dire qu'elle n'était pas libre de faire ce qu'elle voulait. Elle a conclu que si sa famille ne voulait pas l'aider elle quitterait la maison et ils ne la reverraient plus jamais, ni elle ni leur petit-enfant. Je lui ai demandé si sa situation lui causait des problèmes dans le village, ce à quoi elle a répondu qu'elle ne supporterait pas qu'on la juge et que de toute façon beaucoup d'autres filles avaient été ou sont encore dans la même situation. Les gens étaient généralement amicaux et gentils avec elle et Colette. Elle m'a demandé pourquoi je n'élevais pas mon bébé seule. J'ai essayé de lui expliquer que j'étais mineure et que je n'avais pas mon mot à dire en la matière. Non seulement mes parents mais l'ensemble de la société britannique n'acceptaient pas ce genre de situation ; et d'ailleurs je n'avais eu nulle part où aller et personne vers qui me tourner. Elle ajouta évidemment que j'aurais pu faire quelque chose et que je n'aurais jamais dû abandonner mon enfant.

Une fois de plus, je me mis aussitôt à culpabiliser, mais cette fois ci parce que j'aurais dû le garder et parce que je l'avais « abandonné ». Finalement je me mis à pleurer et crier : « Vous ne pouvez tout simplement pas comprendre. Je ne suis pas coupable. Ce n'est pas ma faute si je suis tombée enceinte. Ce n'est pas ma faute si j'ai été obligée de le donner. »

J'étais condamnée par la société britannique pour être tombée enceinte à l'age de quinze ans et ici je suis condamnée par la société française parce que je n'ai pas gardé mon enfant. Je réalise que ce que j'ai vécu était vraiment particulier à la morale britannique. N'empêche que la sentiment de culpabilité m'envahit encore une fois. Il commence dans mon ventre comme une bestiole qui veut me manger de l'intérieur. Chaque morsure me fait mal, il grignote petit à petit et me ronge. Mon être se diminue, se replie vers l'intérieur, mes épaules se courbent et je suis aspirée dedans. Je deviens une boule de néant. Une boule de merde. Je ne suis qu'une grosse boule de merde !

Plus tard je finis par raconter cette conversation à Jean-Marie en rentrant chez moi en voiture. Je lui dis aussi combien il me semble étrange de voir toute une famille vivre ensemble. Il me raconte que son arrière-grand-mère a vécu séparément avec son mari jusqu'à sa mort, puis elle a emménagé chez sa fille. Selon la loi française, les parents sont responsables de leurs enfants et, plus tard, les enfants sont financièrement responsables de leurs parents. Ses parents, ainsi que les autres frères et sœurs et même les petits-enfants, financent donc l'Établissement pour Personnes Âgées où se trouve sa grand-mère à Cannes. Et chaque année, sa situation financière est inspectée pour voir s'il est également en mesure de contribuer à cette charge. Ce n'est que si aucun membre de la famille n'est capable d'aider financièrement ses ancêtres qu'ils sont pris en charge par l'État-Providence. Tout l'héritage restant est réparti équitablement entre les enfants. Il est aussi illégal de retirer un enfant de votre testament.

La cellule familiale existe pour s'entraider : physiquement, moralement et juridiquement. En Italie les maisons de retraites n'existent pratiquement pas. Les familles préfèrent accueillir leurs aïeux à la maison. C'est une vraie tradition catholique et aussi un principe. Tu m'as donné la vie, tu m'as élevé et je t'accompagnerai jusqu'à la fin, c'est normal . De ce fait, les auxiliaires de vie sont plébiscitées pour tenir compagnie aux personnes âgées, leur donner leur médicaments et leur faire la lecture ; Inconcevable en maison de retraite, avec plusieurs personnes à charge, ce serait impossible .

Quelle différence avec la vie en Angleterre ! Les enfants sont à l'école de 9h00 à 16h30 ; mangent à la cantine à midi ou bien un pique-nique qu'ils ont apportés de la maison. Ils mangent vers 17h30 et au lit à 18h30/19h00. La vie pour les adultes peut commencer. Souvent les hommes ont leurs soirées entre eux et les femmes aussi. Les personnes âgées sont « parqués » dans les maisons de retraites.

Les générations ne se mélangent pas.

CHAPITRE 10

Le 4 mai marque l'ouverture du Festival de Cannes. Je n'en avais jamais entendu parler mais plusieurs films du monde entier sont en compétition pour « Le Grand Prix du Festival International du Film ». Les films sont projetés au Palais du Festival sur la Croisette en présence de réalisateurs, producteurs, acteurs et actrices et autres acteurs de l'industrie cinématographique. Des concours parallèles comme "Un certain regard", "La Quinzaine des réalisateurs", "La Semaine de la Critique" ont également lieu. Des courts métrages et des longs métrages sont projetés gratuitement dans tous les cinémas de la ville, généralement en présence d'acteurs et parfois suivis d'un débat.

Les rues sont remplies de journalistes, de caméras de télévision, de fans et de cinéphiles. Mme Galloise n'a pas beaucoup de travail à me confier, sauf lorsqu'elle sort pour ses rendez-vous secrets, alors je passe la plupart de mon temps dans des cinémas, à faire la queue pour un film, ou dans la foule à admirer les stars de cinéma qui flânent joyeusement sur "La Croisette" et à m'imprégner de leur popularité. Les voitures les plus fantastiques et les plus chères montent et descendent le boulevard bordé de palmiers. J'arrive à voir environ quatre films par jour. Certains sont géniaux, mais d'autres sont vraiment bizarres. Ils sont tous en version originale, mais sous-titrés en anglais ou en français ou les deux. C'est du brouhaha partout et c'est vraiment très excitant. Jean-Marie et ses amis viennent de temps en temps mais ils sont habitués à cette effervescence qui se produit chaque année et semblent parfois un peu agacés de voir leur ville prise d'assaut. Par contre, moi j'adore chaque moment. Ne serait-ce pas génial si un producteur de cinéma me découvrait et que je devenais une actrice riche et célèbre ? Mais non, je n'ai pas de chance cette fois-ci ! Le festival se termine le 19 et deux films italiens sont ex æquo pour la Palme d'Or. Ils sont projetés gratuitement au public au Palais du Festival en présence des producteurs, réalisateurs et comédiens le lendemain. Les files d'attente sont longues et je ne vois qu'un seul des deux films: « La classe ouvrière va au paradis » qui parle d'un accident dans une usine et de la grève des syndicats. Il s'agit d'opposer les riches aux pauvres exploités, ce qui semble être un débat populaire. Pourtant on m'a toujours appris que l'ordre était nécessaire et que la place qu'on avait dans la société devait être respectée. Comme dirait maman : « Il ne te revient pas de demander pourquoi, tu dois juste obéir ou mourir » !

Je réalise que je ne suis plus sûre d'être d'accord avec cela. Ce n'est pas la différence entre les riches et les pauvres que je voudrais changer mais la place des femmes dans la société. Pourquoi les femmes ne pourraient-elles exister autrement qu'à travers un homme, avoir d'autres ambitions et pas seulement celle de faire un bon mariage, de prendre le nom d'un autre et de promettre de prendre soin de lui en cas de maladie et de lui obéir en tout et à tout moment ? Pourquoi la « faute » ou le « péché » de tomber enceinte hors mariage incombe-t-il uniquement à la fille ? Pourquoi est-elle censée être vierge avant le mariage alors qu'il est encouragé à semer ses graines à tout vent? Pourquoi un homme peut-il avoir un travail et une carrière intéressants alors que la place d'une fille est à la maison, à s'occuper des enfants, à cuisiner et à faire le ménage ? Pourquoi ne suis-je pas née homme ? Il y a une publicité pour une machine à coudre qui revient fréquemment en ce moment à la télé : « Avec cette machine, les filles, vous allez pouvoir confectionner les vêtements les plus jolis, les plus merveilleux pour faire plaisir à votre mari et rendre jalouses vos amies. » Cela me rend malade. On nous inculque ainsi tous les jours que notre but dans la vie est de rendre un homme heureux et que plus votre homme est heureux, plus vos copines sont jalouses. Pourquoi une fille ne peut-elle pas simplement être heureuse pour elle-même et ne pas avoir à penser à exister juste pour un homme ?

Le 20 mai, Cannes range ses paillettes, ses panneaux publicitaires, sa musique, ses lumières, ses étoiles et son agitation et revient à une vie normale. C'est fini et Cannes redevient une ville banale. Cela me rend triste, le monde imaginaire doit laisser la place à la réalité.

CHAPITRE 11

Mme Galloise m'annonce que son mari rentre à la maison. Il a été amputé d'une jambe après avoir séjourné dans une maison de convalescence pour apprendre à marcher avec un membre artificiel. C'est là où elle allait depuis tout ce temps : lui rendre visite. Comme elle ne sait pas conduire, elle a dû prendre chaque fois deux bus. Il y a une vieille voiture de collection dans le garage, que Jean-Marie admire et aimerait acheter mais elle coûte trop cher.

Enfin Monsieur Galloise revient en fauteuil roulant dans une ambulance. On le fête en grande pompe. Nous mangeons des morceaux de viande coûteux et buvons de bonnes bouteilles de vin. Il fait des exercices tous les jours et dort beaucoup. Cependant Mme Galloise me dit qu'elle n'a plus besoin d'une fille au pair et que je vais devoir aller dans une autre famille, mais que je peux utiliser la chambre de bonne à la cave en attendant de trouver autre chose. Encore un déménagement, mais je savais que je ne pouvais pas vivre ici éternellement. Je décide de chercher un vrai travail. Je postule comme serveuse dans un salon de thé. J'obtiens rapidement cet emploi mais je dois acheter une jupe noire, un chemisier blanc et un petit tablier blanc. Cela fait un trou dans mes économies. Je suis debout toute la journée, allant de table en table, et au bar. Le propriétaire me dit de mettre mes pourboires dans une boîte pour "chiens pour aveugles". Jean-Marie et Philippe arrivent en fin de journée et commandent des cafés en attendant que j'aie fini. Le propriétaire dit qu'ils doivent attendre dehors pendant que je balaie et lave le sol. Il me donne mon salaire journalier et je rejoins les garçons. J'ai mal aux pieds et nous allons dans un bar où j'offre une tournée de bières. C'est mon salaire qui a disparu ; huit heures de travail dépensées en bières et pourboires aux chiens ! Je ne reviens pas le lendemain ! Jean-Marie et Philippe me parlent d'exploitation et du système capitaliste. Je commence a comprendre que les idées politiques de gauche peuvent être justifiées.

J'accepte un emploi comme fille au pair dans un appartement d'un immeuble délabré de logements sociaux. Madame est une mère divorcée d'une quarantaine d'années qui travaille toute la journée : elle fait le ménage dans un des grands palaces de la Croisette. Elle a deux fils : un jeune homme, Bertrand de dix-sept ans qui est très paresseux et ne semble rien faire du tout et un enfant de dix ans très potelé et complexé qui s'appelle

Michel. Le Docteur a dit à Madame que son fils mange trop parce qu'il s'ennuie. Il rentre de l'école dans un appartement vide, il n'a pas d'amis et passe son temps à regarder la télévision et à grignoter tout ce qu'il trouve. Mon travail consiste à le divertir de quatre heures et demie, à sa sortie de l'école, jusqu'à huit heures et demie où nous prenons notre repas du soir. Nous passons notre temps à jouer aux cartes et j'apprends les règles de la Belote. Je ne peux pas croire que cette pauvre femme fasse toutes les courses, cuisine, nettoie et s'occupe de ses deux fils, tandis que l'aîné se prélasse et va et vient à sa guise. C'est un garçon égoïste et désagréable, et je n'ai rien à voir avec lui. Michel est un enfant gentil mais avec beaucoup de problèmes et un cerveau un peu lent, probablement bouc émissaire à l'école. Je passe un mois à jouer aux cartes avec lui mais il ne perd pas de poids. Au début du mois de juillet, à la fin de l'année scolaire, il part pendant un mois dans un camp de vacances d'été où sont organisées toutes sortes d'activités toute la journée et tous les jours. L'aîné est parti quelque part avec ses amis et je suis autorisée à rester en pension avec le logement gratuit, mais pas d'argent de poche. Seule dans l'appartement toute la journée, je décide de faire un grand ménage de printemps. Les placards sont vidés, les murs sont récurés, les poignées de portes astiquées, les plinthes nettoyées à la brosse à dents, les cadres de fenêtres et les portes rénovées. L'appartement, hier crasseux et triste, scintille aujourd'hui. Je m'amuse vraiment. Ce n'est pas la même chose que de faire le même ménage quotidiennement, encore et encore. Petit à petit, chaque jour je transforme le lieu. C'est mon cadeau d'adieu avant de déménager dans mon nouveau logement pour les vacances du mois d'août.

CHAPITRE 12

La Californie est un quartier chic et cher de Cannes situé sur les collines avec une vue extraordinaire sur la baie cannoise et les îles de Lérins. Il existe une navette gratuite, qui relie le centre de Cannes à l'immeuble Le St Michel. La famille dispose d'un appartement spacieux et ensoleillé en hauteur avec vue sur la baie, des Îles jusqu'au massif de l'Estérel. Les montagnes rouges contrastent avec la couleur turquoise profonde de la Méditerranée. Comme cela doit être merveilleux de vivre au quotidien avec une vue pareille! Il y a un fils de douze ans qui va à l'école à Paris mais qui est ici en vacances pour le mois. Le personnel dispose de deux chambres d'amis au rez-de-chaussée (sans vue) : une pour la femme de ménage et l'autre pour moi. La femme de ménage refuse le travail supplémentaire de nettoyage de la chambre du garçon, d'où la nécessité d'une Fille Au Pair. Je dois faire son lit, ranger ses vêtements et nettoyer sa chambre tous les matins. Ensuite je mange avec eux sur la grande terrasse avec vue. J'aide à débarrasser la table et je laisse la vaisselle à la femme de ménage. Je suis alors libre jusqu'au lendemain matin. C'est facile et je suis indépendante.

Jean-Marie travaille maintenant dans une station-service, il sert de l'essence et vend des objets du magasin. Il gagne le SMIC qui est doublé avec ses pourboires. Les pourboires reçus par les propriétaires lui sont également remis. Il travaille avec eux jusqu'à 19h00. Puis il est complètement seul dans la station jusqu'à 22 heures. Les patrons partent une fois en vacances pendant une semaine, laissant la station entre les mains de trois employés en qui ils ont toute confiance. Jean-Marie sert quelques personnages célèbres ; certains sont plus généreux que d'autres avec leurs pourboires. Je passe mes soirées à l'aider. Mon travail consiste à alimenter les cyclomoteurs en carburant. A 22 heures il compte l'argent et remet la caisse au serveur de nuit, puis nous allons chez lui où sa mère lui a laissé un repas et où il peut se doucher et se changer. Dieu merci, car il pue vraiment l'essence dans sa combinaison arlequin orange et jaune. Sa pauvre mère devra la laver et la nettoyer. Ses parents dorment quand nous rentrons et nous parlons à voix basse. Je n'ai vu ses parents qu'une seule fois lorsque je leur ai été présentée et ils m'ont froidement serré la main. Je ne suis pas la bienvenue dans cette maison ; ils pensent que je suis une femme facile. Ils sont également très en colère contre Jean-Marie de le voir travailler dans une station-service malgré sa bonne éducation. Il se change et nous partons à Juan-les-Pins qui est une ville sur le front de mer où l'on fait la fête toute la nuit. On y retrouve des amis, on s'assoit aux terrasses des cafés pour écouter de la musique, boire de la bière et manger des crêpes trempées dans du Grand Marnier. Je suis surprise de voir autant de familles avec des enfants. C'est les vacances scolaires, me dit-on, et les enfants s'endorment où qu'ils soient et quand ils sont fatigués. Ensuite, ils sont ramenés chez eux jusqu'au lit. Je ne gagnerais pas beaucoup d'argent en faisant du baby-sitting ici. Je ne sais pas ce que je ressens face aux jeunes enfants qui se couchent et se lèvent si tard. Les Anglais seraient très choqués mais les enfants ont l'air heureux et les familles semblent soudées. Mais peu importe, les soirées sont fraîches et accueillantes après la chaleur du soleil d'août, et je m'amuse. Oh, que je me sens vivante et jeune parmi cette bande de fous ! Je me concentre sur ici et maintenant. Ce n'est que lorsque je suis seule que la tristesse et le désespoir m'étreignent. Je pense à Mark et je pleure... Mais ma vie est facile et tous mes besoins fondamentaux sont satisfaits.

Mon médecin me dit d'arrêter la pilule pendant un mois pour « nettoyer le système ». Il me met également en garde contre le danger de prendre la pilule et de fumer. Je fume, plus d'un paquet par jour. Je vais arrêter. Je promets : ... un jour.

Mon français est plutôt bon maintenant, mais je ne le parle pas encore couramment, et je regarde dans la rubrique « emplois disponibles » dans le journal local. Un kinésithérapeute, qui s'appelle Jean-Pierre Benneteau, recherche quelqu'un pour nettoyer son cabinet. Je postule et il me donne le poste immédiatement. C'est bien sûr bien mieux payé que d'être fille au pair. Il n'a besoin de quelqu'un qu'après les heures de bureau, donc je peux chercher un autre travail quotidien où je serai logée. Une famille cherche quelqu'un pour emmener et récupérer son enfant à l'école, lui donner son goûter et s'occuper de lui jusqu'à ce qu'ils rentrent du travail. En échange je peux dormir sur leur canapé-lit dans le salon. J'ai un petit placard pour mes vêtements et mes affaires vont dans leur cave. Tout semble fonctionner parfaitement. Non, en fait, ce n'est pas le cas. Le couple reçoit des amis trois à quatre fois par semaine. Ils boivent, dansent et s'amusent jusque tard : minuit, voire deux heures du matin. Je n'arrive pas à dormir jusqu'à leur départ et je dois ensuite ranger la vaisselle et les verres, mettre les bouteilles et les canettes dans une poubelle avant de pouvoir ouvrir mon lit et m'endormir. Je comprends maintenant pourquoi ils veulent que quelqu'un emmène l'enfant à l'école. Ils sont encore au lit quand je dois me lever. J'essaie de dormir l'après-midi mais ce n'est pas toujours facile. Jean-Pierre, le kiné, est d'une extrême gentillesse et m'emmène déjeuner. Il flirte avec moi, mais il est marié et je lui dis que je ne suis pas intéressée, ce qu'il accepte respectueusement. Après quelques semaines, il me demande où je vis. Il n'a pas l'air content d'apprendre que je dors sur un canapé rabattable et que je n'ai pas de chambre pour moi seule. Je lui dis aussi à quel point il m'est difficile de passer une bonne nuit de sommeil. Une ou deux semaines plus tard, il m'emmène déjeuner et nous rencontrons son père : un homme âgé, intelligent et cordial, qui vient de prendre sa retraite. Il avait une pharmacie en ville. Quelques jours après, Jean-Pierre me dit que je peux aller vivre chez son père et avoir une chambre pour moi toute seule. Je n'ai qu'à faire son lit, ranger et nettoyer un peu son appartement. Il me donnera un salaire de fille au pair. Jean-Pierre a trouvé une autre femme pour faire son ménage car il dit que je suis beaucoup trop « bien » pour ce genre de travail. Je ne vois pas pourquoi ou comment je serais trop bien mais j'accepte tout cela avec plaisir. Le couple chez qui je loge me rend mes valises qui sont restées dans la cave, mais il manque beaucoup de choses, dont un chien en peluche que Jean-Marie m'avait acheté récemment. Comment ont-ils pu voler une peluche ? Eh bien ils l'ont fait, avec quelques vêtements et une paire de gants ! J'en parle à M. Benneteau qui va les voir. J'attends dans sa voiture. Il est là à discuter avec eux pendant au moins une heure. A son retour il me dit qu'ils prétendent qu'il n'y avait rien d'autre dans la cave ! « Ce n'est pas vrai !, dis-je en colère. - En plus ils disent que tu as bu pas mal de leur alcool ! - Assurément, il fallait bien que je m'occupe pendant les longues soirées où j'attendais d'aller me coucher !... »

CHAPITRE 13

Quoi qu'il en soit, le chapitre est clos et j'emménage chez Monsieur Benneteau. Le matin, il prépare mon petit-déjeuner, que nous prenons ensemble à table dans le salon ensoleillé. Je fais la vaisselle et je range. La femme de ménage vient deux fois par semaine. Il n'y a pas grand-chose à faire et cet homme est vraiment de bonne compagnie. Nous parlons de beaucoup de choses. Il a une petite amie plus jeune qui passe la nuit chez lui une ou deux fois par semaine et qui est très amicale avec moi. Environ une fois par semaine, Monsieur m'emmène déjeuner. Un jour, il m'emmène à St Tropez. En chemin nous nous arrêtons dans sa jaguar à la station-service où travaille Jean-Marie. Je les présente et Jean-Marie reçoit un gros pourboire pour faire le plein de ses deux réservoirs d'essence et nettoyer ses vitres. Nous passons une belle journée à St Tropez et Jean-Marie vient me chercher à onze heures du soir pour sortir boire un verre. M. Benneteau pense que je serais plus à l'aise et indépendante dans son petit appartement de l'immeuble voisin. L'appartement est superbe : deux chambres spacieuses, une cuisine et une salle de bain. Je vais encore chez lui tous les matins pour faire un peu de rangement, mais ici Jean-Marie peut passer quand on veut. La vie est facile, seulement je suis inquiète car je n'ai pas eu mes règles depuis plus de six semaines.

C'est une malédiction d'être née fille ! Non seulement nous sommes considérées comme citoyennes de deuxième classe mais chaque mois nous avons « les règles ». C'est-à-dire : mal au ventre, douleurs que l'on doit cacher, tout un harnachement bizarre avec les serviettes hygiéniques ou les tampons. Cela m'est arrivé d'être obligée d'aller chez le médecin car j'avais oublié un tampon qui commençait à sentir mauvais et que je n'arrivais pas à enlever.

Et ce problème de sexe : je veux être belle, et j'en suis fière, mais cela me cause aussi des ennuis : les garçons me suivent, me harcèlent et c'est fatigant. Certes cela satisfait mon ego, mais ils ne pensent qu'à une chose que je ne veux pas, et, si je cède, c'est acquis pour toujours. Le bon côté, c'est-à-dire les bises et les caresses ne durent pas assez longtemps, ils veulent passer à autre chose. Parfois c'est plaisant, parfois c'est ennuyeux et quelquefois c'est très bon, mais c'est toujours « leur » truc. Nous, les femmes, devenons leur « objet ». Et que de scènes de jalousie si on veut aller voir ailleurs ! J'aime le pouvoir que j'ai sur les hommes mais c'est compliqué et je n'ai jamais appris le code. Y en a-t-il ? En plus c'est nous qui devons faire en sorte d'avoir ou pas des enfants. Combien de femmes également ont été chassées du foyer car elles ne pouvaient pas « donner un garçon » à leur mari, et combien de femmes doivent assumer une grossesse toute seule ?

Je prie que mes règles arrivent. Elles sont un fardeau mais tellement sécurisant car cela veut dire que je ne suis pas enceinte. Ma grand-mère a eu treize enfants, ma mère six, je suis peut-être disposée à faire des enfants. Il faut que mes règles arrivent ! Je commençais à me dire que la vie pouvait être amusante. Si jamais je suis enceinte c'est la fin de tout ! Je refuse d'y penser, ce n'est pas possible ! Comme on dit en français, vivement que « Les Anglais débarquent » !

CHAPITRE 14

Un matin, Monsieur Benneteau dit que j'ai l'air fatiguée et il me demande si je suis enceinte. Je lui dis que je ne sais pas mais que mes règles ont du retard. Il m'envoie immédiatement voir un médecin.

Je suis enceinte. Dieu! Quelle imbécile je suis ! J'ai vingt ans et c'est terminé : ma vie est finie. Il est hors de question que je revive cela. La question est COMMENT m'en débarrasser ? Dans le placard de la salle de bain de M. Benneteau, il y a beaucoup de médicaments. Je pourrais tout avaler et espérer le meilleur. Mais cela pourrait ne pas fonctionner. Je pourrais me couper les veines des poignets. Je pourrais aussi nager aussi loin que possible jusqu'à ce que je sois si fatiguée que je me noie. Quelle est la meilleure solution? Je n'aurai probablement qu'une seule chance donc il faudra que ça marche. Si seulement il y avait une arme cachée quelque part ; ce serait facile. J' inspecte les médicaments, mais la plupart semblent assez inoffensifs. Que puis-je faire? Je suis fébrile ! Calme-toi et réfléchis ! La seule option est la mort et elle doit être exécutée correctement, rapidement, et si possible sans douleur. Je n'aurai le courage de le faire qu'une seule fois, donc il faut que cela soit réussi. Va te coucher, dors dessus et trouve la bonne solution.

Monsieur Benneteau voit que je suis désespérée et me demande si je l'ai dit à Jean-Marie. Je dis : « À quoi ça sert ? Il me laissera tomber. C'est ce que font tous les hommes. » Il dit qu'il ne pense pas que Jean-Marie me laissera toute seule pour trouver une solution et que je devrais lui en parler. Je le fais et il est horrifié. Il ne comprend pas : le timing semblait bien. Ensuite, nous découvrons que lorsque vous arrêtez la pilule, l'horloge biologique se dérègle. Il me dit que peut-être nous pouvons trouver un moyen d'obtenir un avortement. Il sait que cela peut se faire à Nice à un prix mais aussi à un risque. L'avortement est toujours illégal en France. La loi sur l'avortement de 1967 a été adoptée en Grande-Bretagne, mais elle n'a commencé à être appliquée qu'à la fin de 1968. C'est possible mais compliqué. Deux médecins différents doivent convenir que vous avez droit à un avortement si la santé de la mère ou du bébé est en danger. Vous n'avez pas droit à un avortement « à la demande ». Nous décidons d'aller en Angleterre. Jean-Marie travaillera jusqu'à la fin du mois et nous partirons fin septembre. Il a un peu d'argent économisé. Nous restons à l'écart des autoroutes chères et nous allons nous rendre à Paris, où nous pouvons rester chez des amis à lui. Ensuite, nous pouvons nous rendre à Calais et prendre le ferry-boat pour l'Angleterre. Je suis surprise qu'il organise tout cela calmement et efficacement.

CHAPITRE 15

Le mois semble ne jamais se terminer, mais enfin il finit et Jean-Marie reçoit une prime, un bonus de la station-service. Monsieur Benneteau me donne aussi un peu plus d'argent que d'habitude. Jean-Marie n'est pas en bons termes avec ses parents ; alors il leur laisse un mot disant qu'il va en Angleterre avec moi et ne sait pas quand il reviendra, mais qu'il écrira. La "deux chevaux" est remplie de certaines de mes affaires et d'une valise de Jean-Marie. J'ai décidé de laisser une autre valise qui est stockée dans son garage. Ce n'est qu'une petite voiture. Il faut six heures de route pour arriver à Die à travers les Alpes sur des routes venteuses. Je me sens très malade. Jean-Marie connaît la route mais, arrivés à Die, je le guide avec une carte. Je me perds facilement dans les rues ou dans les immeubles mais je peux suivre une carte et donner des instructions sans problème. Nous nous arrêtons pour la nuit dans un hôtel bon marché mais confortable. Nous partons le lendemain matin pour Paris. La route est assez simple et bien balisée donc j'arrive à passer un peu de temps à lire. J'ai lu plusieurs fois tous les livres de ma valise marron : Kingsley, Graham Green, Daphné du Maurier, Orwell, Huxley, Stephen King et plus encore, et j'essaie maintenant de lire Agatha Christie en français. J'ai essayé de lire des classiques français mais ils sont trop difficiles. Agatha Christie traduite en français donne des tournures bizarres, surtout quand les hommes « vouvoient » leur chien ! Il y a plein de mots que je ne connais pas non plus et que Jean-Marie m'explique ; ça aide à passer le temps. Il dit qu'il aimerait avoir une radio pour sa voiture, peut-être un jour. Je commence à avoir très mal au cœur et la voiture n'est vraiment pas confortable ! Plus près de Paris, Jean-Marie a encore besoin que je le guide avec des cartes et nous nous arrêtons à l'hôtel où il a vécu et partagé une chambre avec deux autres garçons pendant six mois durant ses études. Il y a un lavabo dans la chambre mais la salle de bain et les toilettes sont dans le couloir. Le lendemain, nous nous rendons à Calais et prenons le ferry pour Douvres. En Angleterre, la file d'attente est longue et avance lentement pour passer la douane. C'est notre tour. Mon passeport est vérifié et on me dit que je suis libre de partir. Ils vérifient celui de Jean-Marie et lui demandent combien de temps il compte rester, ce à quoi il répond qu'il ne sait pas. Mauvaise réponse! Combien d'argent a-t-il ? Il le leur dit. Où compte-t-il aller en Angleterre ? Chez mes parents. Nous partons en Angleterre pour qu'il puisse rencontrer ma famille. Quel est son métier? Il n'en a pas encore. Est-il encore étudiant ? Non, il a terminé ses études, mais il ne sait pas s'il va les reprendre ou chercher un emploi. Les réponses ne satisfont pas du tout la police! Nous n'avons pas assez d'argent pour vivre en Angleterre, où vivrons-nous ? Nous vous l'avons dit : chez mes parents. On demande à Jean-Marie s'il accepte de rester chez mes parents et d'avoir la pension et le logement gratuits, n'a-t-il aucune fierté ? Comme un imbécile, je réponds qu'il peut toujours aider mon père au Golf Club. Catastrophe! Cela s'appelle du travail au noir ! On me dit de descendre de la voiture car je suis libre de partir et Jean-Marie est emmené par la police pour être interrogé. Il fait froid et je dois attendre dehors. C'est très bien de dire que je suis libre de partir, mais où ? Mes affaires sont enfermées dans la voiture de Jean-Marie et de toute façon, même si je les avais, je ne saurais pas quoi faire. J'espère juste qu'ils ne le garderont pas longtemps. Mais ils le font. Quelques heures plus tard, il arrive et me dit avec colère qu'il a un visa pour trois mois et qu'il doit quitter l'Angleterre avant le 31 décembre. Je sais par expérience que lorsque vous avez un homme en colère près de vous, la meilleure façon de se comporter est de vous faire aussi discrète et silencieuse que possible, et il est en colère !

Il m'explique la situation qu'il vient de vivre et finit par se calmer. Ils avaient téléphoné à la police en France pour savoir s'il avait un casier judiciaire, vérifié ses références bancaires, l'avaient interrogé dans un anglais qu'il avait du mal à comprendre, avaient passé quelques autres appels. Et lorsqu'il avait demandé quelle était la durée minimale pendant laquelle il pouvait rester en Angleterre, on lui a dit qu'il pourrait facilement être renvoyé en France sur le prochain bateau. Finalement, ils lui ont annoncé dans un français parfait qu'il pouvait rester trois mois maximum. Ouf ! Nous nous dirigeons vers Londres et Sunbury-on-Thames où j'avais vécu pour la dernière fois avec Bridget qui nous attendait.

CHAPITRE 16

Il est tard dans la nuit et nous n'avons pas de carte détaillée, je ne trouve pas Sunbury-on-Thames. Jean-Marie est fâché que je ne connaisse pas le chemin, mais Londres est immense. Je suggère de demander à un chauffeur de taxi. Il est deux heures du matin et le chauffeur nous dit qu'il a fini sa journée et qu'il rentre chez lui par là, donc si nous le suivons, il nous mettra sur la bonne route. Il nous conduit tout près de la maison de mon amie et nous dit au revoir. Jean-Marie s'étonne de sa gentillesse et du fait qu'il n'ait pas demandé d'argent.

Nous réveillons Bridget à trois heures du matin. Elle n'est pas contente mais nous donne à boire et nous montre un lit. Le lendemain matin, je constate que ma chaîne hi-fi Sony a disparu. Elle dit qu' Henry, mon ancien patron de Sony qui m'avait donné la chaîne, devait avoir la clé de la maison et qu'il était venu la récupérer. Ce n'est pas vrai, bien sûr, et j'espérais pouvoir la vendre pour récupérer un peu d'argent. Le plus urgent est de prendre rendez-vous avec un médecin. Nous allons à l'hôpital et la secrétaire m'en donne un dans cinq jours. On achète un journal pour lire les annonces de locations mais, vraiment, tout est bien trop cher. Puis, armés de pièces de monnaie, nous trouvons une cabine téléphonique. Jean-Marie appelle l'opératrice pour demander le numéro de ses parents. On attend une demi-heure dans la cabine gelée, bien contents que personne d'autre ne veuille téléphoner ou frapper à la porte. L'opérateur rappelle et nous dit de mettre de l'argent dans la boîte et si le numéro répond, d'appuyer sur le bouton A. Si personne ne répond, nous appuyons sur le bouton B pour récupérer notre argent. Jean-Marie parle à ses parents pour leur dire qu'il est en sécurité mais ne peut pas parler longtemps car la boîte engloutit les pièces. Ensuite, j'appelle ma sœur qui habite près de Portsmouth. Elle nous dit de venir demain et que nous pourrons rester quelques jours. Une autre nuit se passe chez Bridget ; et c'est parti ! Je panique car le temps passe et nous n'avons même pas un rdv pour voir un docteur !

CHAPITRE 17

Christine est heureuse de me voir et de rencontrer Jean-Marie et elle nous accueille. Elle nous cède sa chambre et dort dans la chambre des enfants. Nous allons au parc avec eux : Alexia a quatre ans (comme Mark, mais est née en août, cinq mois après Mark). Simon a deux ans... Et si j'avais pu garder Mark ?...Et si ma sœur m'avait aidée ?.. Pourquoi elle ne me l'a pas proposé ? Et si les trois cousins étaient en train maintenant de jouer ensemble ? Mais avec les si... Ce n'est pas juste... Christine n'était pas obligée d'abandonner ses enfants. Alexia et Simon sont des enfants adorables et polis et Chris est une bonne mère. Elle me surprend en disant à Alexia qu'elle est une « bonne » fille. Je lui demande si elle n'a pas peur que ça lui monte à la tête. Maman disait toujours : « Ne fais pas de compliments, ça leur donne la grosse tête, ce n'est pas bon pour les enfants ». Mais Chris dit que sa fille a aussi besoin de savoir quand elle est sage, et que maman avait tort de ne pas nous le dire. Charles est parti quelque part en Europe pour le travail et nous passons deux journées parfaites avec Chris et les enfants. Je ne lui dis pas pourquoi nous sommes en Angleterre. Elle suppose que Jean-Marie veut juste nous rendre visite. J'ai tellement honte d'être de nouveau enceinte et j'ai un peu honte de lui présenter un copain qui ne travaille pas, ni fait des études, et en plus s'habille comme un hippie et porte les cheveux longs. Charles, son mari, vient d'une si bonne famille, a été éduqué dans les écoles privées, et a un très bon travail. Le seul incident est que Jean-Marie, comme tous les Français, mange du pain avec tout. Il utilise sa fourchette comme pelle et pousse la nourriture dessus avec un morceau de son pain, remettant le morceau restant sur la table, ignorant les assiettes latérales que Chris a disposées. Elle le lui fait remarquer. Il demande si c'est vraiment important et elle répond que c'est important pour elle, car c'est elle qui doit aspirer les miettes qui tombent sous la table. Agacé, il remarque que les Anglais font plus attention à la façon dont ils mangent qu'à ce qu'ils mangent. Je grince des dents et j'aimerais disparaître sous la table. Quoi qu'il en soit, l'incident est vite oublié. Le lendemain, Chris dit qu'elle a reçu un appel téléphonique de Charles qui rentre à la maison plus tôt que prévu. Elle nous propose, si cela nous ne dérange pas, de passer la soirée au pub tous les deux pour qu'elle puisse l'informer que nous sommes chez eux. Il est onze heures et « les derniers ordres » sonnent ; nous rentrons à la maison et trouvons Chris assise par terre, devant le feu de bois, en train de pleurer. Charles est assis dans un fauteuil. Des présentations sont faites. Charles entame une conversation sur l'Europe. Il s'oppose à l'entrée de la Grande-Bretagne dans le Marché commun. Il pose des questions sur la France et parle de politique. Jean-Marie a du mal avec son anglais. Charles critique alors la France et le peuple français. Jean-Marie est mal à l'aise et ne sait pas vraiment s'il a bien compris ou non. Puis Charles dit qu'il est fatigué après une longue journée de voyage ; et avoue qu'il n'est pas très heureux de rentrer à la maison et de trouver des "étrangers" dormant dans son lit. Jean-Marie comprend maintenant et se lève avec colère en disant que nous allons partir. Charles lui dit que, vu l'heure tardive, il peut s'en aller demain matin ; mais Jean-Marie annonce qu'il veut partir dès maintenant pour aller dormir à l'hôtel. Ce à quoi Charles répond : « Ils sont tous complets, j'ai déjà téléphoné pour réserver une chambre ». « Dans ce cas, rétorque mon ami, je préfère dormir dans ma voiture plutôt que de rester ici une nuit de plus ». Chris reste assise là à pleurer. Je lui fais un câlin et nous partons. Il est environ une heure du matin. Heureusement, nous trouvons un hôtel car il fait un froid glacial et la Deux Chevaux est pleine de courants d'air. Le lendemain, je téléphone à Chris qui est vraiment désolée pour nous et je lui promets que nous la reverrons quand Charles sera au travail. Mon copain est peut-être un hippie, gauchiste sans travail mais il vaut dix fois cet horrible, arrogant, prétentieux Charles. Nous décidons de chercher un logement à Portsmouth ; car c'est moins cher que Londres et près de chez Chris! Nous allons chez un marchand de journaux et demandons à la dame le meilleur journal pour trouver des annonces de locations. Sa réponse est : « Je ne suis pas sûre de moi, jetons un coup d'œil ». Et elle parcourt rapidement tous les journaux en notant les numéros de téléphone des endroits qui nous semblent intéressants. Nous voulons acheter un journal ou deux mais elle les a tous pliés et les a remis sur les étagères. Quelle personne serviable! On repart avec notre liste de numéros de téléphone et un « Bonne chance, mes chéris ! ». Jean-Marie s'étonne de sa gentillesse et de son manque de sens des affaires. C'est la deuxième fois qu'il est heureusement confronté à la serviabilité des Anglais envers les étrangers ; et surtout cela contraste avec l'inhospitalité de mon beau-frère !

Nous trouvons un studio à Southsea, un quartier de Portsmouth. C'est une maison de ville mitoyenne divisée en studios. Nous sommes au deuxième étage. Nous avons une chambre avec un lit double, une table, deux chaises, un évier, une bouilloire, une plaque chauffante, une armoire et un compteur électrique, qu'il faut alimenter en shillings si l'on veut rester au chaud et avoir l'électricité. Le compteur est une source d'étonnement pour Jean-Marie, car l'électricité s'arrête brusquement quand il n'y a plus de pièces dans la boîte. Alors il faut vite insérer les pièces d'un shilling, et cela parfois dans la nuit noire. Il y a une salle de bain et des toilettes sur le palier. Nous achetons une paire de draps, deux assiettes, deux tasses, deux couteaux, fourchettes et cuillères et la nourriture de base ; juste le strict nécessaire. On s'offre un poulet frit Kentucky, des chips et quelques bières. Puis on se blottit dans le lit et on joue à un jeu de course automobile inventé par Jean-Marie et ses amis, à l'aide d'une feuille de papier quadrillée et d'un stylo. C'est mathématique : on peut doubler le carré à chaque tour mais si on va trop vite on sort de la piste. Il y a aussi le jeu du Mastermind avec quatre numéros différents chacun et le premier à deviner le numéro de l'autre a gagné. Un tiret est un nombre correct au bon endroit et un point un nombre correct mais pas au bon endroit. Il suffit alors d'avoir du papier et un stylo, mais une version en plastique sera inventée bien plus tard. Nous jouons aussi à deviner un animal, ou un métier en posant des questions et en ne répondant que par oui ou par non. Ou alors il y a le jeu : il ne faut pas dire « oui » et il ne faut pas dire « non ». C'est parfait pour apprendre une langue. Nous nous amusons comme deux adolescents ! J'aime jouer avec Jean-Marie ; c'est vraiment un bon ami. Nous nous entendons très bien. Et ces activités ludiques nous permettent d'oublier quelques instants les raisons plus sérieuses de notre venue à Londres.

CHAPITRE 18

Mon rendez-vous arrive et Jean-Marie me conduit à l'hôpital de Londres. Le Docteur me voit seule. « L'entretien» dure vingt minutes. Il (tous les médecins sont des hommes !) me demande comment j'ai pu tomber enceinte une seconde fois. N'ai-je pas retenu la leçon ? Il me dit que je suis vraiment très négligente et stupide. Il ne sait pas si je « mérite » un avortement. Avoir un bébé ne nuirait pas à ma santé. Je lui dis que si je n'avorte pas, je me suiciderai. Je ne veux certainement PAS revivre une grossesse dans l'illégalité. Je pleure et il comprend que je suis vraiment déterminée à me tuer. Il dit qu'il fera un rapport mais que je dois voir un deuxième médecin. C'est la loi.

Il nous faut plus d'une heure pour rentrer à l'appartement et je passe mon temps à pleurer. Je parle à Jean-Marie de cet homme horrible et de ses leçons de morale déplacées.

Mon deuxième rendez-vous arrive une semaine plus tard. Un autre médecin (encore un homme, bien sûr) m'accuse également d'irresponsabilité et me demande pourquoi je ne me marie pas. Je lui dis que je ne veux pas, nous sommes tous les deux jeunes, sans travail ni argent, et notre relation n'est pas sûre d'être durable. Le mariage n'était venu à l'esprit d'aucun de nous deux. Non, si je n'arrive pas à avorter, c'est un suicide. Il dit que je suis enceinte de plus de trois mois et que c'est vraiment la limite. Pourquoi n'ai-je rien fait avant ? Je réponds qu'il a fallu trouver l'argent, faire tout le trajet et prendre rendez-vous. Tout cela prend du temps. Il soupire et donne son accord : je peux aller à l'hôpital dans trois jours. Je me sens coupable, stupide et irresponsable. C'est pourtant le docteur qui m'a dit d'arrêter la pilule pour quelques mois sans me dire que cela allait dérégler mon horloge biologique. J'ai l'impression que je tombe plus facilement enceinte que d'autres femmes. La vie est injuste ! Et pourquoi est-ce toujours la faute des femmes ? En tout cas maintenant j'ai un rendez-vous et je me sens soulagée.

J'arrive à l'hôpital le matin de l'opération qui doit avoir lieu l'après-midi. J'en suis à quatorze semaines et la méthode utilisée est l'aspiration, qui n'est normalement utilisée qu'avant douze semaines. En conséquence, j'ai une perte de sang excessive et je suis hospitalisée pendant cinq jours. J'ai des crampes au ventre mais elles diminuent au bout de quelques jours.

Quand je me réveille après l'opération, c'est l'heure des visites et Jean-Marie est là. Je suis groggy mais heureuse que ce soit fini. Quel soulagement de savoir que je ne suis plus enceinte. Il me tient la main et on discute de tout et de rien. Il me dit que le brouillard est si épais qu'il ne peut pas voir à plus de dix mètres. L'heure de visite est de 16h30 à 17h00. Il fait très noir quand il part et il me dit qu'il reviendra demain à la même heure. Le lendemain, il me raconte qu'il lui a fallu plus de deux heures pour réussir à rentrer à l'appartement. A cause du brouillard épais, il a suivi un camion qui avait quitté la route et il lui a fallu un certain temps avant de se rendre compte qu'il allait dans la mauvaise direction. Je suis étonnée qu'il passe près de quatre heures en voiture chaque jour juste pour me voir pendant une demi-heure. Ce à quoi il répond qu'il n'a rien d'autre à faire et qu'il aime conduire. Une autre fois il me raconte qu'il a été arrêté par la police qui lui a demandé à quelle vitesse il roulait. Il a répondu 45 kilomètres. Ils ont passé dix minutes à essayer de calculer ce que cela représentait en miles, puis ont abandonné et lui ont dit de conduire un peu plus lentement. Il est là tous les jours à l'heure et me reconduit à la fin de mon séjour. On me dit de rester au lit et de me reposer encore une semaine. J'ai des pertes de sang excessives,et encore des douleurs probablement dues à des lésions d'autres vaisseaux sanguins de l'intestin. Finalement mes crampes se calment et, à la maison, Jean-Marie s'occupe de tous mes besoins. C'est peut-être un anarchiste, sans emploi, qui ressemble à un hippie et qui utilise son pain pour pousser sa nourriture sur sa fourchette, mais je commence à le trouver merveilleux. Il fait les courses tous les jours, révise son anglais avant de sortir, puis prépare un repas pour nous deux. Combien d'hommes auraient fait tout ce qu'il a fait pour moi. Je lui dis combien il est formidable et lui demande s'il veut m'épouser. « Oui ! » répond-il immédiatement.

CHAPITRE 19

Jean-Marie a rencontré plusieurs fois la voisine du dessus et lui demande où il peut laver nos draps. Elle lui dit où il peut trouver une laverie et lui demande s'il a une paire de rechange. Non, nous n'en avons qu'une seule paire, mais peut-être pourra-t-elle être lavée et séchée en machine en une journée. Elle dit gentiment : « Ne t'inquiète pas, je t'en prête une paire ! ». Ce soir-là, elle est là avec une paire de draps et quelques torchons. C'est une personne adorable et d'une grande aide. Je suis debout maintenant et nous sortons boire un verre au pub avec son petit ami, Richard, que nous appelons Dick. Ils sont tous deux curieux de connaître la France et les Français et sont très patients avec l'anglais laborieux de Jean-Marie. Dick est intrigué par la « Deux CV » de Jean-Marie qu'il appelle « la voiture « sit-up and beg », (l'ordre que l'on donne a un chien pour « faire le beau ».Il demande à Jean-Marie combien de kilomètres il consomme au gallon. Au Secours ! En France, il s'agit du nombre de litres d'essence qu'on utilise pour parcourir cent kilomètres. Essayez de faire ce calcul : le gallon américain est approximativement égal à 3,7854118 litres ; le gallon britannique est de 4,54609 litres. Un Kilomètre équivaut à 0,621371 mile. Il a d'abord fallu trouver cette information en allant à la bibliothèque et en la recherchant, et même en arrondissant les chiffres, le calcul est extrêmement compliqué. La réponse la plus simple est donc qu'il ne consomme pas beaucoup d'essence ! D'autres questions compliquées sont « quelles sont les limites de vitesse en France ? », ou « Un garçon de quatorze ans est en quelle classe à l'école ? », ou « Combien pèses-tu ? »

Un stone équivaut à 6,35029 kilos, une once à 0,0283495 kilo. Si l'on veut donner une recette, les mesures sont toutes différentes. Et de même, parler du système juridique, des droits du divorce et des pensions, du système de santé et des médecins ou du système politique, de la religion et de la laïcité est très compliqué car rien n'est pareil ! Eh bien, c'est normal, bien sûr, c'est un autre pays et c'est ce qui rend les voyages si excitants. Cependant, certaines personnes voyagent hors de Grande-Bretagne juste pour profiter du soleil et d'autres viennent en Grande-Bretagne juste pour la langue. Pourquoi pas ? Mais quel dommage de rater autant de choses ! Nous pouvons tous apprendre de nos différences. Et Jean-Marie, ouvert à tout, fait de grands progrès dans sa connaissance des mœurs anglaises. Il fait les courses tous les jours, révise son anglais avant de sortir, puis prépare un repas pour nous deux. Combien d'hommes auraient fait tout ce qu'il a fait pour moi ?

Nous passons encore un mois à jouer à la maison dans notre petit appartement. Le compteur avale nos shillings à toute vitesse et, sans prévenir, l'électricité est coupée. Nous fouillons dans le noir à la recherche de pièces et finissons par frapper à la porte de Wilma pour obtenir un prêt de quelques menues monnaies. Après cela, nous économisons tous nos shillings et mettons la réserve au même endroit. Quand le chauffage s'éteint, il gèle. Mais le loyer est payé jusqu'à la fin du mois. Je me sens bien dans ce petit studio maintenant que mes problèmes ont été résolus. Dieu merci...Il n'y a plus de bébé en vue et Jean-Marie s'occupe tellement bien de tout. Il n'y a plus de soucis pour le moment et je profite au maximum du présent. J'ai un nouveau et rare sentiment de sécurité, d'absence d'inquiétude pour le présent comme pour l'avenir. Nous allons retourner en France chercher un logement et du travail dès que je me sentirai mieux. Je suis soulagée qu'il n'y ait plus de bébé mais consciente que j'ai quand même, d'un certaine manière, « tué » une personne !

Nous visitons des pubs avec Wilma et Dick deux fois par semaine. Une fois, ils nous emmènent dans un château médiéval et nous buvons de la bière dans des fauteuils rouges et luxueux, près d'un feu crépitant dans une immense cheminée à foyer ouvert. Jean-Marie s'inquiète que la soirée nous coûte toutes nos économies mais s'étonne que la bière soit au même prix qu'ailleurs. Nous passons une autre soirée à jouer aux cartes avec eux et Wilma nous invite à manger dans son appartement bien mieux équipé que le nôtre. Nos journées très courtes (il fait nuit à 15h30) sont consacrées à faire des courses et à marcher le long du front de mer. Jean-Marie demande des pieds de porc au boucher, qui, surpris, dit : « Tu peux les avoir pour rien ; personne ne les achète jamais et je suis le seul à les manger. » Il ne sait pas les cuisiner alors on les fait bouillir ; et honnêtement je ne pense pas beaucoup de bien du résultat. Jean-Marie découvre la cuisine anglaise : pork pies, fish and chips (servis dans du papier journal), pâtés au poulet et aux champignons, œufs écossais, purées de pois, moules vinaigrées, cheddar et fromage Cheshire, Ploughman's lunch, pain anglais (délicieux), gâteaux aux fruits secs, fudge, réglisse All Sorts, sodas au gingembre, bières multiples, plats à emporter indiens, chinois ; tout est bon marché mais savoureux. Il apprécie particulièrement les petits-déjeuners anglais : œufs, bacon, saucisses, tomates, champignons et parfois du boudin noir ou des œufs brouillés sur du pain grillé, suivis de toasts à la confiture. Il adore le salon de thé d'antan, comme sorti du siècle dernier, où nous buvons le thé dans des tasses en porcelaine fine et mangeons des scones chauds et frais avec de la crème double et de la confiture, ou des muffins à quatre heures de l'après-midi. Notre nourriture est certes différente mais pas aussi horrible que le prétendent les Français. Quoi qu'il en soit, les Anglais ont d'autres priorités. Nos soirées nous permettent de nous retrouver entre amis dans un pub autour d'un verre, d'une partie de fléchettes et d'une bonne « causette ». La vie en Angleterre n'évolue pas uniquement autour des repas et de la nourriture. Mais Jean-Marie découvre cependant que les Anglais mangent à tous les moments de la journée et toutes sortes de repas. Nous pouvons prendre le petit déjeuner à onze heures, le thé à cinq heures, le déjeuner ou le dîner à midi, à treize ou quatorze heures, un barbecue à quinze heures, le dîner à dix-sept, dix-huit, dix-neuf, vingt ou vingt et une heures, le souper à vingt-deux ou vingt-trois heures. Contrairement à la France où tout le monde mange entre midi et deux puis entre dix-neuf et vingt heures.

Il est enchanté par la variété et le confort des pubs. Ils sont tellement plus accueillants qu'un café français surtout en hiver. Il s'étonne des façons différentes et précises de demander une bière. Il découvre que lorsqu'il demande une bière au barman, la réponse est : « Une pinte ou un demi, pression ou en bouteille, stout, brune, blonde, rousse, noire, forte, ou amère ? Il essaie plusieurs fois de commander mais le barman s'impatiente, et très occupé, s'adresse à quelqu'un d'autre ; et Jean-Marie se retrouve les mains vides. Une pinte, c'est trop pour lui et même avec seulement la moitié, il ne peut pas suivre les Britanniques. La première fois qu'il parvient à dire "une demi-pinte de bitter, s'il vous plaît" et à être servi, il est heureux comme un roi. Il adore la tradition populaire de la clochette et des "dernières commandes, messieurs" lorsque tout le monde se précipite au bar pour remplir ses verres, puis dix minutes plus tard "Time's up" retentit. Il remarque que nous gardons le même verre toute la soirée et que nous le faisons simplement remplir, puis qu'ils sont récupérés sur les tables à l'heure de fermeture. Il souligne que même à l'heure du déjeuner, les enfants de moins de seize ans ne sont pas admis mais les chiens sont les bienvenus. Des années plus tard, cela nous posera en fait un problème. Nous roulons du sud de la France jusqu'au nord de l'Angleterre avec un, deux et plus tard trois enfants dans la voiture. Bien sûr, nous avons dû nous arrêter pour manger. Les pubs anglais commençaient à proposer un peu de nourriture, mais les enfants n'étaient pas autorisés à entrer, donc nous restions assis dans le froid, même sous la pluie, dans les jardins, pendant que les chiens remuaient joyeusement la queue et entraient au chaud. L'autre alternative était de s'arrêter dans un endroit misérable, bon marché, avec une nourriture vraiment affreuse. Ces cafés d'étape ne vendaient pas d'alcool, pas même de bière. En fait ce n'est pas dans la tradition anglaise de voyager avec les enfants. Les enfants doivent rester à la maison. Plus tard avec les voyages bon marché les Britanniques iront dans d'autres pays en Europe et découvriront d'autres manières de vivre. A ce moment-là les pubs feront davantage de restauration et accepteront les enfants. Mais ceci n'arrivera que bien plus tard.

Une autre différence que remarque Jean-Marie, c'est que même pendant les week-ends ou les jours fériés quand il n'y a pas d'école, on ne voit pas les enfants sortir tard. « Non, lui dis-je, ils sont tous couchés à sept heures. Après ça, c'est l'heure des adultes. Les enfants sont bruyants et exigeants et nous ne voulons pas qu'ils soient présents tout le temps. » Jean-Marie souligne également la courtoisie des Anglais : lorsqu'ils conduisent, ils s'arrêtent immédiatement aux passages piétons, ils sont polis les uns envers les autres pour céder le passage ou lors des dépassements. On entend rarement un klaxon ou un conducteur en colère agitant le poing ou faisant un signe grossier, contrairement aux conducteurs du sud de la France. Je suis surprise de la rapidité avec laquelle il s'adapte à la conduite à gauche. En tant que passager, je pense toujours que tout est à l'envers et que nous sommes sur le point d'avoir un accident. C'est ce que j'ai ressenti au début en France aussi. Les piétons sont également polis les uns envers les autres ; s'ils vous heurtent, cela est immédiatement suivi d'excuses. Des policiers non armés vous donnent gentiment des directions ou vous aident de quelque manière que ce soit, contrairement à la fréquente agressivité de la police armée française. Les commerçants se font un plaisir de vous laisser flâner, vous promener, bien regarder et même essayer des vêtements sans rien acheter. Vous n'êtes pas harcelé, il n'y a pas de vente forcée et si la réponse à « Puis-je vous aider ? c'est "Je regarde juste", on vous laisse tranquille. Faire du shopping peut être amusant et vous ne rentrez pas chez vous avec des articles indésirables. Tout le monde est prêt à aider Jean-Marie, considéré comme « l'étranger qui a des difficultés avec son anglais ». Peut-être que tout cela changera dans le futur mais pour l'instant les petites situations du quotidien sont douces et agréables. Jean-Marie a beaucoup de succès auprès des femmes. Son accent français est jugé sexy et je le regarde sous un nouveau jour.

CHAPITRE 20

Nous sommes début décembre. Je suis en bonne forme mais il nous reste peu d'argent. Nous passons une journée avec Chris et les enfants, payons le solde de notre loyer et disons au revoir à Wilma et Dick. J'aimerais voir ma famille, mes parents et mes frères. Jean-Marie voudrait aussi les connaître avant de retourner en France où nous allons chercher un appartement à louer et du travail.

J'appelle papa et maman au club de golf et je leur dis que nous venons passer un moment. Le trajet entre Portsmouth et Scunthorpe est long et les travaux routiers sont nombreux mais les autoroutes sont gratuites même si leur état laisse souvent à désirer. Je donne des indications à Jean-Marie en m'aidant de cartes et nous arrivons enfin à Scunthorpe. Il me demande : « Où va-t-on maintenant ? » Mais à sa grande surprise, je ne sais pas : le lieu de la destination finale n'est pas sur la carte et je n'ai jamais vécu ici. Nous faisons un petit tour en voiture, nous demandons la route aux gens et finissons par trouver le Golf Club. Je n'ai pas vu papa et maman depuis plus d'un an. Maman est dans la cuisine et s'active avec l'aide d'une fille appelée Janet. Elle m'embrasse et dit : « J'ai beaucoup de travail à faire maintenant, alors laisse-moi continuer ». Papa est derrière le bar et sert des boissons. Il me fait un câlin, serre la main de Jean-Marie et nous propose à boire. Puis il revient vers les clients.

Nous repassons par la cuisine puis dans le salon. Steve, Martin et la chienne Vicky regardent la télévision. Ils lèvent les yeux, disent bonjour et reviennent à leur programme. Des années plus tard, en achetant moi-même un chien, je découvrirai le plaisir d'être accueillie et aimée, comme chacun devrait y avoir droit. Chaque matin aujourd'hui, quand je salue mon chien, il me montre à quel point il est heureux de me voir et quand je le quitte, il est triste, donc mon existence en vaut la peine. Quel contraste avec l'accueil que ma famille m'a toujours réservé ! Pourquoi ai-je eu envie de les voir ? En fait je n'arrive jamais à me dire que « je m'en fous ». Je cherche et je chercherai toujours l'amour de mes parents. J'attendrai jusqu'à la fin de leur vie qu'ils disent qu'ils m'aiment, qu'ils montrent qu'ils s'intéressent à moi. J'attendrai jusqu'à ce que je réalise que vivre dans l'attente n'apporte que des douleurs.

A ce moment-là, avec « les miens », on ne penserait pas que nous ne nous sommes pas vus depuis plus d'un an. Rien dans leur vie n'avait changé, alors que moi j'avais vécu bien des bouleversements pendant cette période. Mon année était égale à dix comparée à la leur. Le temps n'est pas le même pour tout le monde ; cela change selon la façon dont vous le passez. Voyagez, vivez des aventures et des expériences, même douloureuses, et votre vie sera plus riche, plus complète et plus longue, telle est ma conclusion.

Finalement nous passons malgré tout quelques jours chez mes parents. Jean-Marie et moi dormons sur le canapé rabattable du salon. Steve et Martin partagent la deuxième chambre. Steve travaille dans un cabinet d'avocats en tant que garçon de courses, ou apprenti. Le salaire n'est pas génial, c'est plutôt un peu d'argent de poche, mais il espère progresser dans l'entreprise. Il étudie le droit en cours du soir. Sa petite amie vient d'obtenir son diplôme d'institutrice et ses parents lui ont fait remarquer qu'elle pouvait trouver mieux qu'un garçon de courses, seulement responsable de « faire le thé ». Ceci a tellement fait enrager Steve qu'il est déterminé à réussir. Il y parviendra : il étudiera le droit, puis suivra un cours en alternance à l'université et deviendra enfin avocat qualifié bien des années plus tard ; puis il créera son propre cabinet d'avocats. Je pense qu'une grande partie de son succès est due au mépris qu'il a reçu de ses futurs beaux-parents, ce qui a forgé sa détermination.

Le benjamin Martin a douze ans et passe la plupart de son temps seul avec le chien. Il est timide et ne semble pas avoir d'amis. Jean-Marie est heureux de l'emmener et de le récupérer à l'école dans son étrange voiture qui reçoit beaucoup d'attention de la part des garçons.

Scunthorpe pue. Les aciéries fonctionnent toutes et une odeur insupportable flotte dans une brume grise au-dessus de la ville. Après quelques jours, vous vous habituez à l'odeur, mais si vous quittez la ville pour y revenir, la puanteur vous frappe. La ville est nouvelle, sans histoire, terne et triste, et les gens, dont la peau est très pâle, ont l'air malades. Ironstone a été exploité avec des méthodes à ciel ouvert à partir des années 1850 et de mines souterraines à partir de la fin des années 1930. La construction du chemin de fer Trent, Ancholme et Grimsby (années 1860) a permis l'accès ferroviaire à la région et l'exploitation de la pierre de fer locale et du charbon ou du coke importé. L'expansion industrielle rapide a conduit directement au développement de la ville de Scunthorpe. Dans les années 1970, l'industrie sidérurgique est à son apogée. La principale source d'emploi, ce sont les aciéries. Beaucoup d'enfants quittent l'école et vont y travailler à l'âge de quinze ans. Je remarque que la plupart des enfants de l'école de Martin sont incapables de prononcer une seule phrase correcte. « Nous est » au lieu de « Nous sommes » est une faute courante. Il n'y a pas de Palais de Festival, ni d'Opéra, ni d'Orchestre, ni de galeries d'art, ni de bibliothèque de taille décente, ni de théâtre, ni d'université, ni de cathédrale ; en fait, aucune culture. Il y a un stade de football, une piscine, un collège technique et Normanby Park avec sa belle maison et ses jardins où se promener. Mon Dieu, je suis contente de n'avoir jamais vécu ici.

Le Golf Club est à l'extérieur de la ville et le Club House s'ouvre sur les greens où l'air semble plus frais. Jean-Marie et moi nous rendons utiles. Je sers souvent derrière le bar et Jean-Marie récupère les verres en fin de soirée, puis passe l'aspirateur et empoche les pièces tombées. Il y en a pas mal autour de la machine à jackpot. Pendant la fermeture aux clients, Steve lui apprend à jouer au billard. Noël approche et quelques déjeuners et soirées sont prévus par les membres. Maman a beaucoup de travail à faire, elle soupire et je l'aide quand je peux.

Nous ne disons pas, bien sûr, à mes parents ce que nous faisions à Portsmouth ou à Londres. Je savais que je n'entendrais que des reproches. J'ai tellement honte et cela ne sert à rien de leur en parler. Par contre nous les informons de notre intention de nous marier. Mon père dit que Jean-Marie doit d'abord lui demander la permission. Je ne sais pas s'il est sérieux mais en tout cas nous ne le prenons pas au mot.

Je ne peux pas dire qu'ils sont « fan » de Jean-Marie. Mon père dit qu'il ferait mieux de trouver un bon travail et un logement avant de parler de mariage, et aussi de... couper ses cheveux. Quant à ma mère, elle se méfie de lui. Elle le surveille pour voir s'il lave ses mains après être allé aux toilettes, et avant de manger. Elle ne supporte pas qu'il porte toujours les mêmes habits, et contient son agacement devant la manière dont il mange, et elle me demande pourquoi je n'ai pas pu trouver un Anglais.

CHAPITRE 21

Un jour, deux policiers m'appellent et me disent qu'ils veulent que j'aille au commissariat pour un interrogatoire. Un inspecteur m'informe qu'il est membre du club de golf et qu'on lui a fait savoir qui j'étais lorsque je servais derrière le bar. Je suis interrogée sur quelques chèques sans provision faits dans les années précédentes. Je leur dis que j'avais perdu mon chéquier et que j'avais prévenu la banque, et que ça devait être un voleur qui a fait ces chèques. Ils répondent qu'ils ont fait des recherches, interrogé des gens à Lincoln et découvert que j'avais déménagé en France. Était-ce pour cela que j'avais besoin des valises ? Car un chèque a été utilisé pour acheter des valises, un autre pour une paire de bottes et un sac à main. Je m'en tiens à ma version selon laquelle je n'en sais rien. Ils affirment que le jeune homme qui m'a vendu les valises est sûr de me reconnaître. Je me rassure en pensant que cela paraît impossible car je portais une perruque et un maquillage épais. Je pense que je peux tenir bon sur ma version mais leurs arguments sont persuasifs et je finis par tout avouer. Ils me disent que je devrai aller au tribunal pour mon procès mais que je pourrai rester chez mes parents en attendant. Je rentre chez moi abattue. Je raconte tout, mais, étonnamment, personne ne me fait de reproche. Papa avait été arrêté par les douanes avec des montres et d'autres objets qu'il faisait sortir clandestinement de Charjah (ou Sharjah) dans le golfe Persique après son service la-bas, et plusieurs fois il a rapporté de la nourriture, donc volée, des cuisines de la RAF. Ils m'en veulent quand même parce que je vais leur donner une mauvaise réputation. Ce n'est pas le fait que c'est mal de voler, mais ce qui les dérange surtout c'est ce que les gens vont penser. Steve suggère que je demande que le procès ait lieu à Lincoln. Ce serait plus discret ainsi. Le procès aura lieu en janvier.

Nous passons une journée à Lincoln avec ma sœur Marianne et son mari Ian. Marianne partage un appartement en ville avec une amie appelée Sheila mais nous déjeunons dans un pub et partons visiter la cathédrale. Jean-Marie a froid. Sa veste n'est vraiment pas assez chaude pour un hiver anglais, mais il est impressionné par la Cathédrale. Je découvre son intérêt pour l'architecture et l'histoire. Encore une domaine dans lequel je suis ignorante et que je peux découvrir avec lui. Marianne et Sheila organisent une fête de réveillon pour le Nouvel An et nous invitent. Jean-Marie sera de retour en France mais je dis que j'y serai. Le visa de Jean-Marie se termine le 31 décembre. Moi, j'attends avec appréhension le procès en janvier. Nous avons décidé que Jean-Marie cherchera un appartement et du travail et je le rejoindrai ensuite.

Noël s'abat sur nous. Le club-house est fermé pendant trois jours. Nous avons un Noël anglais typique, qui s'avère être mon dernier Noël anglais. Maman a acheté un nouveau pull à Jean-Marie car elle dit qu'elle en a marre de le voir avec le même tous les jours. Mais pour le dîner de Noël, papa insiste pour lui prêter une chemise et une cravate. Il ne sait pas nouer la cravate alors je le fais pour lui (avoir porté une cravate d'école aide). Conformément à la tradition, nous mangeons des crackers, de la dinde, des pommes de terre rôties, des légumes, du pudding de Noël et des tartelettes. Nous écoutons des chants de Noël et papa joue de son accordéon. Jean-Marie joue et chante Georges Brassens avec la guitare de Steve. Vicky aboie et nous passons une bonne journée. L'anniversaire de Jean-Marie est le dernier jour de l'année. Il me raconte qu'il a toujours pensé, enfant, que les feux d'artifice qui partaient étaient pour lui. L'anniversaire de papa est le premier janvier. Ils sont tous deux Capricorne. Christ ! Ne me dis pas que je vais épouser mon père ! Papa est tenace, têtu, inébranlable une fois qu'il a pris une décision, il apprécie la compagnie des hommes et flirte avec des femmes car il ne les comprend pas. Je ne sais pas s'il est fidèle mais peu importe ! Pour lui les hommes et les femmes font partie de deux mondes différentes : une femme doit rester à la maison, nettoyer, cuisiner, s'occuper des enfants et être présente dans son lit. D'un autre côté, à la maison c'est ma mère qui porte les bottes, comme on dit. Les Capricornes sont censés être stoïques, travailleurs acharnés et ambitieux. Je ne vois rien de tout cela chez mon anarchiste aux cheveux longs ! Mais il est resté à mes côtés et a été loyal. Il a parfaitement organisé et géré notre séjour en Angleterre. Il est fidèle, de bonne compagnie et je me suis très bien habituée à lui ! Je sais qu'il va beaucoup me manquer quand il retournera en France.

Je leur fais remarquer à tous les deux qu'ils ont le même signe du zodiaque mais cela leur fait plutôt froid que chaud. Jean-Marie trouve mon père sympathique et ma mère un peu froide mais bonne cuisinière !

Je vois bien que Jean-Marie n'est pas vraiment à sa place dans ce club de golf avec ses règles et traditions, mais là où les autres pourraient le regarder de haut je sais qu'il est plus instruit, plus ouvert, plus adaptable donc plus intelligent et nettement plus intéressant.

CHAPITRE 22

Puisque le visa de Jean-Marie arrive à échéance le 31 décembre, il décide de traverser la Manche le 30. Moi, je dois attendre d'être jugée au tribunal. Il s'en va et il me manque. C'est un bon ami et compagnon. Il part à 21 heures pour traverser Londres en pleine nuit et éviter les heures de pointe. Il passe quelques heures perdu à Londres et arrive à Douvres à cinq heures du matin. Il dort dans la salle d'attente et prend le premier ferry à sept heures du matin. Puis il roule jusqu'à 19 heures et prend une chambre dans un hôtel près de Lyon. Il dit à la réceptionniste qu'il fera une petite sieste et qu'il descendra dîner. Il se réveille le lendemain matin à dix heures, il a manqué le dîner et le petit-déjeuner et il me téléphone. Je n'arrive pas à croire qu'il soit déjà à Lyon. « Joyeux anniversaire, Jean-Marie ». À l'année prochaine.

Je vais à la soirée de réveillon du Nouvel An chez Marianne et Sheila. Brian et Peter, mon ex, sont là. Ils se jettent tous les deux sur moi, me fournissant des boissons et de la nourriture. Les deux hommes les plus désirables de la fête flirtent avec moi.

Quelques filles regardent la scène avec envie. Sheila était sortie avec Peter et espérait le récupérer avec cette fête. Il n'est visiblement pas intéressé. J'apprécie le jeu pendant un moment ; quel succès ! Mais je suis dans une situation difficile. Jean-Marie et moi avons convenu de nous marier mais lui est en France et moi ici : et ce que le cœur ne sait pas … Ils me font sentir que je suis très désirable. Cela me fait plaisir et flatte mon ego et mes désirs sexuels sont attisés. Je prends la pilule. J'ai toujours aimé Brian, mais il a toujours eu l'habitude de flirter avec moi quand je n'étais pas libre et de m'ignorer quand moi j'aurais été heureuse d'avoir une relation. Je sais que si je pars avec lui, la vie pourrait devenir compliquée. Cependant je sens qu'une relation profonde et forte avec lui serait possible. J'ai toujours apprécié sa conversation et son sens de l'humour. Par contre, il a été horrible avec moi dans le bus à Sheffield quand il a vu que j'étais enceinte. Nous ne nous sommes jamais embrassés et je n'ai aucune idée d'où cela pourrait nous mener : ça pourrait être dangereux ! Peter, au contraire, est un territoire connu et j'ai apprécié nos ébats amoureux dans le passé. Mon corps répond déjà à sa caresse sur mon épaule. Si je passais la soirée avec lui, ce ne serait pas vraiment un acte d'infidélité par rapport à Jean-Marie. Peut-être que je devrais ne rien faire et les laisser se battre et simplement profiter de leur attention. Ce serait bien si nous pouvions tous nous asseoir et jouer aux messieurs courtisant une dame. Seulement, nous ne sommes pas au siècle dernier et ils me pressent ; ces temps sont révolus et je dois prendre une décision. Toutes sortes de pensées envahissent mon esprit : « Une fille gentille et respectable, fiancée à un autre, quitterait cette fête », « Nous sommes dans les années 70 et la révolution sexuelle a eu lieu ; une nuit de plaisir unique est parfaitement acceptable ». J'apprécie d'être désirée par les deux hommes les plus populaires de la soirée, mais je sais que cela ne peut pas s'arrêter là. « Tu sais, dit Peter à Brian, elle joue les uns contre les autres ». Je n'aime pas cela. Je ne suis pas une personne manipulatrice et calculatrice qui a provoqué cette situation. Alors je tourne la tête, la pose sur l'épaule de Peter et réponds à son baiser. Le lendemain matin, il me ramène au Golf Club. Ce fut une soirée agréable qui s'est bien terminée, juste un petit incident dans ma vie et peut-être un autre incident plus délicat évité.

CHAPITRE 23

Le procès arrive et je vais au tribunal de Lincoln. Ce n'est pas facile d'être l'accusée dans un tribunal, mais je me tiens droite et j'essaie de montrer que je suis désolée. Je suis condamnée à une forte amende, que je dois payer avant la fin de 1972 avec des indemnités mensuelles. Cela va prendre bien du temps ! Quand j'aurai fini de régler mon dû, cela aura coûté cinq fois le prix des valises ! Je me dis que si je n'étais pas venue voir mes parents à Scunthorpe la police ne m'aurait jamais attrapée. Je me dis aussi que pour aller en France il me fallait bien les valises. Je me souviendrai de cet épisode, comme d'une erreur de jeunesse, que j'aurais bien pu éviter.

Oui Monsieur, Je regrette ce que j'ai fait. Je sais que ce n'est pas bien de voler et je suis désolée, mais je me demande comment j'aurais pu faire autrement. Je n'avais qu'une petite valise pour mes livres auxquels je tenais. Je ne pouvais pas laisser mes affaires quelque part... Où ? La chaîne stéréo du dernier cri que j'ai laissée chez Brigette a même disparu ! Mes parents n'auraient jamais accepté de prendre quelque chose chez eux. Tout ce que je leur ai laissé dans le passé, je ne l'ai jamais retrouvé ! Si, il y avait une autre solution... J'aurais pu coucher avec Henry. Je pense qu'il aurait accepté de m'acheter des valises. Mais, vraiment je n'aurais pas pu ! Et si j'avais continué de travailler pour économiser ? Ceci serait le discours de quelqu'un qui n'a jamais galéré. De toute façon qui ai-je lésé? Un grand magasin qui était loin de la faillite !

En tout cas être débout et accusée dans une cour de justice est quelque chose que je me rappellerai et que je ne voudrais plus revivre !

Chris vient de Southsea, Portsmouth avec ses deux enfants. Charles a accepté un travail en Australie, mais elle ne veut pas l'accompagner et demande à papa et maman de l'aider. Elle l'a quitté il y a un an parce qu'il était toujours infidèle et très méchant avec elle. Elle est allée vivre dans un petit appartement avec les enfants, mais c'était trop difficile pour elle de travailler tout en s'occupant des enfants.

Elle travaillait dans un salon de coiffure, mais elle ne gagnait pas assez d'argent pour payer le loyer, la nourriture et la baby-sitter ; alors, après deux mois, elle est retournée chez son mari. Maintenant, elle demande de l'aide à maman et papa. Papa lui dit que sa place est avec son mari et c'est tout. Nous dormons sur le canapé du salon et les enfants dorment sur des coussins au sol. Nous parlons beaucoup ensemble. Elle me dit à quel point elle est malheureuse et je lui dis que je n'arrête jamais de penser à bébé Mark. J'ai une douleur au ventre, qui disparaît un moment, puis me frappe, m'assomme, m'envahit quand je ne m'y attends pas. C'est un raz-de-marée quand je vois à la télé un garçon de son âge ou une mère avec un bébé ; quand je ferme les yeux et que soudain il est là ou que je crois l'entendre pleurer. Nous discutons tard le soir et nous blottissons l'une contre l'autre dans le lit. Je lui dis que si maman et papa ne l'aident pas, je le ferai. Nous pouvons louer un appartement ensemble et pendant que l'une travaillera, l'autre pourra s'occuper des enfants. Nous faisons des projets. Mais ensuite Chris dit qu'elle ne peut pas faire ça à moi ou à Jean-Marie qui cherche un travail et un endroit où vivre, et puis elle pense que je devrais le rejoindre en France.

Nous recevons une invitation pour aller au mariage de la cousine Diana à Grimsby. Steve, Chris et moi partons en laissant les enfants avec maman et papa. Quelqu'un prend une photo de nous trois devant l'église. C'est un beau mariage. Mais Chris s'inquiète pour les enfants et elle et moi décidons de rentrer à la maison. Nous disons à ma tante que nous reviendrons plus tard. Quand nous arrivons au Golf Club, maman et papa travaillent, Martin regarde la télé et les enfants jouent dans le bac à charbon. Chris est furieuse. Nous les baignons, les nourrissons et les mettons au lit ; et quand Chris est sûre qu'ils dorment, nous retournons au mariage. Nous avons raté le repas et ma tante est fâchée. Pas grave. Nous dansons, buvons et parvenons à nous amuser.

Quelques jours plus tard Chris retourne à Portsmouth puis part à l'autre bout du monde rejoindre son mari. Je me sens très triste de la voir partir. Et en fait, je ne la reverrai pas avant quarante ans. Et une fois au bout du monde son mari va la quitter, la laisser avec deux enfants à élever toute seule, sans argent, sans famille et sans travail.

CHAPITRE 24

Je ne sais pas vraiment combien de temps je devrai rester en Angleterre, mais en fait oui, il faut que je reste jusqu'à ce que mes dettes soient réglées. Je dois chercher un emploi. Je postule pour être secrétaire dans une entreprise qui fabrique et vend des jouets en fibre de verre pour les fêtes foraines : corbeilles à papier et animaux pour manèges. Ils sont en train de négocier un contrat avec une grande fête foraine à Marseille donc ils sont très intéressés par mon français. Le salaire est bon et j'accepte. J'apprécie beaucoup mon travail et je suis considérée à égalité avec l'équipe de direction. Mon travail n'est pas de leur préparer du thé, de prendre des dictées et d'être jolie, mais de gérer la correspondance avec la France en collaboration avec l'un des Managers. Je parle français. Mon anglais est bon. J'ai un bon accent (pas celui de Scunthorpe). Je leur dis que mon père « dirige » le club de golf et que je vis avec ma grand-mère dans un quartier riche. Je peux prétendre que je viens d'une « bonne » famille du « bon côté » mais au fond je sais que ce n'est pas vrai. J'ai encore le complexe de mon passé, bien que j'aie évolué et que je ne sois plus la salope lâche, débile, voleuse, tombée enceinte et sans éducation que j'ai pu paraître être. Ils ne savent heureusement rien de tout cela. Ils apprécient mon attitude face aux appels téléphoniques et le fait que je fasse preuve d'initiative. Je ne suis pas une petite employée mais une égale. Je travaille dur et fais de mon mieux. J'accompagne même les managers à Londres pour la foire commerciale. C'est amusant et je suis appréciée. Mais quand je parle de la foire à papa et que je lui montre des photos, il fait des remarques sarcastiques sous-entendant que je dois coucher avec l'un d'eux. Il pense qu'une femme ne peut avoir une situation que si elle couche avec l'homme qu'il faut ou si elle est mariée avec lui. Et donc, pour lui, un homme ne prendrait en compte que l'apparence et la silhouette d'une femme lorsqu'il choisirait une secrétaire. Ses compétences ne comptent pas. Il me met vraiment en colère : « Une femme n'est pas qu'un objet sexuel ! » Quand je lui dis d'arrêter, il me regarde avec un clin d'œil et dit « Arrêter quoi ? » Mon Dieu, qu'il m'énerve !

CHAPITRE 25

Maman et Papa me disent que je ne peux pas continuer à dormir sur leur canapé et que je dois donc chercher un logement. Pourtant c'est uniquement l'histoire de cinq ou six mois maximum. Le problème est que si je dois finir de payer l'amende rapidement, je ne peux donc pas me permettre de payer un loyer élevé. Je constate aussi que c'est la deuxième fois qu'ils me disent qu'il n'y a pas de place pour moi chez eux ... Je pense aux familles françaises et italiennes que j'ai rencontrées qui n'auraient jamais dit à une fille de vingt ans de se débrouiller toute seule ; mais je pense finalement que j'en suis tout à fait capable et je vais le prouver. Je me souviens de la surprise de Mme Garcin quand mes parents m'avaient permis d'arriver seule chez elle en France sans la connaître et quand elle avait compris qu'ils ne s'inquiétaient pas pour moi. D'ailleurs en y réfléchissant je n'ai pas rencontré de jeunes filles au pair françaises, ou italiennes ou espagnols !

Je trouve une annonce dans le journal local recherchant une jeune femme pour s'occuper d'une dame âgée surtout la nuit. Je postule et j'explique à la secrétaire que j'ai un emploi et que je travaille tous les jours, mais que j'ai besoin d'un endroit où dormir. La dame âgée, qui reçoit une femme de ménage tous les jours, est tombée du lit pendant la nuit et est restée allongée par terre en attendant le matin. Nous arrivons à un accord pour que je bénéficie d'un logement gratuit à condition que je dorme dans la maison tous les soirs. Je peux sortir certains soirs mais je dois être rentrée avant 22h30. La dame passe la journée tous les dimanches avec sa fille donc j'ai ce jour de congé. Si la dame tombe du lit, je dois immédiatement téléphoner à sa fille. Tout le monde est content des arrangements. Je déménage donc encore une fois ! Je décide que je pourrai peut-être suivre des cours du soir deux fois par semaine et passer si possible un niveau A en anglais et peut-être un niveau O en français en juin (les modules pour obtenir le Baccalauréat anglais sont sept sujets au niveau O : ordinaire et trois sujets niveau A : avancé). Le premier trimestre est terminé mais peut-être que je pourrai rattraper mon retard. Tout fonctionne. Mme Bance, la vieille dame est très sympathique avec moi, la femme de ménage par contre est méfiante, mais je n'ai pas grand-chose à voir avec elle.

CHAPITRE 26

Je vais au Collège technique local et je m'inscris à deux niveaux « O » en juin. Marianne se marie aussi en juin et veut que je sois l'une de ses demoiselles d'honneur. Jean-Marie m'écrit fréquemment et nous nous parlons au téléphone une fois par semaine. Il travaille dans une banque et vit à Cannes dans l'appartement qu'avait son cousin avant de venir à Paris. J'ai enfin payé mon amende et Jean-Marie me presse de le rejoindre. Oui, je viens mais je veux passer mes examens et aller au mariage de Marianne. C'est vrai bien sûr, mais je réalise aussi que je ne suis pas pressée de le voir. Suis-je si inconstante ? C'est une personne formidable et je pense souvent à lui, mais je ne suis plus sûre de vouloir l'épouser. C'est un ami mais il n'y a aucune passion entre nous et se marier est une grande étape. Je ne sais pas quoi faire. Je pense que le mieux, de toutes les façons, est d'attendre après juin.

Bientôt l'un des managers essaie de flirter avec moi. Il est certes très beau, sexy et aussi très intéressant et éduqué mais il est marié. Il me plaît bien et avec lui je réalise que je peux être heureuse d'être anglaise.

Nous discutons et rions beaucoup ensemble. Je n'ai pas l'impression de venir d'une autre planète. Un jour sa femme entre au bureau joliment habillée et coiffée. Elle ne me parle pas, mais son regard et son attitude en disent long : « Ne touchez pas, il est à moi ! » Elle a ainsi mis fin à une relation possible avant qu'elle ne commence. De toutes les façons je n'avais aucune intention de briser un mariage. Je n'avais que constaté que je me plaisais en sa compagnie. Et comme si cela ne suffisait pas, ma charmante vieille grand-mère tombe du lit pendant la nuit ! J'appelle sa fille, qui contacte une ambulance et elle est emmenée à l'hôpital. Le lendemain, je vais au travail et le soir sa fille me dit qu'elle s'est cassé la cheville et qu'elle restera à l'hôpital pendant environ une semaine, puis rentrera dans un foyer. « Désolée, ajoute-t-elle, mais peux-tu quitter la maison à la fin de la semaine ?"

Merde ! Nulle part où vivre ... Encore !

Il y a une atmosphère tendue au travail. L'autre manager pense évidemment que je suis responsable de tout ce qui se passe, ou ne se passe pas entre son partenaire et moi. Jean-Marie insiste pour que je rentre au téléphone. Il ne comprend pas pourquoi je veux attendre juillet. Quelqu'un au moins veut de moi. Seulement, il disparaît de mon esprit. Mon année hippie insouciante sous le soleil méditerranéen était une autre vie. Ici, en Angleterre, je suis chez moi. Je comprends parfaitement la langue, les traditions et coutumes et surtout les codes cachés de comportement et de politesse. Par contre je dois récupérer mes affaires qui sont dans le garage des parents de Jean-Marie. Par ailleurs Marianne serait vexée si je n'étais pas demoiselle d'honneur à son mariage, et en plus j'ai très envie de passer mes examens en juin. Que puis-je faire ? Je demande à la fille de Mme Bance si je peux rester plus longtemps mais elle ne le veut pas. Ils ne me font visiblement pas assez confiance pour me laisser seule dans la maison. Eh bien, je ne suis peut-être pas une personne digne de confiance après tout. Si je pense aux Dix Commandements, je les ai tous enfreints, si l'on considère l'avortement comme un meurtre, mais ça je ne le regrette certainement pas.

Rechercher un autre logement et régler l'ambiance au travail en même temps me semblent tout simplement trop difficiles. Je décide de rentrer en France, récupérer mes affaires et voir comment ça se passe avec Jean-Marie. Peut-être qu' ensuite j'irai en Allemagne en tant que fille au pair pour y apprendre la langue. J'en parle à Marianne qui est assez fâchée contre moi mais finit par comprendre. C'est dommage pour les examens, mais six mois, c'est quand même un peu court et c'est peu probable qu' en si peu de temps je réussisse. J'espère que j'aurai une autre chance un autre jour. En fait, je réussirai trois niveaux « A » à l'âge de cinquante-cinq ans, tous avec mention très bien, et ensuite j'obtiendrai un B.A. (licence) en sciences humaines avec Open Université, mais ça je ne le sais pas encore.

CHAPITRE 27

Je quitte mon travail fin avril 1973, refais mes valises, dis au revoir à mes parents et mes frères, prends le train qui m'amène à Londres et puis enfin celui en direction de Cannes.

Vingt-cinq heures plus tard, échevelée et fatiguée, je descends du train. Jean-Marie est là et je lui dis que je viens juste de récupérer mes bagages et que c'est une grosse erreur de nous marier. Il répond que pour le moment nous sommes attendus pour déjeuner chez ses parents et que nous pourrons discuter après.

Sa maman et son papa me saluent avec un grand sourire et deux bises sur les joues. Je me lave les mains, me brosse les cheveux et m'assois à une table joliment dressée. Une coupe de champagne bien froid est servie et nous portons un toast. « Bienvenue à Pamela ». Sa mère dit que maintenant je fais partie de la famille et que je dois la « tutoyer », c'est-à-dire utiliser le « tu » familier et non la forme de politesse. Ils sont tous les deux très gentils avec moi et la nourriture est délicieuse. C'est un accueil complètement différent de celui que j'ai reçu de ma propre famille. Je me sens un peu mal à l'aise et surprise que leur attitude à mon égard soit si différente maintenant qu'ils considèrent que je fais partie de la famille. C'est cette femme qui m'avait traitée de « pute » derrière mon dos. Je n'ai pas changé. Je suis toujours la même fille. Après le repas, le café et le cognac, Jean-Marie m'emmène dans son appartement. Il se trouve dans un immeuble neuf de deux étages. C'est au plus haut. Il y a un séjour, une chambre, une cuisine et une salle de bain. Les deux pièces disposent de grandes baies vitrées exposées sud qui ouvrent sur une terrasse dominant la vieille ville de Cannes et l'on aperçoit une petite partie de la mer. Il fait beau et le soleil pénètre dans les chambres. L'appartement est loué non meublé mais certains meubles ont été laissés par le cousin de Jean-Marie et d'autres ont été offerts par ses parents. La table à manger est en chêne savamment sculpté et comporte des chaises assorties qui pourraient sortir d'un musée. Le lit est neuf et fait. Le réfrigérateur et les placards de la cuisine regorgent de nourriture et de boissons apportées par la mère de Jean-Marie. Le buffet est rempli de vaisselle, de verres et de couverts. Au sommet du buffet une corbeille déborde de fruits frais. Au milieu de la table trône un superbe bouquet de roses, de lys et de marguerites. Quel accueil ! Je suis fatiguée, un peu ivre et je m'assois et je pleure.

Jean-Marie me prend dans ses bras et je m'endors.

CHAPITRE 28

Jean-Marie a un travail dans une banque et lundi matin il enfile une chemise, une cravate et un costume. Il s'est fait couper les cheveux et ne ressemble plus à un hippie aux cheveux longs, qui gratte sa guitare et chante des chansons révolutionnaires. Où est passé cet anarchiste avec toutes ses grandes idées ? Il est toujours là, en dessous, juste à l'abri des regards. Lui aussi porte un armure de défense et pour le moment le tendre et attentionné Jean-Marie est également caché, en attendant que je me décide. Pendant ce temps, je nettoie, fais les courses et cuisine pour lui. Nous allons déjeuner chez ses parents tous les week-ends et comme nous n'avons pas de machine à laver, sa maman lave et repasse nos vêtements et notre linge que Jean-Marie récupère le mercredi accompagné d'un plat salé maison et d'une tarte aux pommes. Nous achetons une machine à écrire d'occasion et je m'entraîne à utiliser un clavier européen. Ce n'est pas facile de désapprendre et de réapprendre. Il y a une annonce dans le journal en anglais : une Américaine a besoin d'une secrétaire pour sa correspondance privée. Je postule et j'obtiens le poste. Jean-Marie me donne son

Solex, un vélo avec un petit moteur, et trois fois par semaine je roule jusqu'à son appartement, elle me dicte, puis je tape les lettres à la maison. Je ne gagne pas grand-chose mais c'est mieux que rien et cela me permet de m'entraîner sur le nouveau clavier.

Oui, je suis dans le vide, suspendue dans le temps. Que faire ? Rester ? Partir ? Aller où ? Tout recommencer encore une fois ? J'ai bien vu que je ne gagnerai jamais assez toute seule pour subvenir à mes besoins : logement, nourriture etc. Je pensais aller dans une autre pays comme jeune fille au pair, mais je ne trouverai pas la force de tout refaire. J'ai l'impression d'avoir volé dans les airs par-dessus la France et que Jean-Marie m'a attrapée par les pieds. Il m'a arrêtée dans mon élan, dans le cours de ma vie. Il est dans la boue jusqu'aux genoux, coincé ici. Je tire et il s'élève un peu mais je n'ai pas la force de l'emmener avec moi loin dans l'aventure de la vie, dans les courants mystérieux de pourquoi nous existons. De toute façon je n'ai plus la force de quoi que ce soit. Il m'a attrapée, sa famille m'a attrapée, la vie m'a attrapée. C'est ici et maintenant que je m'arrête. Stop. Ma vie commence !

CHAPITRE 29

Marianne et Lesley s'écrivent souvent bien sûr, et Brian, le frère de Marianne écrit pour demander s'il peut venir passer une semaine de vacances à Pâques. Nous acceptons et il dort dans un lit pliant. Lui et Jean-Marie s'entendent bien et c'est amusant de lui faire découvrir les lieux. Il visite Cannes, Nice et Monaco et nous mangeons souvent dans des endroits savoureux mais bon marché. Il y a encore de la neige au sommet des montagnes et dimanche nous roulons jusqu'à la station de ski la plus proche : Gréolières-Les-Neiges et redescendons vers la mer à cinq heures. Brian va nager pour pouvoir se vanter d'avoir joué dans la neige et nagé dans la Méditerranée le même jour. Je suis fière de lui montrer le bel endroit où je vis et il est visiblement impressionné. Je me rends compte que j'ai vraiment de la chance de vivre à côté de la mer Méditerranée et pas loin des Alpes. C'est un endroit privilégié sur terre pour ses vues panoramiques de montagnes enneigées, du bleu intense de la méditerranée, son climat doux en hiver et tout près d'un aéroport international.

Il revient en août avec un ami universitaire de Liverpool, et mon frère Martin, qui a maintenant 12 ans ; ils vont rester chez nous un mois. Le salon est transformé en dortoir pour les campeurs. Martin n'apprend pas le français mais il parvient à rentrer chez lui avec un accent de Liverpool. Nous recevons souvent les amis de Jean-Marie et c'est très joyeux. Philippe est désormais diplômé de mathématiques à l'Université de Nice, a une petite amie et ils squattent souvent chez nous. Philippe dit que comme nous travaillons et qu'il est encore étudiant, il est normal que nous payions la nourriture et cuisinions pour lui. Brian pense évidemment la même chose. Je ne suis pas sûre d'être d'accord avec eux. J'adorerais aller à l'université et je pense qu'ils ont plus de chance que moi. En plus ils ont, tous les deux, les bourses pour faire des études. Je ne vais pas avoir de la peine pour eux parce qu'ils ont beaucoup de révisions à faire ! Je suis contente de voir Brian car c'est mon lien avec l'Angleterre et Marianne. Je le connais depuis mes quinze ans et je le considère un peu comme un cousin. Seulement c'est le début des abus de notre gentillesse. Il y aura encore bien des vacances gratuites avec d'autres amis à lui et aussi une copine. Nous l'emmènerons chez nos amis à Paris, Limoges et Cannes et dans la famille à Cannes et en Italie. Tous le monde le trouve sympathique. Même plus tard nous le logerons pendant presque un an gratuitement dans notre villa et lui trouverons un travail et lui présenterons sa future femme pour rester ici sur la Côte d'Azur. Ceci sans regrets ni recherche d'une contrepartie. Pourtant Jean-Marie l'a aidé à déménager deux fois, à couper son bois pour l'hiver etc. La liste serait trop longue...la seule fois où Jean-Marie lui a demandé de l'aide c'est pour installer une piscine hors-sol dans notre jardin. Il est venu quand tout a été terminé, sans s'excuser, et juste pour déjeuner. Nous l'avons toujours considéré comme un membre de notre famille jusqu'au jour où il a coupé les ponts sans aucune explication. Il vit dans notre village, dix minutes à pied de chez nous, mais il nous a répété pendant deux ans sur une carte de noël, mit dans la boite à lettre, qu'il était désolé de ne pas trouver du temps pour nous téléphoner ou passer nous voir ! Je lui avais demandé de ne plus nous envoyer une carte à noël. On ne pense pas aux amis uniquement à noël. Nous nous sommes rencontrés quelques fois au village et nous avons échangé un bonjour poli. Vingt cinq ans après je suis allée chez eux demander une explication et lui et sa femme m'ont raconté une histoire abracadabrante.

Il sera ma dernière déception britannique et me donnera encore une fois cette horrible sensation d'être abandonnée.

CHAPITRE 30

L'été est terminé et la pression vient de Jean-Marie mais surtout de ses parents pour planifier le mariage. Je me suis dit que si je devais le faire, ce serait en novembre, un mercredi, juste à la Mairie, pas à l'Église, avec le minimum d'invités et je porterais des pantalons. Je ne suis pas sûre de ce que je fais, mais je n'ai pas le courage de reculer, de passer à autre chose, de m'en aller et de tout recommencer.

J'invite mes parents et mes frères, mais seule Maman vient. Papa est convaincu que ça ne durera pas. Les parents de Jean-Marie souhaitent inviter toute la famille : tantes, oncles et cousins de France et d'Italie. Pouvez-vous imaginer à quel point ce serait déséquilibré : trente ou quarante invités de son côté et un seul du mien ? Non, cela je ne veux pas. De toute façon je n'ai pas vraiment le cœur à ce mariage. Je le fais car je suis fatiguée de recommencer et je ne sais pas quoi faire d'autre !

Je fais du shopping avec la maman de Jean-Marie et elle m'offre un tailleur-pantalon blanc cassé et un chapeau souple type

Woodstock. J'ai déjà des bottes marron et un chemisier en dentelle marron. Maman arrive. Et le lundi, pendant que Jean-Marie est au travail, elle me conseille de changer de place les meubles du salon et de la cuisine. Je suis tellement contente de faire enfin quelque chose avec ma mère. J'ai le sentiment de passer un moment privilégié de partage avec elle. J'écoute ses conseils et nous rions ensemble.

Nous passons la journée à tout déplacer mais quand Jean-Marie rentre à notre surprise, il est furieux. « Je n'aime pas ça comme ça, je ne veux rien changer. Aide-moi à tout remettre en place ! » Il est en colère et moi aussi. Je lui dis que c'est un dictateur et que si nous voulons vivre ensemble, ce n'est pas lui qui décidera de tout. Il me dit que nous avons changé les meubles sans lui demander son avis et que ça ne se fait pas! On remet tout en place. Folle de colère, je ne le regarde pas et ne lui parle pas du reste de la soirée. Mon gentil hippie est devenu un employé de banque ennuyeux et dominateur entre neuf heures du matin et cinq heures du soir, et nous nous marions dans deux jours ! A l'aide ! Maman dort dans le lit double avec moi. Jean-Marie est dans le salon dans le canapé lit. Il quitte l'appartement tôt mercredi matin. Je ne veux pas qu'il me voie avant notre rencontre à la mairie.

Voici le jour du mariage arrivé. C'est trop tard je ne peux pas reculer. Mais je peux toujours divorcer plus tard !

Je ne suis pas sûre que Jean-Marie soit l'homme qu'il me faut. Mes pensées vont dans tous les sens. Je suis pleine de contradictions. Il a tellement changé. Le hippie est devenu employé de banque ! De toute façon comment peut-on épouser un hippie ? Et de l'autre côté comment peut-on épouser un petit employé de banque ? Il a été très gentil avec moi en Angleterre mais maintenant il semble être un petit dictateur. On jouait et riait ensemble mais maintenant on ne fait que se disputer. Qui est cet homme qui se replie sur lui-même?

Pourquoi ne me parle-t-il pas de ses sentiments ? Pourquoi ne partage-t-il pas avec moi les pensées qui tournent dans sa tête ? Je suis revenue pour lui dire que je ne l'épouserai pas et me voici … le jour de mon mariage.

Les parents de Jean-Marie, ma mère, Jean-Marie et moi sommes prêts. Nous attendons devant la marie de Cannes l'arrivée des témoins : Philippe et sa copine. Ils n'arrivent pas. Paniqué, Jean-Marie téléphone à un autre ami pour qu'il soit notre témoin ; mais finalement Philippe et Danièle arrivent à la dernière minute, tout droit venus de Nice sans avoir eu le temps de se changer. Nous sommes le mercredi 28 novembre 1973 à onze heures trente du matin. Nous signons les actes. Je le fais en pensant que je peux toujours divorcer s'il le faut !

Je suis maintenant une femme mariée !

Nous partons tous à Fayence, un village perché, et prenons un bon repas offert par le papa de Jean-Marie. Il y a deux jours, en faisant des courses, maman m'a acheté un très joli ensemble de casseroles. Je pense qu'ils s'en sont plutôt bien sortis en mariant leur fille à si bon marché ! Ma dot est un ensemble de casseroles. Je ne vaux pas grand-chose. Le photographe nous vend trois petits albums du mariage et j'en vends un à maman qui se plaint du prix à tout le monde et me le reprochera pendant les années à venir ! J'aurais aimé le lui offrir. J'ai regretté de lui avoir demandé de l'acheter !

Je sais que je pensais qu'elle pouvait au moins payer ça ! Ce n'était pas grand chose mais finalement cela semblait l'être !

Jean-Marie a bénéficié de vacances et ses parents nous ont également acheté une voiture. Nous partons donc en Espagne pour notre lune de miel. Nous avions prévu d'aller en Autriche mais il y a la crise pétrolière et par conséquent une pénurie d'essence. Le seul pays d'Europe où nous sommes sûrs de nous procurer de l'essence est l'Espagne. Juste avant d'arriver à la frontière, un Français demande si nous voulons bien l'emmener avec nous. Nous acceptons. Les passeports sont vérifiés et une fois en Espagne l'homme nous invite dans un restaurant où nous dégustons une délicieuse Paella. Il nous explique qu'il est interdit en France car il avait soutenu L'Organisation de l'Armée Secrète, surtout connue sous le sigle OAS. Il s'agit d'une organisation terroriste clandestine française proche de l'extrême droite créée le 11 février 1961 pour la défense de la présence française en Algérie par tous les moyens, y compris le terrorisme à grande échelle. Puis il nous quitte et continue son chemin. Sans le savoir nous avons aidé un terroriste d'extrême droite à traverser la frontière et passer en Espagne où il est accueilli par Franco et son gouvernement.

Un jour où il est particulièrement détendu, Jean-Marie me raconte combien il est difficile de travailler sous les ordres d'un directeur incompétent et de faire les tâches les plus ennuyeuses de la banque. On lui a demandé de se faire couper à nouveau les cheveux parce qu'ils ne sont pas assez courts, comme si la longueur de ses cheveux était plus importante que de donner les bonnes informations aux clients. Son directeur dit souvent des âneries à ses clients, prétendant savoir de quoi il parle, mais ce n'est visiblement pas le cas. Il semble passer la plupart de son temps dans le café d'en face, à conseiller, du moins c'est ce qu'il dit, des clients anonymes. Jean-Marie va adhérer au syndicat de la banque, ce qui, selon lui, rendra son travail plus intéressant. Il a également décidé de passer les examens bancaires, ce qui lui permettra d'obtenir un meilleur salaire, voire une promotion, et la possibilité de changer de département et de poste au sein de la banque. Je découvre qu'il n'est pas un vagabond sans but mais qu'il peut avoir de l'ambition. Ce ne sont pas que des mots non plus, je sais qu'il s'y tiendra et je suis sûre qu'il réussira. Je découvre aussi qu'il peut faire un travail qu'il n'aime pas, sourire et le supporter, car il se sent responsable et doit gagner sa vie. Je ne pense pas que je pourrais rester dans un travail où je me sentirais humiliée, ni recevoir des ordres de quelqu'un que je considère comme ignorant et stupide. Je l'admire pour son abnégation.

Nous nous dirigeons vers la côte sud et nous arrêtons dans un village. La pauvreté est écrasante. Il y a des enfants en haillons qui jouent dans les rues et les bâtiments semblent sur le point de s'effondrer. Nous parvenons à trouver un hôtel, à prendre un repas léger et à nous coucher. Je veux m'éloigner de cet endroit le plus vite possible. C'est tellement triste et déprimant. C'est peut-être lâche de ma part de fuir la pauvreté, mais que puis-je faire pour aider ? Je m'aperçois que Jean-Marie et moi avons des points de vue similaires sur ce qui me semble important.

Nous nous dirigeons vers Grenade et visitons le palais arabe de l'Alhambra à l'architecture islamique. C'est absolument féerique, tout droit sorti d'un conte des Mille et une Nuits. Incroyable que les Arabes aient pu construire un palais aussi merveilleux entre le VIIIe et le XIVe siècle. Les bâtiments s'étendent sur une plaine dominant la ville avec des jardins et des cours cachées agrémentées de fontaines insolites appelées patios. Certains carreaux sont magnifiquement peints et semblent neufs. Des colonnes sculptées complexes soutiennent les arcs finement entrelacés dans les allées autour des cours. L'effet est sophistiqué et délicat. C'est une journée ensoleillée et on imagine de belles femmes dansant en voiles colorés dans les jardins parfumés. Tout cela est mystérieusement exotique.

Je caresse la pierre de dentelle en m'attendant à ce qu'elle bouge sous mes doigts, mais ce qui semble si délicat est une pierre dure qui a résisté aux intempéries et aux guerres pendant des centaines d'années. C'est le contraire de moi : j'ai l'air dure et forte mais en réalité je suis douce et fragile. Peut-être que nous nous cachons tous sous des apparences.

CHAPITRE 31

Nous nous arrêtons pour la nuit à Grenade et le lendemain nous nous dirigeons vers la côte sud. C'est joli et on s'interroge sur l'idée d'aller jusqu'à Gibraltar mais je suis pleine d'exotisme arabe et je n'ai pas envie de rentrer dans une "petite Angleterre". Nous cherchons un hôtel mais aucun d'entre eux ne semble avoir de chauffage et il fait très froid la nuit. Nous décidons donc de retourner à Grenade et d'y passer à nouveau la nuit.

L'hôtel dans lequel nous avons séjourné est complet ce soir. Nous allons dans un autre, mais celui-ci est plein aussi. En fait, ils sont tous complets. Une fête religieuse a lieu ce week-end. Jean-Marie décide de rouler vers le nord, direction Tolède et nous pourrons nous arrêter dans un hôtel en chemin. Nous partons donc mais la route, même si elle est principale, est déserte. Nous traversons quelques petits villages mais pas d'hôtels ! Nous trouvons un endroit pour manger et continuons notre route. Il se fait tard et il fait très froid. Je suis heureuse que nous ayons une nouvelle voiture, qui ne fait pas de bruit et qui ne laisse pas passer de courants d'air par le toit en toile, contrairement à la 2CV.

Nous trouvons enfin ce qui ressemble à un hôtel de routards. Il est dix heures, et nous réservons une chambre. Vous devez présenter des papiers d'identité dans chaque hôtel où vous séjournez en France et en Espagne. L'homme derrière la réception ricane et fait presque un clin d'œil à Jean-Marie lorsqu'il voit son passeport français et mon passeport britannique portant mon nom de jeune fille. Je le déteste, il me fait me sentir bon marché et sale. J'ai envie de lui dire que nous sommes mariés mais je n'ai pas encore de passeport français ; seulement je ne parle pas espagnol et il ne parle pas anglais. Pourquoi certains hommes pensent-ils que le sexe est une sale blague ?

Notre chambre est en face de l'ascenseur. Les chauffeurs de camion semblent aller et venir toute la nuit. L'ascenseur s'arrête et démarre bruyamment et les portes s'ouvrent et se ferment avec un grand bruit à chaque fois. En plus de cela, les draps puent l'eau de Javel. Nous sommes tous les deux extrêmement fatigués mais n'arrivons pas à dormir. Chaque fois que je m'endors malgré la puanteur, je suis réveillée par des portes qui claquent et des hommes qui parlent fort. Je pense que je dois être la seule femme ici. Après avoir vainement essayé pendant près de deux heures, nous décidons que dormir est impossible et partons ! L'homme à la réception nous rend nos passeports, fait un signe de tête entendu à Jean-Marie et me regarde en ricanant. Quel type détestable et horrible ! Il fait un froid glacial et il commence à neiger. Le chauffage de la voiture tourne à plein régime et nous roulons jusqu'à ce que nous trouvions une voie de contournement pour nous arrêter et dormir un peu. Le froid glacial nous réveille. Alors nous reprenons la route avec le chauffage, pour ensuite nous arrêter pour une nouvelle pause-sommeil et repartir lorsque le froid nous réveille. Nous ne traversons aucune ville et arrivons à Tolède vers onze heures du matin. Nous réservons dans un hôtel cher, le Para

dore, quatre étoiles, prenons un copieux petit-déjeuner et nous couchons. Nous dormons jusqu'au soir, puis visitons Tolède. J'ai envie de faire du shopping mais c'est hors de question pour Jean-Marie. Nous nous chamaillons et finissons par aller dans un bon restaurant. Je pense qu'il peut être parfois très têtu, mais il pense la même chose de moi ! Je découvre qu'il y a d'autres facettes de lui que je ne connais pas. Quoi qu'il en soit, nous vivons toute une aventure et pas du tout la traditionnelle lune de miel.

Le lendemain, nous nous rendons à Saragosse et après avoir goûté au luxe, nous décidons de réserver dans un autre hôtel quatre étoiles. Un jeune garçon, je dirais de dix ans, descend les marches en courant pour ouvrir la portière de la voiture et prendre les valises des mains de Jean-Marie. Jean-Marie refuse « Je ne laisse pas un enfant porter mes valises ! » « Oh, s'il vous plaît, monsieur », dit le garçon dans un anglais approximatif, « si vous ne me laissez pas porter vos valises, je perdrai mon emploi et j'ai vraiment besoin d'argent. » Alors, nous sentant mal à l'aise et embarrassés, nous l'avons laissé monter les marches avec nos deux lourdes valises. Il reçoit bien sûr un gros pourboire.

Saragosse est notre dernière visite en Espagne, puis nous retournons à Cannes. La lune de miel est terminée et Jean-Marie retourne au travail. J'ai l'impression de mieux le connaître et quelque part de le respecter davantage. En fait, c'est un Capricorne typique qui ne montre pas facilement ses sentiments et qui fait ce qu'il a à faire sans se plaindre. La vie continue comme avant sauf que j'ai pris la nationalité française et donc je n'ai plus besoin d'un permis de travail.

Noël se passe avec ses parents selon les traditions françaises de la veillée, à savoir dégustation de fruits de mer, huîtres et foie gras. Le 25 décembre ils viennent chez nous et j'essaie de préparer un repas typique de Noël. J'ai trouvé un magasin à Cannes où je peux acheter de la nourriture britannique. La tante et l'oncle de Jean-Marie sont également invités. Ils essaient tous la dinde farcie, la sauce au pain, les pommes de terre rôties et du gravy (une sauce pour la viande), suivis du pudding de Noël anglais flambé, de la crème anglaise et du beurre de brandy. L'oncle et parrain de Jean-Marie nous approvisionne en champagne, vins, eaux-de-vie et autres alcools. A leur départ, la cuisine est pleine de casseroles et de poêles, mais elle attendra que Jean-Marie et moi fassions le ménage ensemble le lendemain.

Petit à petit je rencontre toute la famille. Son oncle Marcel a construit une maison à Pégomas, un village entre Cannes et Grasse. Nous allons lui rendre visite début avril. Sa maison est entourée de champs, d'arbres et de collines en pente. Des mimosas jaunes couvrent les collines. J'aime toute cette verdure. C'est tellement rafraîchissant après les immeubles en béton de Cannes. Je le lui dis et il ajoute : « Si tu aimes tant ce coin, il y a un terrain à vendre juste là-bas pour presque rien. » Je suis tellement excitée ! « Dix mille francs c'est rien, Jean-Marie, il faudrait l'acheter ». Jean-Marie me confie une fois seuls que son oncle invente toujours des histoires et qu'on ne peut jamais croire ce qu'il dit. Je le convainc que nous devrions aller voir le propriétaire et découvrir le terrain par nous-mêmes. Qu'est-ce qu'on a à perdre ? Oui, le terrain est à vendre. Ce n'est pas dix mille mais quinze, ce qui reste un prix très avantageux. En travaillant à la banque, Jean-Marie peut obtenir un prêt très bon marché. Ses parents peuvent nous prêter de l'argent que nous pourrons leur rendre une fois que nous aurons obtenu le prêt. Puis nous construirons ce que nous pouvons avec ce qu'il nous reste. Inquiet, Jean-Marie se demande si nous y arriverons, mais je le rassure en lui disant que si nous ne pouvons pas rembourser, nous pouvons toujours vendre et quand même faire du profit.

En novembre 1974, nous sommes donc propriétaires d'un terrain avec un permis pour construire une maison. Philippe nous aide en trouvant des maçons italiens qui viennent de démarrer leur propre affaire et lui ont demandé de les aider à comprendre la paperasse et la comptabilité. Ils nous donnent une estimation, qui représente la moitié du prix de toutes les autres. Le prêt est consenti et les travaux débutent en avril 1975. La maison est construite sur deux étages. L'appartement est au dernier pour avoir un maximum de soleil et une vue dominante sur les montagnes. Le rez-de-chaussée est laissé vacant pour le moment. Nous informons le propriétaire que nous quittons l'appartement de Cannes fin août.

Nous sommes fin août mais nous ne pouvons pas encore emménager dans la maison à Pégomas. Mon frère Martin retourne en Angleterre après avoir passé un mois avec nous et nous déménageons chez mes beaux-parents. C'est exigu mais nous nous entendons tous bien. Jean-Marie, son père et moi travaillons ; alors maman fait toutes les courses, la cuisine et le ménage. Nous rentrons tous à la maison pour le déjeuner et prenons deux bons repas par jour. C'est une excellente cuisinière. Je ne sais pas si elle trouve tout cela dur ou pas, mais de toutes les façons, elle ne se plaint pas et est visiblement très heureuse de voir son fils « installé » dans une situation respectable. Je pense qu'ils sont tous les deux soulagés aussi que nous ne soyons pas restés en Angleterre. J'aimerais être plus proche de ma belle-mère, mais chaque fois que je parle de l'Angleterre ou de mes parents ou que j'essaie de lui parler de bébé Mark, elle change de sujet. Je me rends vite compte que sa seule conversation porte sur la nourriture, la météo et ses maux et douleurs, que j'écoute consciencieusement. Je pense que c'est un petit prix à payer pour être si bien accueillie. Au bout d'un moment, je comprends qu'elle ne change pas de sujet lorsque j'aborde un sujet personnel par gêne, - ce que je pensais au début -, mais parce qu'elle n'arrive tout simplement pas à s'y intéresser. Elle ne peut pas voir au-delà de son monde quotidien qui est limité et très simple. Et sa vie tourne autour du bien-être de son mari et de son fils. Ils forment un couple traditionnel avec des rôles clairement partagés et acceptés. Elle s'occupe de la maison, de la nourriture et de la lessive et il est le soutien financier de la famille. Bien sûr, elle ne sait pas conduire et ne rêve même pas d'apprendre. Elle est juste heureuse de s'occuper de ses hommes. Pas comme ma mère qui n'aimait pas son rôle. Le père de Jean-Marie ne songe pas à s'immiscer dans son domaine. Il ne rentre pas dans la cuisine et ne sait pas mettre la table ni repasser une chemise. Je pense qu'il est heureux dans cette organisation calme et modeste, mais il sourit rarement et je ne le vois jamais rire. Il a toujours l'air terriblement inquiet et semble avoir peur de dépasser ses limites. C'est un homme gentil et doux qui ne ferait pas de mal à une mouche et qui est très apprécié au travail. Il adore bricoler dans le jardin et aider à la construction de notre maison. Papa et Maman (comme je les appelle) ne semblent pas avoir beaucoup d'amis : juste un couple qu'ils connaissent depuis l'enfance et avec qui ils parlent au téléphone. En revanche, la sœur de Papa et son mari, Marie et Jean, passent la plupart des dimanches avec eux, se relayant pour les invitations à déjeuner. Marie a onze ans de plus que son frère, et est extrêmement autoritaire. Elle a des opinions et des points de vue sur tous les sujets. Leurs parents étaient italiens et Marie a grandi en Italie. La famille a déménagé en France quand elle avait dix ans. Elle ne parlait pas un mot de français et on se moquait d'elle à l'école. Cela l'a rendu déterminée à réussir et elle est arrivée première de la Région au Certificat de fin d'Études à l'âge de 13 ans. Leur père est revenu de la Première Guerre mondiale perturbé et en mauvaise santé. Papa est né en 1922 en France. Marie s'est chargé d'élever son petit frère, le poussant à rester à l'école et à obtenir son Brevet. Elle le commande toujours et s'immisce dans sa vie au grand désarroi de Maman ! Ils ont un enfant unique, Jean-Roger, de deux ans l'aîné de Jean-Marie, qui a brillamment réussi ses études, est docteur en droit et en histoire. Il joue magnifiquement du piano mais n'a jamais été autorisé à faire du vélo ou à jouer dans la rue. Il ne semble pas non plus avoir beaucoup d'amis mais il a aussi des opinions sur tous les sujets. Il est également poète et artiste. Lui et son père, qui est plus viril, se disputent tout le temps.

Jean-Roger a enseigné l'économie pendant un certain temps, mais recherche désormais un poste à temps plein qui lui convienne.

Les déjeuners du dimanche sont très amusants. Jean travaille dans un hôtel de luxe et nous sert toutes sortes d'alcools différents et délicieux. La nourriture est toujours très spéciale et la conversation s'envole sur des sujets très divers, tout le monde ayant des opinion divergentes. Le côté anarchiste de Jean-Marie contraste avec celui de Jean-Roger qui tente d'accéder à un poste de de fonctionnaire bien établi dans le système. Il fait son service militaire comme officier mais Jean-Marie a triché et est parvenu à se faire réformer. Jean a des opinions très déterminées mais plutôt étroites sur différents sujets. Je trouve les opinions de Marie stimulantes. Elle semble m'apprécier et dit à Jean-Marie qu'il a de la chance de m'avoir rencontrée. Elle nous raconte une histoire d'amour qu'elle a eue avec un soldat anglais. Je ne suis pas sûre que Maman pense que Jean-Marie a de la chance lorsqu'elle découvre à quel point je suis limitée en cuisine, en ménage et en repassage !... Je suis intriguée par les prénoms des membres de ma nouvelle famille. Tante Marie est mariée à oncle Jean. Leur fils s'appelle Jean-Roger. Papa s'appelle Roger et Maman s'appelle Marie-

France. Leur fils est Jean-Marie. Les deux pères sont les parrains de leurs neveux. Lorsqu'on évoque "Parrain" ou "Jean", j'ai du mal à savoir à qui ils font référence. Mais j'attends avec impatience les déjeuners du dimanche, qui sont très divertissants.

Un jour, je dis à Jean-Marie que je me trouve plutôt nulle et que je ne comprends pas pourquoi il m'aime, parce qu'en réalité je ne suis douée pour rien. Il répond que c'est pour ça qu'il m'aime. Cela me donne matière à réflexion. Mon éducation britannique m'a appris à utiliser les gens et à les jeter s'ils ne peuvent être d'aucune utilité. Un jour, bien plus tard, en Angleterre, j'invite Steve à déjeuner au restaurant, rien que nous deux, car je me rends compte que je ne connais pas vraiment mon frère, et cela fait longtemps que nous vivons séparés dans des mondes différents. Une fois que nous avons commandé, Steve, qui est désormais devenu un avocat prospère et assez riche, me regarde et me demande : « Eh bien, qu'est-ce que tu veux ? » Surprise, je réponds : « Je ne veux rien. Je pense juste que nous sommes tous les deux des adultes avec des vies différentes et j'aimerais mieux te connaître. » Bien sûr, j'avais alors été très influencée par la notion latine de « famille ». Steve me répond : « Bien sûr que tu veux quelque chose. Nous voulons tous quelque chose. » Puis, avec désinvolture, il raconte une blague. Puis il refuse de me laisser payer l'addition. Finalement j'avais attendu avec impatience notre "tête-à-tête", mais j'en suis repartie très déçue et triste.

A Pégomas, la construction de la maison avance et nous consacrons nos soirées à transporter des briques du champ où elles ont été entreposées jusqu'à la maison pour que l'oncle de Jean-Maire les utilise pour monter les cloisons. Un week-end est consacré à couler du béton, un autre jour à pelleter de la terre. Toute la famille semble contribuer à la construction de notre maison. J'aime le sentiment d'appartenir à une famille mais je suis attristée par le contraste avec la mienne, qui m'a tant déçue. Même les deux constructeurs italiens nous acceptent presque comme faisant partie de leur famille. Lorsque nous passons chez eux pour discuter du bâtiment, on nous supplie de rester pour le dîner.

Octobre 1975. Nous pouvons enfin emménager. La baignoire repose sur le sol en béton de la salle de bains. Il y a aussi des toilettes et un lavabo et tous peuvent être utilisés. On épingle des feuilles de plastique derrière la baignoire et le lavabo pour ne pas mouiller le plâtre. Il y a également un évier dans la cuisine avec du plastique épinglé au mur. Nous e avons apporté le réfrigérateur et la cuisinière de l'appartement. Il y a un lit dans la chambre et nous avons posé un vieux matelas par terre dans le salon pour servir de canapé. Il y a un trou dans le plafond où un jour on installera une cheminée. Le jardin ressemble à une zone de guerre. Il y a encore tellement de choses à faire mais je m'en fiche. Nous avons toute notre vie devant nous. C'est ma maison. Non, la nôtre. L'oncle Marcel nous offre un petit plant d'arbre de Chypre que nous plantons en grande pompe. Les constructeurs et leurs ouvriers mettent un drapeau sur le toit pour annoncer la fin des travaux et font cuire un mouton à la broche dans le jardin. Je prépare de la semoule et des légumes et nous faisons une super fête. C'est ma trente-sixième adresse et je jure de ne plus déménager. Je vais m'installer ici et avancer sur le chemin de ma vie en essayant de trouver la paix et la sérénité en aidant aussi Jean-Marie à s'accomplir. Ensemble doucement, lentement nous pouvons enlever les masques, décoller les feuilles de l'éducation, des préjugés, les idées arrêtées une à une pour retrouver le cœur, l'essentiel. Ensuite, le laisser devenir plus fort. Le nourrir de la vérité et le débarrasser des mensonges et des faux-semblants. Nous aurons aussi des enfants.

Ils me donneront un but dans la vie et nous vivrons heureux pour toujours.

TROISIEME PARTIE

Épilogue

La Souffrance

Lettre de Jean-Marie à Michael

Le Pardon

Ma mère
Mon Père

Un état de droit libéral

Article Le Monde 18 Juin 2022
Article La Croix 03 Novembre 2016
AFP article 15 septembre 2022

ÉPILOGUE

1976 La loi britannique sur l'adoption autorise les individus à obtenir des informations sur les actes de naissance et à connaître le tribunal ou l'agence qui a traité l'adoption.

1977 J'écris aux services familiaux et communautaires de Sheffield. On me répond en ne donnant aucune information, sauf que l'agence d'adoption a maintenant fermé ses portes, mais ma lettre sera jointe au dossier.

24 septembre 1993 Jeremy Mark téléphone depuis Liverpool à 23 heures. Il s'appelle MICHAEL et a maintenant 25 ans. Je passe les semaines suivantes dans un rêve. C'est le moment le plus heureux de ma vie. Je raconte à tout le monde mon « secret ».

15 octobre 1993 Michael et sa petite amie Astrid arrivent chez nous pour une semaine de vacances et de « retrouvailles ».

La Souffrance

Je cherchais désespérément une raison pour vivre, un sens à ma vie. Je me suis tourné vers les religions, la franc-maçonnerie, le bénévolat, les livres. Mais il restait toujours un mal être, un sentiment d'inutilité. Je me suis plongée dans mon travail : une noble profession qu'être enseignante, de donner aux autres. Je donnais la langue, le vocabulaire, la grammaire, mais je ne pouvais pas donner l'essentiel : l'amour de vivre, le bonheur, car je ne les avais pas. Je me suis dit que pour vivre, il fallait que je donne de nouveau la vie. Mon rôle sur terre n'était-il pas, après tout, de procurer et assurer que la vie sur terre continue. Bien que notre mariage ne soit pas solide avec Jean-Marie nous avons décidé de faire un enfant.

Je suis tombée enceinte. Cet état m'a renvoyée loin dans le passé : je suis de nouveau en 1967, une fille perdue, mal acceptée, et surtout mal-aimée. Une pestiférée pour ma famille et pour la société. J'ai pris conscience que je portais la vie à l'intérieur de moi-même et la peur m'a envahie. Je ne saurai pas m'occuper de cet enfant. Je ne suis pas à la hauteur. Notre couple n'est pas assez fort. Je me retrouverai seule à élever cet enfant et je ne saurai pas m'y prendre! Quelle idiote ! Donner la vie n'est pas une solution pour donner un sens à ma vie. On va m'enlever cet enfant car je ne serai pas une bonne mère. Au lieu d'aller mieux je vais revivre 1968 et ce traumatisme. J'ai plongé dans une dépression. J'ai pris rendez-vous avec mon gynécologue et il a accepté de me faire une IVG. Le jour J est arrivé et je me suis rendue sur place. Au moment de m'endormir j'ai paniqué et j'ai annoncé au Docteur que j'avais changé d'avis. Je voulais garder cet enfant. Je n'avais pas parlé de tout cela à Jean-Marie mais je lui ai annoncé que j'accoucherai seulement s'il était présent à mes côtés le moment venu. Une chose rare à l'époque.

L'accouchement s'est déroulé rapidement en deux heures à l'heure du repas de midi, le 03 mars 1977, et Jean-Marie était à mes côtés, dévoué, solide, ému. Dès le début il a endossé le rôle de père responsable, conscient de ses devoirs et des charges qu'il devrait assumer. Ses parents, également, ont vite pris le rôle de grands-parents aimants et disponibles à tous moments. Sa mère infusait la confiance d'une femme qui sait comment faire avec un bébé. Moi, j'étais convaincue que je n'y arriverai pas. On me l'avait bien mit en tête. Les mots échouaient dans mes pensées « Tu ne peux pas t'occuper d'un enfant !! »

Le corps médical savait bien sûr que c'était mon deuxième accouchement mais la famille ne le savait pas ; et pendant mon court séjour à la clinique je n'avais qu'une crainte : c'était que quelqu'un dise quelque chose qui pourrait me trahir. Heureusement que non, mais la famille était quand même étonnée de voir la vitesse et facilitée avec laquelle j'ai accouché pour un « premier » enfant ! J'ai essayé de lui donner le sein mais après trois jours il fallait me rendre à l'évidence que je n'avais plus de lait. Les pilules que j'avais pris pour arrêter le lait après l'accouchement de Mark continuaient de faire effet.

Mon bébé était le plus beau. Je suppose que toutes les mamans pensent la même chose, mais tout le monde le disait et j'en étais convaincue. J'étais submergée d'amour pour ce petit bonhomme, si vulnérable et fragile, mais j'étais aussi submergée de culpabilité. Comment ai-je pu envisager une IVG ? Nous avons planté un minuscule arbre : Un cyprès, que l'oncle de Jean-Marie avait fait pousser à partir d'une graine, à la fin de la construction de notre maison. J'avais vingt et un ans et c'était ma trente-sixième habitation. Ici, je vis, et ici, je reste. Pour marquer la naissance de Stefan nous avons planté un pin parasol.

J'étais bien entourée et j'ai appris comment faire avec un enfant. Quand Stefan avait à peu près vingt-deux ans il passait un moment difficile de dépression alors je lui ai raconté que j'ai failli me faire avorter. Il l'a bien pris mais je suis sûre que cet incident l'a affecté pendant la grossesse.

En 1976 la loi britannique sur l'adoption autorisa les individus adoptés à obtenir les dix-huit ans. En 1977 j'ai écris aux services familiaux et communautaires de Sheffield. On me répondit en ne me donnant aucune information mais en me précisant que ma lettre serait annexée à mon dossier.

En 1978 lors d'une visite familiale en Angleterre nous nous rendons à Sheffield, à l'adresse indiquée sur la lettre de réponse. Jean-Marie reste dans la voiture avec le bébé et je me rends aux bureaux. Je réussis à parler avec une assistante sociale qui prend mon dossier et me dit seulement que bébé Mark, qui a maintenant dix ans, va bien, est heureux dans une bonne famille et qu'elle va faire un compte rendu de ma visite et le joindre au dossier. Je quitte le bureau en allant aux toilettes en larmes en me traitant de lâche car je n'ai pas eu le courage d'arracher le dossier de ses mains. Peut-être je peux rester cachée dans les toilettes jusqu'à la fermeture des bureaux et pourrai le récupérer. Seulement il est tôt dans l'après-midi et Jean-Marie et notre fils m'attendent dans la voiture.

Jean-Marie était un père idéal. Contrairement aux autres papas, il se levait la nuit pour donner le biberon et changeait les couches. J'ai décidé de lui faire le cadeau d'un autre enfant.

William est né le 10 février 1980 à une heure du matin, tellement rapidement que c'était Jean-Marie qui a failli faire l'accouchement pendant que l'infirmière était partie téléphoner au docteur. En fait, il a endossé le tablier et les gants pour l'aider car le docteur est arrivé uniquement pour couper le cordon. Cette fois ci j'avais un peu plus de lait, assez pour une semaine. Nous avons planté un olivier pour fêter la naissance de William.

En tant que femme on vous pose toujours la question « Combien d'enfants avez-vous ? » Et 'un' manquait toujours à l'appel. Chaque fois je lui envoyais une pensée « Non, je ne t'ai pas oublié. Je mens sur ton existence mais je sais que tu existes quelque part."

Je voulais réussir ma vie : être une bonne mère, un bon professeur, une bonne épouse, être acceptée et peut-être admirée par les autres et de m'épanouir individuellement. Les journées étaient chargées et j'ai souvent confié mes enfants à mes beaux-parents et à une famille voisine qui pouvait les récupérer à l'école et les garder en attendant que moi ou Jean-Marie rentre le travail. Plus tard j'ai regretté que leur enfance passe si vite et que je n'en ai pas assez profité.

La relation avec Jean-Marie commençait à aller mieux quand William avait à peu près 6 ou 7 ans. Nous avons traversé une crise. Nous avons parlé de divorce, mais nous avons surtout parlé. Tous les soirs après le couché des enfants nous parlions. Nous étions honnêtes et sincères et avec le temps nous avons pu sauver notre mariage.

J'ai de nouveau écrit aux services familiaux de Sheffield pour dire que Mark avait maintenant deux frères et que nous serrions toujours très heureux de recevoir une visite.

Quelques années après j'avais vraiment envie d'un troisième enfant. Surtout une fille. Il fallait convaincre Jean-Marie qui était plus réticent. En suite j'ai suivi toutes les méthodes ; injections de vinaigre, un régime spécial, et compté les jours, mais rien ne se passait. Au bout de quelque temps nous avons décidé de laisser faire la nature. Je me suis trouvée enceinte en 1976 quand nous pensions que cela n'était plus possible. Mon corps était fatigué et me faisait comprendre que c'était la dernière fois, mais j'étais très heureuse. Voici la première grossesse que j'accueillais avec joie et sérénité. Julien (encore un garçon) est né en une demi-heure le 10 janvier 1987 à Grasse sous la neige. Cette fois ci j'avais du lait pour quatre semaines. Nous avons planté un cerisier pour Julien. J'ai pu rester en congé maternité jusqu'au septembre. De nouveau il manquait toujours « un » au compte. J'ai maintenant trois fils (non quatre : je ne t'ai pas oublié, Mark!).

J'étais très heureuse avec mon bébé et la reprise du travail a été très dure. J'ai laissé le bébé avec ma belle-mère comme j'avais fait pour les autres et, comme pour les autres, je suis partie au travail en larmes.

Plusieurs fois j'ai essayé de parler de mon passé et de l'enfant 'secret' à ma belle-mère mais chaque fois que j'ai commencé, elle m'interrompait pour me parler d'autre chose.

Mark avait maintenant dix-neuf ans. Il était majeur et pouvait me contacter s'il voulait. Mais c'est un garçon et il lui faut peut-être plus de temps. Je souffre des angoisses et d'un mal-être Mon docteur me donne des antidépresseurs et me conseille d'aller voir un psychiatre. C'est le premier d'une longue liste. Chaque année j'attends : vingt ans, vingt et un ans, vingt-deux ans, vingt trois ans, vingt-quatre ans, vingt-cinq... et les psys, les médicaments, la dépression et ...l'alcool.

Le vingt-quatre septembre 1993 à onze heures du soir je suis seule dans la cuisine avec ma bouteille de whisky. Tout le monde est couché et le téléphone sonne.

- (en colère) Oui

La réponse et la suite de la conversation sont en anglais.

- Je voudrais parler à Pamela.

- C'est moi.

- Je m'appelle Michael, mais vous me connaissez sous le nom de Jeremy Mark.

- (agitée, excitée) C'est toi ? Où es-tu ? Donne-moi ton numéro de téléphone.

- J'appelle d'une cabine téléphonique à Liverpool.

- (Peur qu'il raccroche) Reste là. Ne t'en vas pas. Je t'aime. Tu vas bien ?

- Tout va bien. Je t'aime aussi.

- Ta famille a été gentille avec toi ? Tu es heureux ?

- Oui très gentille. Je te rappellerai demain.

- Promis ? Je t'aime. JE T' AIME..

- Promis. Je t'aime aussi.

Le bruit a réveillé Jean-Marie qui a descendu les escaliers, et Stefan, dont la chambre était en bas, a ouvert sa porte. Les deux hommes se regardaient et ont compris tout de suite ce qui se passait. Je n'ai pas dormi de la nuit, allongée à côté de mon mari qui je réveillai sans cesse pour lui demander si cet appel téléphonique c'est vraiment passé et que ce n'était pas un rêve.

Le lendemain Mike, comme maintenant je dois l'appeler, m'a rappelée comme promis et nous avons décidé qu'il viendrait chez nous à la maison avec sa fiancée le quinze octobre pour passer une semaine de vacances.

Stefan était au courant de l'existence de son demi-frère, mais il fallait l'annoncer à William qui avait treize ans. Il était très choqué et a pris refuge chez les voisins. Julien a répondu « Oh, un frère en plus, chic ! » Jean-Marie a annoncé la nouvelle à ses parents qui, bien que choqués, ont bien accepté.

J'ai demandé un congé maternité pour la deuxième naissance de mon fils aîné à mon directeur qui m'a accordé trois jours. J'ai raconté mon histoire à tout le monde, qui souvent fondait en larmes.

Pendant toutes ces années j'ai rencontré plusieurs femmes qui faisaient la démarche pour adopter un enfant. Elles connaissaient la douleur de ne pas avoir un enfant et elles pleuraient sur le sort des pauvres enfants « abandonnés » mais elles n'avaient pas pensé à la mère qui était obligée, pour une raison ou une autre, à laisser son enfant. Chaque fois je racontais mon histoire. J'ai aussi eu affaire avec les enfants qui ont été adoptés. Un élève, un jour a dit en classe que sa mère biologique était sûrement une « garce » car elle l'avait abandonné. J'ai pris un café, seule, avec ce garçon et, de nouveau, racontais mon histoire. Une autre fois un monsieur dans un cours d'adultes m'a raconté les difficultés qu'il avait avec son fils, maintenant de dix-huit ans, adopté. Encore une fois j'ai raconté mon histoire et le couple à décidé d'aider leur fils à retrouver sa mère biologique.

Je commençais à me demander si mon rôle sur terre n'était pas de montrer une autre face d'une histoire toujours douloureuse.

Le 15 octobre 1993, ventre noué, cœur battant, nous sommes allés chercher Mike et

Astrid à la gare. A la maison je lui montrais les photos, Mike en avait amené et nous parlions. Nous avons essayé de rattraper vingt cinq ans. La famille de Jean-Marie nous invitait et nous gâtait. Les amis venaient apporter des cadeaux. Les gens pleuraient, et tout le monde était très ému.

Personne ne peut se libérer de ses années de souffrance, être obligé de garder un secret, de vivre dans le non-dit pendant vingt-cinq ans. Je ne suis pas la seule. Mon fils, Michael (né Mark) a vécu vingt-cinq ans dans le secret. Il savait qu'il avait été adopté mais il ne fallait pas le dire.

Les parents étaient choisis en fonction de la couleur de leurs cheveux et de leurs yeux. Une femme blonde aux yeux bleus comme Chippy et le père brun aux yeux marrons comme moi. Ainsi personne ne pouvait imaginer qu'il était adopté. Encore un tabou !

Ses parents le lui ont dit quand il était jeune. Ils lui ont avoué qu'ils étaient allés le chercher dans un centre d'adoption, qu'ils l'avaient choisi, mais que ceci était un secret et qu'il ne fallait en parler ni à la famille ni à ses amis. Alors il s'habillait d'une histoire qui n'était pas la sienne : ces parents, cette famille, ce passé qu'il fallait qu'il endosse ne lui appartenaient pas. La sienne d'histoire était un secret dont il ne connaissait pas grand-chose. Une souffrance, pour lui et pour moi, cachée sous le prétexte de « garder les apparences ». Une histoire qu'il n'a pu raconter que quand il avait vingt-cinq ans.

Son père, la veille d'entrer à l'hôpital pour une opération du cœur, l'a amené au pub et lui a parlé plus en détails de moi. « Si tu as des questions, pose-les moi maintenant ! » a-t-il dit. Mark a répondu : « Pense à toi et à ton opération, ne te fais pas de soucis. » Le père est sorti de l'hôpital et est décédé peu de temps après. Après s'être occupé de tout et avoir consolé sa mère, Mark a entrepris, avec l'aide de sa fiancée, les démarches pour me retrouver. Démarches qui se sont avérées difficiles. Entre autres les services sociaux l'ont mis en garde contre une rencontre éventuelle avec une femme malade, une femme qui avait refait sa vie et qui ne voudrait sans doute pas le voir, et même peut-être « une pute ».

Mark m'a appelée le 24 septembre 1993 à onze heures du soir d'une cabine téléphonique.

« Bonjour, Je m'appelle Mike, tu me connais sous le nom de Jeremy Mark........ »

Moi, ce soir-là, j'étais en pleine dépression et aussi imbibée d'alcool. Tous les autres dans la maison étaient couchés.

« Ce n'est pas vrai ! Dis-moi que c'est vraiment toi ! Où es-tu ? Donne-moi ton numéro de téléphone. Comment vas-tu? Ne pars pas ! Je t'aime ! »
- Moi aussi je t'aime ! J'ai toujours pensé à toi. »
Au bout de quelques phrases dans l'excitation, il me dit :
« Je t'appellerai demain soir. »
A ce moment-là Mark est rentré chez sa mère adoptive et lui a annoncé ce qu'il avait fait. Elle n'était pas du tout au courant de ses démarches. Son commentaire :« Pourquoi as-tu fait cela, je n'ai pas été une bonne mère pour toi ? »

Deux semaines plus tard Mike et sa fiancée étaient chez nous pour une semaine de BONHEUR .
Je suis allée voir mon directeur de l'école pour lui demander :« Combien de jours de congés puis-je prendre pour le deuxième accouchement de mon fils ? » Bien sûr il n'a rien compris, mais j'ai raconté mon histoire à tous ceux qui voulaient l'entendre. Mon secret n'en a plus été un !

LETTRE DE JEAN-MARIE A MICHAEL

Bienvenue Michael,   Le 16 octobre 1993,

Tu étais l'inconnu, secret bien gardé enfoui dans le ventre de ta mère depuis si longtemps, ombre d'un passé que l'on n'osait remuer de peur de raviver les flammes de la douleur, feu ranimé maintes fois par le souffle du chagrin, s'engouffrant par la plaie à jamais entrouverte sur des braises encore incandescentes.

Tu étais « l'avant » ; avant notre histoire, avant notre rencontre, ta mère et moi. Avant notre vie commune, avant notre décision de nous marier, avant nos projets, avant nos enfants. Tout ce que nous avons imaginé et tout ce que nous avons construit avec nos cœurs et avec nos mains, nous l'avons créé, mais toi, tu étais là ... avant.

Et pourtant, depuis tes quatre ans, je te connais, je te connais car je sais ton absence. Ton absence a laissé un vide dans le cœur de ta mère et ce vide, je n'ai jamais su le combler.

Aujourd'hui, tu viens. J'avais imaginé qu'un jour, peut-être, cet évènement se produirait, sans jamais me douter de la joie que je ressentirais à t'accueillir.

Ces circonstances ne me dispensent pas d'avoir une pensée spéciale pour tes parents adoptifs, ton père hélas disparu, ta mère et ta sœur.

Tu étais l'inconnu, le secret ; ta venue est une fête où tous, famille et amis, ont soif de te connaître.

Tu étais « l'avant », ta venue efface la notion de temps et aujourd'hui commence pour nous une nouvelle histoire.

Bienvenue Michael,

JEAN-MARIE

Le Pardon

Toute ma vie je n'ai fait que chercher de l'amour. Je voulais tellement que ma mère me prenne dans les bras et qu'elle me dise qu'elle m'aime. Je voulais me sentir en sécurité dans l'amour protecteur de mon père. Je cherchais à appartenir à une nation, une tribu, une famille : faire partie d'un groupe qui soit là pour moi, dans n'importe quelle situation, et que dans lequel moi j'aurais ma place. Je rêvais d'appartenir à une collectivité. Peu importe laquelle, mais d'être UNE parmi d'autres, avec d'autres. Je suis un être sociable et seule je meurs.

MA MÈRE

J'ai écrit à ma mère, une longue lettre de trois pages.Cela m'a pris tout un après-midi et une bouteille de whisky. J'avais aux alentours de quarante ans, bien avant le retour de mon fils. Je lui ai dit tout, sans méchanceté, de mes ressentiments . Je lui ai expliqué pourquoi je souffrais tant. Je ne parlais pas que de mes émotions suite à ses paroles et actes. Les émotions que je je n'avais pas pu exprimer à l'époque. Je parlais de ma jalousie par rapport à mon frère car elle montrait de façon tellement évidente sa préférence, sa fierté et son amour pour lui. Je parlais de l' attente d'une lettre ou d'un appel téléphonique qui ne venaient pas.

Elle ne m'a pas aidée à devenir une femme. Elle ne m'a pas expliqué comment faire. Elle m'a sans cesse dit que les garçons étaient beaucoup mieux. Par la suite quand j'étais enceinte pour la quatrième fois, n'ayant eu que des garçons, je souhaitais une fille. Je lui en ai parlé et elle m'a répondu « Non, crois- moi les garçons sont beaucoup mieux que les filles !» Elle a dit ça à moi... sa propre fille ! Le quatrième était encore un garçon et je ne le regrette évidement pas.

J'attendais aussi une réponse à mon dernier courrier, qui n'arrivait pas et, quand j'ai eu enfin le courage d'appeler et de lui en parler elle m'a répondu que ma lettre était « horrible » et « méchante ».

Trois fois elle m'a dit qu'il n'y avait pas de place pour moi à la maison. La première fois quand j'étais enceinte et elle m'a envoyée dans cet horrible foyer à Sheffield sans venir me voir. J'avais quinze ans. La deuxième fois quand mes parents ont quitté Lincoln pour aller à Scunthorpe :

« Nous déménageons dans un golf club avec deux chambres, une pour nous et l'autre pour tes frères. Cela ne te dérange pas de rester à Lincoln ? » J'avais dix-sept, dix-huit ans et je venais de vivre un traumatisme. Mes parents ne sont pas venus voir l'appartement (insalubre) que je partageais.

La troisième fois, de retour de France, j'ai logé chez eux au Golf Club en attendant de retourner en France. Et là encore ils m'ont dit qu' il fallait que je me débrouille car je ne pouvais pas continuer de dormir sur leur canapé. J'avais vingt ans.

A la naissance de mon premier fils, dans la maison pour les mères célibataires, elle n'est pas venue car, et je cite mon père, elle a dit :« J'aime trop les bébés et cela me fait trop de peine que tu sois obligée de l'abandonner ! »

Ma mère est venue seule à mon mariage. Il n'y avait ni mon père ni personne d'autre de ma famille. Elle m'a acheté des casseroles et s'est plaint que je lui ai demandé de payer une exemplaire de l'album de photos qu'elle a ramené en Angleterre. Mon mariage ne lui a pas coûté grand-chose !

Elle a tricoté des layettes pour les enfants de mes frères mais jamais pour les miens. Je lui ai demandé de venir m'aider avec les enfants et elle m'a répondu : « Tu n'as pas besoin de moi. Tu as ta belle-mère. »

Une des rares fois où elle est venue chez moi, elle s'est mise en colère car tout le monde parlait français ! Elle n'a jamais fait un effort pour communiquer avec ma belle famille. Quand elle a été veuve, je l'ai fait venir avec l'intention de la dorloter. Je l'ai amenée dans une piscine avec les soins d'un kiné et nous avons partagé une grande douche pour handicapés, car elle avait du mal à marcher. Alors que je l'aidais, elle m'a dit :« Arrête de faire étalage de ton corps ! » Le soir elle a parlé longtemps avec la femme de mon frère en disant que heureusement elle n'en avait plus pour longtemps chez moi et serait bientôt chez elle. En entendant ses mots j'ai pleuré, en cachette. Elle avait le don, ma mère, de me transpercer de douleur!

Malgré tout cela je n'ai fait que chercher son amour. Je téléphonais et attendais un appel en retour qui n'arrivait jamais. Alors j'appelais à nouveau moi-même. Cela devenait un jeu auquel je jouais avec moi-même : «C'est à elle de m'appeler maintenant et si elle ne m'appelle pas … tant pis je n'appelle plus. » Je vivais dans l'attente. L'attente de quelque chose qui ne venait pas. Alors j'appelais, et le jeu recommençait. « Laisse tomber » me disaient mes amis, mais je n' y arrivais pas !

Chaque Noël je pensais à l'Angleterre, à mon enfance. J'apportais ce que je pouvais d'anglais dans mes Noëls français : les traditions, la nourriture, les chants. Chaque Noël j'appelais toute ma famille : parents, frères en Angleterre,et sœur en Australie pour leur souhaiter « Merry Christmas ». Je passait une ou deux heures au téléphone.

Une année, toutes les conditions étaient réunies pour passer Noël en Angleterre. Nous avions l'argent, mon mari avait des vacances. Donc nous avons expliqué aux beaux-parents qu'exceptionnellement ils allaient passer Noël sans nous. J'ai appelé mes parents pour leur dire la bonne nouvelle .
Mon père a répondu au téléphone et a dit « non». Il n'y avait pas de place pour nous. "Non" n'est pas un très grand mot mais c'est une puissante gifle. Ce n'était pas qu'une gifle. Il m'avait frappé à coups de pied et alors que j'étais allongé là, il m'a marché sur le visage.Qui diable était cet homme qui se faisait appeler mon père ?
« Il n'y a pas de place pour vous ! Les chambres sont pleines d'affaires que nous stockons pour ton frère qui est en train de déménager. Et c'est trop tard pour tout organiser maintenant. » Nous étions fin novembre ! Ma mère criait : « Tu ne peux pas lui dire ça ! » Je l'ai entendue ; mais elle

ne m'a jamais rappelée ! Elle me n'a jamais dit que cela la chagrinait ! Je ne sais même pas si c'était le cas. Je pense qu'elle ne faisait que ce que mon père avait décidé. Mon père, par contre m'a rappelé deux fois en l'absence de ma mère pour essayer de parler mais il n'a rien dit d'important. Je pense qu'il regrettait sa décision mais il était trop fier pour la changer. J'avais soixante-douze ans et le dernier Noël que j'avais passé en Angleterre était quand j'avais vingt ans.

Ma mère était arrivée dixième enfant et deuxième fille dans un fratrie de treize. Deux enfants étaient décédés avant elle. Ils habitaient tous dans une petite maison de quatre chambres, pas de salle de bain et les W.C dehors. Son père avait un bon travail sur le port a Grimsby mais ma mère avait très peur de lui. Elle se cachait sous la table quand il rentrait à la maison. Elle avait dix ou onze ans à son décès et elle m'a dit que cela ne lui a procuré aucun sentiment. Sa vie a changé. Il n'y avait plus d'argent. Les frères qui travaillaient donnaient à leur mère un salaire, et ceux qui était a l'école continuaient leurs études. Les filles devaient travailler et gagner de l'argent. Elle a quitté son apprentissage pour devenir coiffeuse, et a travaillé chez un boulanger. Elle savait que les hommes étaient plus importants que les femmes, car leur seul rôle était de trouver un mari, lui obéir, faire les enfants, et s'occuper de la maison. Elle est tombée enceinte en 1943 pendant la guerre quand elle travaillait dans une usine à Grantham.

Je pense que ma mère ne savait pas ce qui lui arrivait quand mon père lui faisait l'amour. A cause de la guerre elle plus en sécurité chez ses parents. Mon père, en tant que militaire et un homme d'honneur, l'a épousé tout de suite et il est retourné à la guerre et elle est retournée chez sa mère Les mères célibataires n'étaient pas acceptées et le divorce était honteux. Des années plus tard elle m'a dit : "Tu ne peux pas aimer « CA »" en parlant du sexe. Elle ne connaissait pas beaucoup mon père et m'a même avoué plus tard qu'elle pensait qu'il était bête. Il a changé quand même après la guerre. Elle, par contre avait peur pendant sa grossesse. Elle ne savait pas ni comment, ni par où le bébé allait sortir et n'a pas osé demander à sa mère. La Grande Bretagne vivait encore dans la moralité Victorienne et on ne parlait pas de ces choses là.
Elle a vécu comme on lui a appris à vivre et ne pouvait pas comprendre sa fille rebelle, qui ne voulait pas la même vie qu'elle, mais qui voulait tout apprendre, lire et changer le monde, et surtout le rôle des femmes dans la société.

Bien qu'elle était intelligente, elle était incapable de questionner son éducation et le rôle qu'on lui a imposé. Une femme devait obéir, s'occuper de ses enfants et sa maison, et surtout ne pas poser de questions. Elle croyait en Dieu. Elle croyait que la Reine détenait son trône par droit divin. Elle croyait en l'Empire Britannique et la supériorité des Anglais. Elle n'a pas eu la chance d'avoir une instruction, ou de rencontrer les gens qui lui permettaient de se remettre en question.

Le dernier geste de ma mère a été d'aller chez le notaire avec mon plus jeune frère, Martin, pour faire son testament. Je crois qu'elle avait gagné un peu d'argent au Bingo, et elle et Martin ne voulaient pas que Steve en profite. Dans son testament elle a tout laissé à Martin. Je ne voulais pas de son argent mais j'aurais aimé un souvenir. Martin m'a donné un tableau de moi qui était accroché chez elle et mon album de photos de mariage, plus quelques photos qu'il avait en double. Il a refusé de me donner autre chose. Il m'a dit que tout avait été donné à des œuvres de charité. Et quand j'ai insisté, disant que j'aurais aimé un souvenir, il a décidé de ne plus jamais me parler. Comment a-t-il pu faire cela ?

Il avait dix ans quand je me suis mariée et chaque été nous l'avons accueilli pendant le mois de vacances, jusqu'à ses dix-huit ans où nous l'avons hébergé gratuitement pendant un an. Il serait resté plus de temps encore peut-être si ce n'était pas ma mère qui avait réclamé son fils auprès d'elle !

En tous cas ma mère m'a déshéritée !

Je ne connaissais pas mon père

Je ne connaissais pas mon père. Ce n'est pas parce qu'il est mort quand j'étais jeune. En fait j'avais presque cinquante ans quand il est décédé ; et ce n'est ni parce qu'il était absent toute ma vie. Il était absent pendant une année et d'autres fois pendant des moments moins longs.
Je ne le connaissais pas parce que nous n'avions pas de relations intimes. Nous n'avons jamais parlé de choses qui comptent. Il ne m'a jamais parlé de la guerre, bien qu'il ait débarqué le jour J en Normandie et a traversé la France jusqu'à Berlin. Je ne sais pas s'il a souffert ou bien ce qu'il pensait, même si je peux l' imaginer maintenant que je suis une adulte et que j'ai étudié cette époque. Mais, rien. Je n'ai rien reçu de lui. Peut-être était-ce trop douloureux pour lui d'en parler. Tout ce qu'il

disait c'était que les Anglais avaient gagné la guerre. Et au moment de la célébration du cinquantième anniversaire, en voyant comment les Français le fêtaient, il m'a dit « Ah, finalement ils ont apprécié ce que nous avons fait pour eux. » J'étais étonnée d'apprendre que pour lui la France pouvait ne pas être contente d'être libérée.

Non, je ne le connaissais pas parce que nous n'avons jamais parlé.
Les enfants faisaient partie du monde des femmes. Les hommes étaient mis de côté pendant les grossesses, les accouchements et l'éducation des petits, surtout les filles. Lorsque mes frères sont devenus majeurs, ils sortait avec eux pour boire un verre au pub plusieurs fois par semaine. Juste les hommes ensemble. J'ai quitté la maison à 15 ans pendant un an, puis à 17 ans, donc nous n'avons jamais eu de relation d'adulte. À l'âge de 19 ans, j'ai déménagé en France. Quand je l'avais au téléphone, il me disait « Tu n'as pas l'air d'avoir plus de vingt et un ans ». C'était ainsi qu'il s'adressait aux femmes en général. Il pensait qu'il les flattait et que c'était ce qu'elles voulaient. Je ne voulais pas entendre ça. Je ne voulais pas être flattée. J'étais sa fille et je voulais juste que nous nous connaissions mieux.
Il disait que mes enfants étaient des "étrangers". Il n'a pas compris pourquoi j'ai

épousé un "mangeur de grenouille". Il n'est même pas venu au mariage. Il a dit que ça ne durerait pas ! Il était sûr que les Britanniques était supérieurs au reste du monde. En 1930 le soleil ne se couchait pas sur l'Empire Britannique . Il est né en 1922. Les Anglais avaient « civilisé les pays sous-développés ». Et ces indigènes n'étaient même pas reconnaissants. Il a combattu dans les pays qui souhaitaient leur indépendance : Égypte pour le canal Suez, la Jordanie, le Golfe Persique, le Kenya, et le Sud Yémen.

Mes parents ont accepté de venir me voir un Noël. Je suis toujours triste à Noël et je me sens coupée de mes racines. Noël m'a lié à l'Angleterre, alors j'ai demandé à l'Angleterre de venir à moi. J'ai demandé à ma mère comment elle avait pu m'obliger à donner mon bébé. Surtout maintenant que je suis de nouveau maman je ne comprends pas comment ils ont pu m' infliger cela. Elle s'est tournée vers mon père : « Dis lui, que c'est toi qui as pris la décision ! » Mon père a regardé autour de lui et, perplexe, m'a dit : « Où est le problème ? Regarde, tu as une jolie maison, un mari et d'autres enfants ! » Ils menaçaient de retourner en Angleterre. Ils m'ont eu. C'était du chantage ! Soyez gentils et ne parlez de rien d'important ou nous rentrons à la maison! J'étais bouleversée.

Comment une maison, un mari et d'autres enfants pouvait effacer ma douleur ?

Mais j'ai compris à ce moment-là qu'il était sincère et pensait vraiment que ma vie aurait été finie si j' avais dû élever seule un enfant. Pour lui, aucun homme ne m'aurait pas épousée, et une femme seule ne pourrait pas se débrouiller !

J'ai compris que tu as pensé faire ce qu'il fallait, papa.

Mon père aimait me montrer aux autres comme un trophée car j'étais une jolie fille. Mais c'est tout. Les filles, ou plutôt les femmes étaient pour lui seulement des partenaires sexuels. Sa vie était avec les soldats, que des hommes, qui ne savait pas parler aux filles, ni, bien sûr, les écouter. Quand il était à la maison les enfants devaient être absents. Il fallait que ses filles se marient rapidement, car c'était le seul futur possible pour elles, et ensuite elles devraient suivre leur mari. Les garçons devenus adultes, par contre, pour eux c'était différent. Avec eux, il pouvait aller au pub boire un coup ou jouer au billard, tout en échangeant des blagues grivoises sur les femmes. Avec eux il pouvait parler voitures, travail et argent. Comme il était fier de Steve quand il est devenu riche et puissant ! Un gros, gros poisson dans un tout petit étang. Il se gonflait d'orgueil en regardant son fils aîné. Mes parents ont fêté leur cinquante ans de mariage le même été où mon plus jeune frère a baptisé sa fille. J'expliquais que nous ne pouvions pas aller aux deux évènements car l'avion était très cher. Ils m'ont dit d'aller au baptême. Mon père m'a envoyé par écrit le compte rendu de leur anniversaire de mariage. Il chantait les louages de Steve et de son discours. L'article du journal local était joint. Il parlait du couple entouré de leurs enfants et de six de leurs onze petits enfants. Où ont-ils trouvé onze ? Christine a deux enfants, Steve deux, Mark deux, et moi maintenant quatre car mon fils aîné m'a retrouvée. Cela fait dix ! Et qui sont les six présents ? En fait Steve vivait à ce moment-là avec une femme ayant deux enfants. Alors cela fait six sur douze. Mais non, mon fils aîné n'est pas compté dans le lot ! Deux étrangers de la famille oui, mais lui, (qui m'a été enlevé et qui est revenu à l'âge de vingt-cinq ans dans ma vie), ne comptait pas !

De nouveau moi et les miens ont été rejetés !

Comment pouvez-vous gagner ?

Je ne pense pas qu'il m'a délibérément ignoré. Je pense juste qu'il ne m'a pas comprise et qu'il lui était trop difficile d'essayer.

J'ai longuement parlé à mon psy qui m'a expliqué que cet homme est rentré à l'armée à l'age de quatorze ans. Il a été robotisé pour obéir. Il ne vivait qu' avec les hommes. Il avait dix-sept ans quand la deuxième guerre mondiale a éclaté. Il a participé à plusieurs autres guerres. Mon psy m'a expliqué que même les hommes qui ont vu les horreurs de la guerre d'Algérie n'arrivaient pas à lui en parler. Il fallait qu'ils tuent leurs émotions pour devenir un bon soldat s'ils voulaient survivre. Comment peut on vivre avec ses souvenirs, et aimer les hommes qui tombent blessés et meurent en agonisant à coté, en sachant que l'on ne peut rien y faire. Il fallait sauver sa propre peau. Son monde était l'armée. Les femmes, il en parlait entre hommes, qui les considérant comme des objets sexuels. Il ne les connaissait pas vraiment, et encore moins les enfants. Avec ses fils devenus adultes il a retrouvé un certain lien masculin. Mais ceci était impossible avec ses filles.

On dirait que je suis pleine de ressentiments et c'est le cas, mais c'est aussi un énorme chagrin. J'ai longtemps attendu des paroles de fierté de sa part que je n'ai jamais eues. Il m'écrivait parfois pour me dire combien mon frère était merveilleux, combien il a tellement réussi sa vie. J'avais l'impression d'être un «

rien », un rien qu'on pouvait mettre de côté, un échec, un non-être.

Tous les deux vous avez pensé faire pour le mieux et vous n'avez jamais compris le traumatisme que cela m'a causé. Vous avez été victimes des mœurs de l'époque et victimes de votre éducation. Ou bien ce traumatisme vous l'avez compris mais vous ne pouvez pas l'avouer. Peut-être la conscience de ce que vous avez fait est venu des années plus tard quand les attitudes ont changés. En tout cas papa, tu as choisi le 06 Mars 2000 pour mourir. La date de l'anniversaire de Bébé Mark qui était de nouveau dans ma vie depuis sept ans et célébrait ses 32 ans. Cette action pour moi c'était ta manière de me demander pardon. Bien sûr ma mère m'a ricané au nez quand je lui ai dit mais, moi, je sais que c'est vrai. Et je te remercie papa.

Malgré l'attitude de mes parents envers moi, malgré leur incapacité de faire en sorte que leurs enfants fassent partie d'une famille unie, c'est toujours moi qui prends le téléphone. Même ma sœur, qui s'est trouvée isolée, divorcée en Australie avec deux enfants, ne m'appelle jamais. Mes frères se sont coupés de tout le monde. Le plus jeune qui a « hérité » de ma mère refuse de me parler depuis que je lui ai demandé un souvenir d'elle. Malgré les mille et une fois où je me suis sentie abandonnée par ma « famille », je peux dire maintenant que je ne leur en veux pas. Mes parents ont été victimes de leurs parents, de leur éducation, et surtout de leur génération.

J'ai vécu longtemps dans le ressentiment, la haine et surtout le secret. Ce secret que j'ai gardé pendant vingt-cinq ans, j'ai pu le crier haut et fort sur les toits le jour où Michael, mon premier enfant, m'a contactée.

Mon psychiatre m'a fait lire les livres du philosophe Vladimir Jankélévitch et je pense que c'est en rapport avec cette idée du pardon. Je pardonne car je vous ai compris enfin, vous mes parents désormais disparus. Je pardonne tout car c'est plus confortable que de vivre dans le ressentiment et la colère. Je pardonne parce qu'écrire ce livre a été une thérapie pour moi.

« Le pardon, c'est renoncer à l'espoir que le passé aurait pu être différent » Oprah Winfrey (animatrice américaine !)

Vivre dans le ressentiment et la colère, ressasser le passé dans ma tête, m'apitoyer sur mon sort m'ont poussée à me noyer dans l'alcool. Le fait d'en vouloir à mes parents et à la société britannique et au monde entier, m'a rongée de l'intérieur et m'a pourri la vie. La thérapie par l'écrit et le pouvoir de comprendre, accepter et pardonner m'a rendue libre.

« Les enfants commencent par aimer leurs parents : devenus grands, ils les jugent ; quelquefois, ils leur pardonnent. »

OSCAR WILDE

Un état du droit libéral en Angleterre, au Pays de Galles et en Écosse

L'avortement est d'abord prohibé en Angleterre et au Pays de Galles par une loi de 1803, qui l'assortit de la peine de mort. Ensuite, *Act 1861*, l'avortement est une infraction pénale assortie de l'emprisonnement à vie. (La section 58 punit l'avortement commis par la mère ou par un tiers , et les tiers fournissant les moyens de l'infraction).

Act 1929 les juges acceptent la défense selon laquelle l'avortement était le seul moyen de préserver <u>la vie</u> de la mère. 1938 étend ce moyen de défense pour protéger la vie mais <u>aussi la santé </u>de la mère,

Toutefois, l'*Abortion Act 1967* entré en vigueur le 27 avril 1968 dépénalise l'avortement lorsque les conditions suivantes sont remplies. Tout d'abord, l'avortement doit être autorisé par DEUX médecins et également pratiqué par un médecin. En outre, la poursuite de la grossesse doit impliquer un RISQUE pour <u>la vie de la mère, ou pour sa santé physique ou mentale</u> ou celle de ses enfants, ou l'avortement peut être pratiqué s'il existe un risque de handicap physique ou mental sévère pour l'enfant.

Articles des journaux

Le Monde   08 juin 2022

La Croix   03 novembre 2016

<u>AFP</u> Agence   15 juillet 2022

L'Agence France-Presse est une agence de presse internationale généraliste et multimédia

LE MONDE

Entre deuil et déni, le scandale des adoptions forcées en Angleterre

Par Cécile Ducourtieux (Londres, correspondante) Publié le 18 Juin 2022

Quelque 250 000 Anglaises ont été séparées de leurs bébés nés hors mariage. Ces abandons, effectués sous la pression intense des institutions et de la société entre les années 1950 et 1980, ont bouleversé leurs vies et, souvent, celles de leurs enfants. Elles réclament aujourd'hui des excuses de leur pays.

1967. *« C'était l'époque du Swinging London,* raconte Judy Baker, elle avait dix-huit ans et est enceinte. *« Je ne m'en suis pas aperçue tout de suite, parce que j'avais des règles irrégulières et que ma mère ne m'avait jamais rien expliqué sur le fonctionnement du corps féminin. »*

La jeune fille est terrifiée, mais elle ne veut pas avorter, et le père de l'enfant est marié. A l'époque, dans ce pays qui entre de plain-pied dans la modernité après les années grises de l'après-guerre, être une « fille-mère » – une femme enceinte sans être mariée – est considéré comme une infamie. Inquiète, Judy Baker rencontre une assistante sociale à l'hôpital, le National Health Service (NHS), système de santé public et gratuit créé juste après guerre. *« Elle m'a immédiatement dit : "Vous savez quelle est la solution, n'est-ce pas ? C'est l'adoption." »*

Un sujet encore tabou

Comme des milliers de Britanniques, Judy Baker a été confrontée, à peine sortie de l'adolescence, à un système cruel mais alors très répandu : l'adoption forcée. Comme en Australie, en Nouvelle-Zélande, au Canada ou en Irlande. Sauf que, en Grande-Bretagne, ce procédé, qui a disparu dans le courant des années 1980, reste encore un sujet tabou, enfoui dans la mémoire nationale.

« On estime que 250 000 femmes, de moins de 24 ans en général, ont été placées dans des foyers mère-enfant [des institutions où leur grossesse était cachée] *entre 1949 et 1976,* estime Gordon Harold qui fut conseiller scientifique de l'Autorité chargée des adoptions en Irlande, pays dont le gouvernement a présenté, en 2021, des excuses publiques aux victimes irlandaises qui se sont vu confisquer leur nourrisson au sein de ces foyers.

La Grande-Bretagne est encore loin de cette démarche de mea culpa.

Une séparation traumatique

Judy Baker, à peine sa grossesse avouée à sa famille, est envoyée dans un foyer mère-enfant, L'Angleterre compte alors environ 550 institutions de ce type. *« Elles étaient pour la majorité gérées par l'Eglise catholique d'Angleterre, mais aussi par l'Eglise anglicane et l'Armée du salut,* explique Gordon Harold. *Elles travaillaient en étroite coordination avec les agences d'adoption. »*

L'accouchement à l'hôpital est traumatique : Judy raconte le refus des infirmières de lui donner des antidouleurs et décrit leur rudesse. Elle se sent *« comme un morceau de viande ».* du retour au foyer avec son bébé. *« C'était un bon souvenir, j'étais juste une maman, je promenais ma fille en poussette dans le parc. »*

Sept semaines après la naissance, l'agence d'adoption la contacte, explique avoir trouvé *« les parents parfaits »* pour son enfant et lui demande de l'amener *« à la date du 26 juin ».* La jeune fille obtempère. *« Une assistante sociale a pris mon bébé, a quitté la pièce et c'était tout, il n'y a eu aucun mot de réconfort. Ma fille était endormie, elle ne s'est pas réveillée. Ma mère m'attendait au bas de l'agence, elle m'a emmenée faire du shopping. »* Cinquante-quatre ans après les faits, Judy Baker est encore submergée par l'émotion à l'évocation de cette séparation.

Une pression sociale terrible

Gordon Harold note que, en Irlande, *« des preuves récentes mettent en évidence un historique d'adoptions illégales : les certificats de naissance étaient falsifiés, les parents adoptifs étaient répertoriés comme parents biologiques de l'enfant »...* En 2018, on estimait, selon lui, que jusqu'à 20 000 dossiers d'adoption depuis les années 1950 auraient été truqués. En l'état actuel des études et des témoignages, ce n'était pas le cas en Grande-Bretagne : les adoptions y étaient légales. Judy Baker a donné son consentement, comme des milliers d'autres futures mamans. Mais beaucoup d'entre elles racontent une pression sociale si forte que cela confine à la coercition.

« Nous n'avions pas le choix. On n'arrêtait pas de nous dire qu'il fallait le faire pour le bien du bébé, qu'il serait traité de bâtard si on le gardait, qu'on ne pourrait jamais se marier, qu'il aurait de superbes parents adoptifs, des opportunités qu'on ne pourrait jamais lui offrir. »
Judy Baker

«Les institutions autour des femmes, le système médical, le système judiciaire, les services sociaux, les institutions religieuses, l'école et les structures familiales, tous s'opposaient à leur libre arbitre. *Les jeunes filles concernées par les adoptions forcées venaient souvent de milieux modestes, où le mot-clé était respectabilité.*

Un deuil « sans tombe où se recueillir »

Veronica Smith, 81 ans, a vécu cette même pression. Elle a 24 ans à l'été 1965, quand elle tombe enceinte. L'adoption s'est faite sans discussion.

> « Je n'ai pas eu de relation stable pendant de nombreuses années ensuite, et je n'ai pas eu d'autres enfants. C'est comme si j'étais atteinte d'une sorte d'infertilité traumatique. Et puis, à la fin des années 1980, à la quarantaine, j'ai fait une dépression nerveuse. » Veronica Smith

Veronica Smith est l'une des fondatrices de Movement for an Adoption Apology (« mouvement pour obtenir des excuses publiques au sujet des adoptions »), lancé au début des années 2010. L'association s'inspire des excuses publiques prononcées par la première ministre australienne Julia Gillard, en mars 2013, les premières dans le monde à propos des adoptions forcées.

Comme à des milliers d'autres femmes dans son cas, les représentants des autorités de l'époque lui ont expliqué que faire adopter sa fille lui offrirait un nouveau départ. *« Il y avait l'idée que cette rupture nette permettrait à la mère biologique d'avoir une vie normale après l'adoption, c'est-à-dire comme on la concevait à l'époque : se marier et fonder une famille »,* décrypte Michael Lambert.

Souvent, il se passe tout le contraire : les adoptions forcées provoquent chez les mères de profonds sentiments de honte, de culpabilité, des décennies de difficultés dans leur vie amoureuse, souvent une incapacité à avoir d'autres enfants. *« C'est comme si nous avions vécu un deuil, sauf que votre bébé n'est pas mort,* souligne Judy Baker. *Vous n'avez pas de tombe où vous recueillir.* »

Absence de compassion

Beaucoup de femmes se plaignent aussi des mauvais traitements subis au moment de leur accouchement. En 1966, Ann Keen, 17 ans, tombe enceinte d'un homme qui lui a caché être marié, dans une petite communauté du nord du Pays de Galles. Son père est ouvrier métallurgiste, sa famille modeste mais respectée. Face à l'hostilité des siens, elle part dissimuler sa grossesse dans un foyer mère-enfant et confie son bébé, un petit garçon, aux services de l'adoption.

Elle se souvient de l'absence de compassion, voire de la cruauté du personnel médical. *« A l'hôpital, on m'a dit que j'aurais mal* [durant l'accouchement] *parce que j'étais une mauvaise fille. J'ai eu une épisiotomie. Le docteur m'a recousue sans anesthésie. A chaque fois que je bougeais, il me tapait sur la jambe. Au début, je pensais être la seule à avoir été si mal traitée, mais, quand vous écoutez les autres témoignages, ils sont très similaires. »*

Malgré cette terrible expérience, Ann Keen deviendra infirmière qualifiée, députée travailliste puis secrétaire d'État à la santé du cabinet de Gordon Brown, au début des années 2000. Mais la honte et le poids du secret l'ont longtemps poursuivie. *« Quand les femmes vous disent que vous avez préféré votre carrière aux enfants* [Ann Keen n'en a pas eu d'autres], *que pouvez-vous répondre ? Que vous avez fait adopter votre fils ? Que va-t-on penser de vous ? Les gens seront horrifiés. Quand Gordon Brown m'a proposé d'entrer dans son cabinet, j'ai hésité, je ne voulais pas que mon parcours lui porte préjudice, c'est vous dire à quel point la honte reste enfouie. »*

Des retrouvailles parfois compliquées

A partir de 1976, les droits des enfants adoptés deviennent mieux protégés, l'accès à leur acte original de naissance est facilité, tout comme les retrouvailles avec leurs parents biologiques – jusqu'alors, ils n'avaient pas accès à leurs dossiers d'adoption.

« Notre première rencontre a été catastrophique », témoigne de son côté Judy Baker. Elle a revu sa fille, qui avait alors 32 ans, en 2000. Les deux femmes sont débordées par l'émotion. *« Elle a eu une attaque de panique, avait peur que je disparaisse à nouveau »*, *raconte* Judy Baker. Pour sa fille, le lien avec sa mère biologique est bien là, mais aussi la souffrance d'en avoir été brutalement séparée. Judy Baker explique aussi témoigner pour que le préjudice subi par sa fille soit reconnu. Cette dernière a été adoptée par une famille aimante, mais a longtemps pensé qu'elle avait été abandonnée parce qu'elle n'était pas digne d'amour.

Les enfants adoptés sont des victimes qui ont besoin d'un soutien psychologique spécifique, insistent les militantes du Movement for an Adoption Apology. *« Beaucoup d'entre eux apprennent tardivement qu'ils ont été adoptés,* constate Gordon Harold. *La honte liée à l'infertilité valait aussi pour les familles adoptives, qui ont souvent caché l'adoption. Des milliers de Britanniques ignorent encore qu'ils sont des enfants adoptés. »*

La « blessure primitive » des adoptés

Liz Harvie, 48 ans, a été adoptée à huit semaines, en 1974. *« Ma mère biologique s'appelle Yvonne,* raconte-t-elle. *Ma famille adoptive habitait à Birmingham, »* Elle décrit une enfance plutôt privilégiée, *« avec cours de ballet et de piano dans une famille de la classe moyenne »*. Contrairement à d'autres enfants dans son cas, Liz apprend toute petite qu'elle vient *« du ventre d'une autre maman »* : *« Ma mère adoptive me l'a dit quand j'avais 2 ou 3 ans. »*

Très tôt pourtant, elle s'interroge sur son identité, elle se sent seule, un peu perdue, se demande souvent ce qu'elle a pu faire pour avoir été abandonnée. Elle *« harcèle »* ses parents adoptifs qui lui laissent consulter son dossier d'adoption quand elle a 16 ans. Elle découvre qu'elle s'est d'abord appelée Claire, entreprend quelques années plus tard la démarche de retrouver sa mère biologique. La rencontre n'a lieu qu'en 2002, quand elle a 28 ans, après de nombreuses réunions avec les services sociaux qui veulent s'assurer qu'elle est prête et à la suite d'échanges épistolaires avec sa mère biologique. *« J'ai été longtemps partagée entre l'envie désespérée de retrouver mes racines mais aussi l'angoisse de trahir ma famille adoptive. »*

Les retrouvailles sont intenses. *« On s'est donné rendez-vous dans un pub de l'Oxfordshire, je l'ai tenue très longtemps dans mes bras, on ne voulait pas se séparer. Ma mère n'a jamais voulu m'abandonner, elle désirait me garder. »* La mère biologique et sa fille se voient assez peu mais restent en contact sur les réseaux sociaux. *Depuis, je n'ai plus l'impression d'être seule, je peux enfin exprimer mes émotions. »*

Elle aimerait bénéficier d'un soutien psychologique spécifique pour réparer le fait d'avoir été privée de sa mère biologique. Une absence de lien qui a créé, selon elle, cette *« blessure primitive »* si souvent évoquée par les adoptés. Elle milite aussi pour un accès rapide et complet aux dossiers d'adoption, notamment pour des raisons médicales, afin de mieux tracer certaines pathologies congénitales.

Des excuses publiques qui tardent à venir

Les dizaines de milliers de victimes estiment qu'il n'est que trop temps pour l'État de faire amende honorable pour les injustices subies. *« Ces adoptions forcées sont une tache sur l'âme nationale de notre pays,* déplore Gordon Harold. *Ces femmes, ces enfants et ces familles méritent l'attention, les soins appropriés et la reconnaissance publique des énormes souffrances infligées. »*

> « Je veux que mon nom et celui de toutes les autres soient blanchis. Car je n'ai pas abandonné mon fils, on m'a forcée à l'abandonner. » Ann Keen

Pour Judy Baker, *« les excuses publiques sont essentielles pour toutes celles qui restent prisonnières de ces affreux secrets, celles à qui on a répété qu'elles étaient de mauvaises personnes alors qu'elles étaient victimes d'un système qui leur a fait porter tout le blâme ».*

Auditionné le 25 mai 2022, le ministre de l'éducation Nadhim Zahawi, s'exprimant au nom du gouvernement conservateur de Boris Johnson, s'est dit *« désolé »* que de telles pratiques, *« inadmissibles »,* aient pu advenir. *« La société dans son entier a laissé tomber ces femmes et ces enfants »,* a-t-il affirmé. Le secrétaire d'Etat a cependant assuré que *« le gouvernement de l'époque n'était pas activement engagé dans ces pratiques »* et a refusé de promettre des excuses publiques.

Pourquoi le Royaume-Uni tarde-t-il tant à réagir ? *« Nadhim Zahawi a manqué de considération pour nous, pour les mères,* s'énerve Liz Harvie, *Il a refusé de reconnaître que les personnels des maternités, les infirmières, les assistantes sociales, dont beaucoup se sont mal comportées envers les mères biologiques, travaillaient pour l'Etat !* »

Cécile Ducourtieux Londres, correspondante

LA CROIX

En Angleterre, l'Église catholique demande pardon pour les adoptions forcées de 1945 à 1976

Le cardinal Vincent Nichols, archevêque de Westminster, a demandé pardon au nom de l'Église pour la « douleur » causée par les agences d'adoption liées à l'institution. Le président de la Conférence épiscopale d'Angleterre et du Pays de Galles était interrogé dans le cadre d'un documentaire sur la question des adoptions forcées de centaines de milliers d'enfants de filles-mères entre 1945 et 1976, qui doit être diffusé le 9 novembre en Grande-Bretagne.

- M.M (avec AFP),
- le 03/11/2016 à 14:02

- Le chef de l'Église catholique en Angleterre a présenté ses excuses aux centaines de milliers de filles-mères contraintes d'abandonner leur bébé à l'adoption entre 1945 et 1976, a indiqué l'AFP jeudi 3 novembre.

Le <u>cardinal Vincent Nichols</u>, archevêque de Westminster et président de la Conférence épiscopale d'Angleterre et du Pays de Galles, affirme ainsi, dans un documentaire de la chaîne *ITV* intitulé « *Le scandale des adoptions en Grande-Bretagne* » et qui doit être diffusé le 9 novembre, que les pratiques des agences d'adoptions qui agissaient au nom de l'Église catholique ont *« manqué de compassion et de sensibilité ».*

« L'Église catholique comprend et reconnaît la souffrance causée par le fait d'abandonner un enfant via l'adoption », assure le primat d'Angleterre dans ce documentaire.

« Les pratiques de toutes les agences d'adoption reflétaient les valeurs sociales de l'époque », indique-t-il encore, ajoutant *« présenter ses excuses pour la douleur causée par les agences agissant au nom de l'Église catholique ».*

Demande d'une enquête publique

L'avocate Carolynn Gallwey, qui appelle la ministre de l'Intérieur Amber Rudd à lancer une enquête publique, explique dans le film qu'on avait *« dit à ces femmes de ne pas parler de ce qui leur était arrivé. Mais maintenant, elles ont le droit de voir ce qui leur est arrivé être reconnu, et la seule façon de le faire passe par une enquête publique ».*

Entre 1945 et 1976, un demi-million d'adoptions ont eu lieu et concernaient majoritairement des enfants nés de jeunes mères célibataires qui étaient prises en charge par des organisations religieuses liées à l'Église catholique, l'Église anglicane ou l'Armée du salut.

En 1976, un changement dans la loi a donné aux autorités locales la responsabilité de gérer les adoptions en Grande-Bretagne.

> À lire :En Irlande, les congrégations des « couvents de la Madeleine » demandent pardon aux victimes

En juin 2014, l'Irlande voisine a lancé une enquête nationale sur les foyers catholiques qui hébergeaient les filles-mères, après des informations sur l'inhumation anonyme et nébuleuse de 800 enfants dans l'un de ces établissements, le foyer St Mary de Tuam, entre 1925 et 1961.

Devant le parlement, le premier ministre Enda Kenny avait alors qualifié *« d'abomination »* la façon dont étaient traitées à l'époque les milliers de jeunes femmes tombées enceintes hors mariage ou jugées « immorales » et envoyées dans les fameux « couvents de la Madeline », des blanchisseries tenues par des religieuses où elles devaient travailler dans des conditions particulièrement dures.

Plusieurs demandes de pardon

L'enquête doit notamment se pencher sur les adoptions dans ces foyers catholiques, <u>alors que nombre d'entre elles ont eu lieu contre la volonté des jeunes mères comme le montrait « Philomena », le film de Stephen Frears en 2013, tiré d'une histoire vraie.</u>

À l'image du cardinal Nichols, les évêques de différents pays ont présenté ces dernières années leurs excuses pour l'implication de l'Église catholique dans les adoptions forcées de bébés nés de mères célibataires.

En 2015, les évêques flamands se sont ainsi associés au Parlement pour demander pardon de la lenteur à mener une enquête sur les adoptions forcées qui ont eu cours dans le pays des années 1950 aux années 1980. Ce scandale concernerait 30000 naissances, impliquant systématiquement des institutions tenues par des religieuses.

En 2011, <u>une demande similaire avait eu lieu en Australie</u>, suivie des excuses des responsables politiques.

-

Scandale des adoptions forcées : le gouvernement britannique appelé à des excuses officielles

AFP Agence

- Publié le 15-07-2022 à 14h02
- Mis à jour le 15-07-2022 à 14h05

Une commission parlementaire britannique sur les droits humains a appelé vendredi le gouvernement à présenter des excuses officielles dans le scandale des adoptions forcées d'enfants de mères célibataires durant l'après-Guerre.

Environ 185.000 enfants nés hors mariage ont été éloignés de leurs mères entre 1949 et 1976 en Angleterre et au Pays de Galles, selon les estimations du rapport de la commission des droits humains. "Des bébés ont été pris à des mères qui ne voulaient pas les voir partir", dénonce le rapport.

Selon les témoignages recueillis, les mères célibataires se voyaient refuser des antidouleurs à l'accouchement en guise de "punition", et leur nourrisson leur était parfois immédiatement pris pour être proposé à l'adoption.

"Un médecin m'a dit qu'on devrait me stériliser parce que je devais être nymphomane", a témoigné une mère auprès de la commission.

"On a dit à des femmes non-mariées qu'elles avaient donné leur bébé à l'adoption alors qu'en fait elle avaient l'impression de ne pas avoir le choix", "nous devons rectifier", "des enfants ont grandi pensant que leur mère était inconsciente ou irresponsable et qu'elle les avait abandonnés sans se soucier d'eux. C'est manifestement faux", peut-on lire dans le rapport.

Le lien entre mères et enfants était "rompu brutalement" et ces adoptions "n'auraient jamais dû se produire", a souligné la présidente travailliste de la commission Harriet Harman.

"Le seul 'crime' de ces mères était d'être tombée enceintes sans être mariées. Leur 'peine' était une vie dans le secret et la douleur", a-t-elle dénoncé.

Sans de prononcer sur la question des excuses publiques, un porte-parole du gouvernement a souligné les améliorations législatives et pratiques effectuées depuis.

Mais les militants contre les adoptions forcées soulignent que cette pratique reste toujours répandue aujourd'hui, le Royaume-Uni ayant l'un des taux d'enfants pris contre la volonté à leurs parents, souvent à la naissance, les plus élevés au monde.

Selon la loi britannique, les mères souffrant de problèmes de santé mentale ou victimes des violences domestiques sont exposées à ce risque.

Plus de 1.000 enfants ont été retirés à leur mère contre leur volonté chaque année au XXieme siècle, selon les chiffres du gouvernement.

"Des excuses seront exigées", a déclaré à l'AFP Maggie Mellon, travailleuse sociale indépendante et écrivaine, ancienne vice-présidente de l'Association britannique des travailleurs sociaux.

"J'en ai assez de hurler tout le temps à propos de certaines choses puis d'avoir à attendre 30 ans jusqu'à ce qu'il soit trop tard pour obtenir justice", a-t-elle déclaré à l'AFP.

Le Movement for an Adoption Apology (« mouvement pour obtenir des excuses publiques britanniques au sujet des adoptions forcées »), a été lancé au début des années 2010. L'association s'inspire des excuses publiques prononcées par la première ministre australienne Julia Gillard, en mars 2013, les premières dans le monde à propos des adoptions forcées.

Le parlementaire britannique sur les droits humains a appelé vendredi 15 juillet 2013 le gouvernement à présenter des excuses officielles, ce qu'il a refusé de faire. Le gouvernement a déclaré que ce qui s'est passé était bien sûr inacceptable aujourd'hui mais que c'était les mœurs de l'époque.

Je pense que c'est vrai ; il y a plein de choses horribles et inacceptables que le monde a vécu dans le passé, mais c'était comme ça. Nous ne pouvons pas changer le passé. Il faut l'accepter et faire de sorte que cela n'arrive plus.

Pamela juin 2022